Gneisenaustraße 2
10961 Berlin
www.transit-verlag.de

Umschlaggestaltung und Layout: Gudrun Fröba
Druck und Bindung: Pustet GmbH, Regensburg
ISBN 3-88747-207-1

Inhalt

Im Mai 1961 begann ein Mann Leserbriefe zu schreiben. Er wohnte in Magdeburg, las vor allem die dortige lokale Tageszeitung *Volksstimme* und gelegentlich auch das *Neue Deutschland* – beides Zeitungen der Sozialistischen Einheitspartei Deutschland (SED). Er reagierte mit seinen Leserbriefen auf die dort veröffentlichten Leitartikel, Berichte und Kommentare. Im Verlauf von fünf Jahren schrieb er insgesamt 13 Briefe. Zum Teil an die Autoren, zum Teil an die Redaktionen. Er schrieb die Leserbriefe anonym. Damit war kein Ruhm zu ernten.

Die Gründe für diese Art geistigen Aufbegehrens liegen in der Geschichte der Person selbst, die vier ziemlich unterschiedliche Staats- und Regierungsformen erlebt hatte: bis 1918 das Kaiserreich, anschließend die Weimarer Republik, ab 1933 das Nazisystem und dann, in der DDR, »wieder kein neues demokratisches Deutschland.« Das Handeln der Person läßt sich vor allem im Kontext der politischen Verhältnisse in der DDR verstehen.

Das alles überragende politische Thema im Nachkriegsdeutschland war die sich abzeichnende Spaltung zwischen der östlichen und den westlichen Besatzungszonen. Da die dauerhafte Spaltung Deutschlands allen politisch denkenden und handelnden Personen über alle Parteien hinweg unvorstellbar war, wurde jede politische Entscheidung als ein Schritt auf dem Weg zur Wiedervereinigung beschrieben, obwohl sie faktisch häufig das Gegenteil bedeutete. Die Wiedervereinigung Deutschlands wurde umso mehr Leitmotiv staatlicher und parteipolitischer Propaganda in Ost und West, je mehr sich die Spaltung vertiefte. Auch die Gründung der Bundesrepublik und der DDR änderte daran nichts. Beide staatlichen Gebilde wurden ausdrücklich als Provisorien begriffen. Sowohl die SED als auch die Adenauer-Regierung versuchten sich als die wahren Hüter der Einheit Deutschlands darzustellen. Die jeweils eigene Politik diente der Wiedervereinigung, die Politik der anderen Seite der Spaltung Deutschlands. Jede Seite versuchte der anderen zu demonstrieren, daß ihr Gesellschafts-, Staats- und Wirtschaftmodell das überlegenere, produktivere und gerechtere sei. Jede sah ihre Ordnung als Modell für das zukünftige wiedervereinigte Deutschland. Ideologisch, ökonomisch und politisch war dieser Systemwettbewerb eingebettet in die große Blockauseinandersetzung zwischen kommunistisch-diktatorischen und freiheitlich-demokratischen Staaten. Die Spaltung Deutschlands selbst war Resultat dieser Konfrontation, die ab 1946 zunehmend als Kalter Krieg ausgetragen wurde. Der Westen bestritt der DDR jedwede demokratische Legitimation und verweigerte deshalb ihre völkerrechtliche Anerkennung. Die SED verteufelte die Bundesrepublik als Staat, in dem die Nazi-Erbschaft ungebrochen weiterwirke. Der Westen verteufelte die sozialistische Plan-, der Osten die kapitalistische Marktwirtschaft. Noch hatten die Menschen die Möglichkeit, dank der freien Zugangswege nach West-Berlin, mit den Füßen darüber abzustimmen, welches System sie für das bessere hielten. Mit dem Bau der Mauer 1961 war diese Möglichkeit dahin. Nur noch unter Lebensgefahr war die Grenze zu überwinden. Hunderte wurden bei diesem Versuch durch Grenzsoldaten getötet. Tausende wurden gefaßt, als sie versuchten, aus der DDR zu flüchten, und zu jahrelangen Haftstrafen verurteilt. Ungezählt sind diejenigen, die nun oft verzweifelt und verzweifelnd in der Diktatur der SED ausharren mußten. All jene, die sich nicht arrangieren wollten oder konnten, traf es besonders hart. Sie wußten, daß ihnen bereits ein Witz über Ulbricht drakonische Haftstrafen einbringen konnte, und daß selbst leiseste Kritik an der Politik der SED unbarmherzig verfolgt und bestraft wurde. Viele haben trotzdem versucht, gegen den Stachel zu löcken. Es gab ein stilles, alltägliches Aufbegehren in den vielfältigsten Formen auch jenseits einer politisch spektakulären Opposition und Dissidenz oder gar eines bewußten politischen Widerstandes.

Um solch einen Fall geht es. Es geht um einen eigensinnigen und einzelkämpferischen Menschen, der keine Hoffnung haben konnte, daß er mit seinen Taten irgendetwas bewirken könnte. Es geht um ein Verhalten, das unter den Bedingungen der SED-Diktatur absurde und existentialistische Züge trug. Existentialistisch nicht im philosophischen Sinne eines emphatischen, individuellen Freiheitsbegriffs, sondern als Getriebensein, die Unfreiheit und Unwahrhaftigkeit nicht aushalten zu können. Es geht um einen Menschen, der das verordnete Schweigen-Müssen unter der SED-Diktatur nicht mehr ertragen hat. Es geht um einen Menschen, von dem vielleicht erst heute gesagt werden kann: »What a brave man.«

Ost-West-Diskussionen vor dem Mauerbau und eine Provokation im Neuen Deutschland: Die ersten Leserbriefe

Zu Beginn des Jahres 1961 erkannte die SED-Führung, daß die Lage ihres Staates zunehmend kritischer wurde. Walter Ulbricht wandte sich an den sowjetischen Parteichef Nikita Chruschtschow mit der Bitte, die Zahlungsverpflichtungen der DDR zu stunden. Dabei benannte er, ungenau und unvollständig, für seine Verhältnisse jedoch bemerkenswert ungeschminkt, ein Grundproblem der DDR: »Der konjunkturelle Aufschwung in Westdeutschland, der für jeden Einwohner der DDR sichtbar war, ist der Hauptgrund dafür, daß im Verlaufe von 10 Jahren rund zwei Millionen Menschen unsere Republik verlassen haben. In dieser Lage waren und sind wir gezwungen, um den Abstand im Lebensniveau wenigstens schrittweise zu mildern, ständig mehr für den individuellen Konsum zu verbrauchen, als unsere eigene Wirtschaft hergab. Das ging ständig zu Lasten der Erneuerung unseres Produktionsapparates. Das kann man auf die Dauer nicht fortsetzen.«[1]

Im Frühjahr und Frühsommer 1961 stieg die Fluchtbewegung aus der Deutschen Demokratischen Republik dramatisch. Bis zum 13. August verließen 155.402 Menschen die DDR.[2] Dieser rasante Anstieg war alarmierend. Ursache war dabei nicht nur das zunehmende materielle Wohlstandsgefälle zwischen der Bundesrepublik und der DDR, sondern auch die Verweigerung elementarer Freiheitsrechte eines demokratischen und rechtstaatlichen Gemeinwesens – wie es sich in der Bundesrepublik entwickelt hatte.

Unmittelbarer Anlaß für die verstärkte Abwanderung dürften Signale aus Moskau und Ost-Berlin gewesen sein, daß eine neue Runde zur Lösung der Berlin-Frage eingeläutet werden würde. Gemeint war damit – aus Sicht der Sowjetunion und der SED –, die Kontrolle über die Zugangswege nach West-Berlin, um den Flüchtlingsstrom aus der DDR stoppen zu können: So hielt Ulbricht im April 1961 zum 15. Jahrestag der Gründung der SED eine Rede gegen das »Störzentrum Westberlin«, von dem aus »die Korrumpierung von Bürgern der DDR, ihre systematische Abwerbung, ihre Verleitung zur Verletzung unserer Gesetze organisiert betrieben« werde. Und er drohte, dies nicht länger dulden zu wollen. Gleichzeitig wurde in Moskau davon gesprochen, daß der Abschluß eines Friedensvertrages mit beiden deutschen Staaten keinen Aufschub mehr dulde, »denn alle angemessenen Fristen sind vorbei.« Das war eine Anspielung auf das Berlin-Ultimatum vom November 1958. Die Wochenzeitung *Die Zeit* begann Böses zu ahnen. Sie formulierte den Satz: »All diese Erklärungen mögen inhaltlich nicht neu sein, aber sie erscheinen so gezielt, daß sie eine diplomatische Aktion vorbereiten könnten.«[3] Daß es sich diesmal um mehr als eine diplomatische Aktion handeln würde, überstieg damals das Vorstellungsvermögen des Autors.*

Einen weiteren Schub erhielt die Fluchtbewegung durch die täglich spürbarer werdende Versorgungskrise im Lebensmittelsektor. Dies führte zunächst zum relativ offenen Eingeständnis der SED-Führung, die 1960 eingeleitete Kollektivierung der Landwirtschaft habe diese Krise mit verursacht. Der Ministerrat – die Regierung der DDR – befaßte sich mit der »Sicherung der Versorgung«. Er verabschiedete eine Entschließung, in der u.a. gefordert wurde, daß »die Versorgung der Bevölkerung durch planmäßiges und stetiges Aufkommen der eigenen Landwirtschaft« zu sichern sei. Die »Erzeugung von Konsumgütern bei notwendigen Produktionsumstellungen« solle gewährleistet und die Herstellung der »Massenbedarfsgüter« nicht vernachlässigt werden.[4] Die Menschen entnahmen diesem Appell, daß eine Besserung der Versorgung mit Lebensmitteln und mit Waren des täglichen Bedarfs, von höherwertigen Konsumgütern wie Fernsehen, Kühlschränken und Autos ganz zu schweigen, weiter in den Sternen stand.

In Berlin konnten Bürger der DDR das zunehmende Wohlstandsgefälle durch die noch offenen Sektorengrenzen besonders drastisch erfahren: Im Westen wurde es immer bunter und heller, im Osten vergleichsweise grauer und dunkler, im Westen standen das pralle KaDeWe und andere Konsumtempel, im Osten die mageren HO-Läden.

Vor allem die offene Grenze in der Viersektorenstadt Berlin war das Tor, durch das die Menschen, die es im verordneten Sozialismus sowjetischer Prägung nicht mehr aushielten, in den Westen zogen. Dem SED-Staat lief

* Am 27. November 1958 erhielten die drei Westmächte eine Note der sowjetischen Regierung, in der u.a. die Umwandlung West-Berlins in eine selbständige politische Einheit, in eine »freie Stadt« gefordert wurde. Diese Forderung war so neu nicht, das Schockierende daran war die damit verbundene ultimative Drohung: Sollte es innerhalb der nächsten 6 Monate nicht zu einer Verständigung kommen, werde die Sowjetunion in einem Abkommen mit der DDR entsprechende Maßnahmen durchsetzen. Diese Maßnahmen wurden beim Namen genannt: »Dabei ist daran gedacht, daß die Deutsche Demokratische Republik, wie auch jeder andere selbständige Staat, in vollem Umfange für ihr Gebiet die Kontrolle zu Lande, zu Wasser und in der Luft ausüben muß.« Das bedeutete im Klartext die Aufkündigung des Potsdamer Abkommens. Dort war vereinbart worden, daß die vier Siegermächte gemeinsam für ganz Berlin zuständig seien und daß der freie Zugang nach Berlin von den Siegermächten gemeinsam garantiert werde. Dies war Chruschtschow und allen Beteiligten bewußt. Die West-Berliner und die Bundesregierung waren entsetzt, die westlichen Siegermächte völlig uneins darüber, wie zu reagieren sei. Was war zu tun, wenn die Truppen der Sowjetunion die Verkehrsverbindungen zu Lande nach Berlin erneut blockierten? Was, wenn sie soweit gehen würden, auch die Luftkorridore zu blockieren? Durfte man versuchen, mit Waffengewalt den freien Zugang nach Berlin zu erzwingen? Durfte man wegen der Verteidigung von freien Zugangswegen nach West-Berlin einen Krieg riskieren, der sogar ein Atomkrieg werden konnte? »Mourir pour West-Berlin?« – durfte das den Völkern zugemutet werden? Die Angelegenheit war – oder schien zumindest – äußerst gefährlich. Chruschtschow ließ das Ultimatum nach umfangreichen diplomatischen Manövern verstreichen.

sein Volk davon, und die Sowjetunion bangte um den Bestand ihrer Einflußsphäre im äußersten Westen. Chruschtschow und die SED-Führung gerieten in eine verzweifelte Lage. Beide wollten – und mußten (?) – das Loch im Eisernen Vorhang stopfen. Sie hofften, daß dies mit dem diplomatischen Angebot, einen Friedenvertrag zu schließen, zu erreichen sei. Der Kern dieses Vorschlags war jedoch nicht ein Friedensvertrag, der ein freiwilliges Geben und Nehmen der Vertragspartner vorausgesetzt hätte, sondern – wie schon beim Berlin-Ultimatum – eine Erpressung.

Die Voraussetzungen für den Abschluß eines Friedensvertrages im Sinne der Sowjetunion und der DDR waren im Frühjahr 1961 keineswegs besser als im November 1958. Zumindest aus Sicht der westdeutschen Regierung war die völkerrechtliche Anerkennung der DDR als gleichberechtigter Staat und West-Berlin als entmilitarisierte, streng neutrale »Freie Stadt« noch immer unvorstellbar. Unvorstellbar war auch, daß es zwei souveräne deutsche Staaten geben könnte, die über eine Konföderation ein neutrales Gesamtdeutschland zwischen den Blöcken anstreben würden. Für Ulbricht ging der Weg zur Wiedervereinigung nur über einen Sozialismus sowjetischer Prägung. Für Adenauer nur über die Westbindung Deutschlands.

Doch für Chruschtschow und die SED mußte das naheliegende Problem, die weiter anschwellende Fluchtbewegung aus der DDR, gelöst werden, d.h. sie mußten die Kontrolle über den Zugang nach West-Berlin gewinnen. Darum ging es. Chruschtschow übergab Kennedy am 4. Juni 1961 in Wien ein neues Memorandum zu einem Friedensvertrag (und der Einstellung der Kernwaffenversuche). In den Gesprächen mit Kennedy soll er das Zugeständnis erhalten haben, im Machtbereich der Sowjetunion könne diese tun und lassen, was sie wolle, solange die Rechte Amerikas und der anderen westlichen Alliierten nicht verletzt würden.

Seit diesem Zeitpunkt erschienen in den DDR-Zeitungen fast täglich – oft seitenlange – Artikel zum Friedensvertrag. Diverse Partei- und Staatsgliederungen, Betriebskollektive, Künstler in Stadt und Land äußerten sich natürlich immer zustimmend und begeistert. Besonders willkommen waren vereinzelte Stimmen aus dem Westen, die gleichfalls die SED-Politik unterstützten. Diese Kampagne war wieder einmal begleitet von der Drohung, die Sowjetunion würde notfalls einen separaten Friedensvertrag mit der DDR schließen, falls die Westmächte die Aufnahme von Verhandlungen verweigerten. Befürchtungen, die Lage in und um Berlin könnte wieder ernst werden, wurden geweckt. Die Blockade von 1948/49 war nicht vergessen. Als Ulbricht am 15. Juni auf einer Pressekonferenz erklärte: »Niemand hat die Absicht, eine Mauer zu bauen«, schürte er zusätzliche Ängste. Die Fluchtbewegung schwoll weiter an. Allein im Juli ließen sich 30.415 Deutsche in der Notaufnahme registrieren, das war fast doppelt so viel wie im Vergleichsmonat des Vorjahres.

In der SED-Kampagne für einen Friedensvertrag wurden die Sowjetunion und die DDR immer als friedliebend dargestellt. Sie alleine hatten das Wohl des ganzen deutschen Volkes im Auge; die Westmächte hingegen, und vor allem die Bonner Regierung, waren eine Clique von unverantwortlichen Kriegstreibern. An der Spitze dieser Politiker stand für sie Willy Brandt, der Regierende Bürgermeister von (West-)Berlin – und Kanzlerkandidat der SPD. Dieser war in größter Sorge um die Freiheit Berlins und setzte alles daran, daß vor allem die Amerikaner für West-Berlin und seinen freien Zugang weiter einstanden. Von der SED wurde ihm deshalb prompt unterstellt: »Das ist Brandts höchstes Ziel: Krieg wegen Westberlin«. [4] Als die Westmächte am 18. Juli 1961 den sowjetischen Vorschlag eines Friedensvertrages ablehnten, wurden sie von der SED beschuldigt, den »Bonner Kriegstreibern gefährlichen Vorschub«[6] zu leisten.

Die Zeichen, daß in Berlin etwas geschehen würde und zwar etwas Ungutes, waren unverkennbar. Am 12. August versuchte Willy Brandt auf einer Wahlrede in Nürnberg, eine Antwort auf die Frage nach den Gründen für den Flüchtlingsstrom zu geben. Er erklärte, die Menschen würden deshalb fliehen, »weil die Sowjetunion einen Anschlag auf unser Volk vorbereitet, über dessen Ernst sich noch die wenigsten klar sind. Weil die Menschen in der Zone Angst haben, daß die Maschen des Eisernen Vorhangs zuzementiert werden. Weil sie fürchten, in einem gewaltigen Gefängnis eingeschlossen zu werden.«[7]

Bei vielen Menschen war jedoch die Hoffnung auf einen glimpflichen Ausgang größer. Viele hofften vielleicht, daß es sogar besser werden könnte und entschieden sich, vorerst in der DDR zu bleiben. Ich rede nicht von denjenigen, die Teil des Herrschaftssystems waren, teils, weil sie davon überzeugt waren oder aus anderen Gründen partizipieren wollten, sondern von jenen, die die SED-Diktatur ablehnten und dennoch blieben.

Die prekären materiellen Lebensumstände und die Verweigerung demokratischer Freiheitsrechte waren schwer genug zu ertragen, da man eine real existierende Alternative im Westen vor Augen hatte und jeden Tag tausendfach erleben mußte, daß Mitbürger sich für diese Alternative entschieden. Der psychische Druck wurde für viele noch dadurch verstärkt, daß die meisten die Möglichkeit hatten, sich durch Ost- und West-Medien über die Lebenswirklichkeit in der DDR und das Weltgeschehen zu informieren. Die Menschen konnten abwägen, welcher Seite sie mehr Glauben schenken wollten: Es gab die Wahrheit, wie sie die SED einheitlich in sämtlichen Medien der DDR verkünden ließ, und jene Wahrheit, wie sie vor allem durch die westlichen Rundfunk- und Fernsehsendungen verbreitet wurde. Dazu kamen noch die illegal eingeschleusten Zeitungen und Zeitschriften und der mündliche Erfahrungsaustausch mit den Verwandten und Bekannten aus West-Berlin und Westdeutschland. Die Zustände der DDR betreffend, lag es für die allermeisten Menschen auf der Hand, welche Berichterstattung der eigenen Erfahrung näher kam, welcher man mehr vertrauen durfte. Für viele war es schwierig, mit der Einsicht umzugehen, tagtäglich angelogen zu werden. Noch schwieriger war es, dies stillschweigend und ohnmächtig hinzunehmen. Die DDR-Presse berichtete in Wort und Bild von Planerfüllung und -übererfüllung in der industriellen und landwirtschaftlichen Produktion, von vollen Lebensmittelläden. Der DDR-Bürger erlebte jeden Tag die Wirklichkeit von mäßig gefüllten Regalen für fast alle Konsumgüter des täglichen Bedarfs. Bananen und Südfrüchte gab es »im Prinzip: ja« – tatsächlich aber waren sie ein außerordentliches Ereignis und gelangten oft nicht in den freien Verkauf. Den Trabi gab es nach jahrelanger Wartezeit oder auf dem Schwarzmarkt zu einem vielfach überhöhten Preis. Wie überhaupt der Schwarzmarkt die zentrale Planwirtschaft für die Menschen im Alltag noch halbwegs erträglich machte. Die 1962 gegründeten Intershopläden in großen Bahnhöfen und »Interhotels«, in denen Devisenbesitzer bevorzugt Westwaren einkaufen konnten, und die vielfältige Unterstützung von Verwandten aus der Bundesrepublik trugen das ihre dazu bei.

Daß die SED ihre Diktatur als die wahre Demokratie – im Unterschied zur falschen, der nur bürgerlichen Demokratie im Westen – verkaufte, trieb die Entmündigung der Menschen über Sprach- und Begriffsentleerung auf die Spitze. Besonders unerträglich wurde diese Definitionsmacht dadurch, daß die Bürger gezwungen waren, in der Öffentlichkeit die vorgegebenen Sprachregelungen zu benutzen. Nur im engsten privaten Bereich durften sie es wagen, sich unverstellt zu bewegen, Klartext zu reden.

Es gab den einmaligen Versuch, selbstbewußt Forderungen gegenüber der Staatsmacht zu vertreten. Er wurde am 17. Juni 1953 blutig niedergeschlagen. Danach mußten die DDR-Bürger andere Formen und Mittel finden, dem Druck der Diktatur standzuhalten. Es gab die Ausweichmöglichkeit in Nischen – d.h. man konnte versuchen, einen möglichst politik- und ideologiefernen Beruf zu erlernen, und es gab den Rückzug ins Private sowie Abstumpfung und Gewöhnung. Doch fanden sich immer wieder Menschen, die glaubten, durch vorsichtige politische Kritik innerhalb und außerhalb der Institutionen eine Änderung zum Besseren bewirken zu können. Sie scheiterten meistens dramatisch.

In dem aufgeheizten Klima des Frühjahrs 1961 kam es zu einer aufsehenerregenden Diskussion im Gebäude des Deutschlandsenders in Berlin-Oberschöneweide. Am 20. April hatte der DDR-Sender zu einem Streitgespräch über das Thema: »Wege und Möglichkeiten zur deutschen Wiedervereinigung« eingeladen. Im Konferenzsaal saßen sich die DDR-Journalisten Karl Eduard von Schnitzler, Gerhard Eisler und Kurt Ehrich und die Westjournalisten von der Wochenzeitung *Die Zeit* Gerd Bucerius, Marion Gräfin

Dönhoff und Theo Sommer gegenüber. Nachdem der Intendant des Deutschlandsenders Kurt Ehrich seine westdeutschen Gäste begrüßt hatte, gab er Bucerius das Wort. Dieser entfachte sogleich den Streit über die Frage der Anerkennung der DDR: »Sie [gemeint ist Ehrich, M.S.] sprechen von zwei deutschen Teilstaaten. Ich möchte nur feststellen: das ist Ihre Meinung. Nach unserer Meinung sind Sie ein von der Sowjetunion besetzter Teil Deutschlands, kein Staat. Ein Staat kann unterworfen werden, wenn er vorhanden ist, aber neu entstehen kann er nur mit Zustimmung seiner Bevölkerung. Und daran mangelt es Ihnen.«

Darauf antwortete ihm Schnitzler: »Es gibt zwei Staaten, es gibt zwei Regierungen in Deutschland, es gibt zwei Staatsapparate. Wie soll man ohne die Anerkennung dieser Realitäten überhaupt weiterkommen?«

Dann wurde der Gesprächsverlauf chaotisch. Die Ostseite kaprizierte sich auf die Behauptung, in der Bundesrepublik seien die alten Mächte, vor allem im Militär, weiter an der Macht. Ehrich sagte sogar: »Aber wenn ich mir das heute anschaue ... dann erblickt man doch in der heutigen Politik der Bundesregierung geradezu eine Rechtfertigung dessen, was Hitler, mit seiner Politik gemacht hat und mit seiner Politik über unser Volk gebracht hat ... Bei Ihnen (wird) ein Kurs gesteuert, der sich überhaupt nicht unterscheidet, sondern der eben im Prinzip, im Wesen genau das gleiche ist, wie es im sogenannten Dritten Reich vorexerziert worden ist ...«

Eisler unterstellte gar: »Man will uns mit Gewalt erobern.« Und als Schnitzler der Bundesregierung vorwarf, sie wolle die »Befreiung der Ostzone«, entgegnete ihm Bucerius: »Von der Diktatur des Proletariats, wenn Sie so wollen.«

Die Westseite spitzte alles auf die fehlende demokratische Legitimation der DDR zu. Vom Diskussionsleiter gefragt, wie denn ihr Programm zur Wiedervereinigung aussehe, antwortete Bucerius: »Das läßt sich mit einem Wort sagen: Freie und international kontrollierte Wahlen in beiden Teilen Deutschlands ... Ich will sogar noch einen Schritt weiter gehen. Ich will das künftige politische System in beiden Teilen Deutschlands – also des ganzen Deutschlands – abhängig machen von freien, kontrollierten Wahlen in Ihrem Teile Deutschlands, weil ich überzeugt bin, daß die Bevölkerung mit den 2,5 Millionen Bürgern, die diesen Staat verlassen haben, bereits bewiesen hat, daß sie unsere Ordnung der Ihren vorzieht.«[8]

Am 28. April 1961 dokumentierte *Die Zeit* das Gespräch im Wortlaut. Dieser Dokumentation war ein Kommentar von Gräfin Dönhoff vorangestellt, in dem diese nochmals auf die Grundthese der DDR-Seite einging, wonach die Bundesrepublik in der Nachfolge des NS-Staates stehe. Sie wunderte sich, daß in diesem Zusammenhang immer nur die eine Seite der Hitler-Ära angesprochen wurde, nämlich die des Militarismus, und sie fügte hinzu: »Das wichtigste Merkmal aber der Hitler-Zeit, das eine eindeutige Parallele zur DDR schafft, nämlich die Diktatur – sie übersehen die östlichen Demagogen ganz einfach, indem sie ihren Wortschwall auf den angeblichen Militarismus Bonns lenken.«

Den Militarismusvorwurf konterkarierte sie mit dem Hinweis: »Die 500 Wachtürme, die auf Anordnung des ›Ministerrates‹ 1952 entlang der Demarkationslinie gebaut wurden, mußten angeblich wegen der Aggressionslust der Bundesrepublik dort errichtet werden, obgleich ihre Besatzung schon seit Jahren damit beschäftigt ist, auf jeden Flüchtling zu schießen, der die Diktatur der SED satt hat.«[9]

Peter Hamm: Die Bundesrepublik ist schuld

Diese Dokumentation bzw. der vorangestellte Kommentar von Gräfin Dönhoff waren Anlaß für Peter Hamm, einen jungen Schriftsteller und Journalisten aus Baden-Württemberg, einen Leserbrief an Gräfin Dönhoff zu richten. Hamm stellte sich darin als freischaffender Schriftsteller vor und bat die »Sehr verehrte gnädige Frau«, ihn nicht mit einem Sektierer zu verwechseln. Er schreibe nämlich »nicht nur für *konkret* (um das letzte Blatt des Widerstandes in der BR zu nennen)«, sondern auch für den *RIAS Berlin* und für die *Süddeutsche Zeitung*.

Hamm pries die Meinungsfreiheit in der DDR in höchsten Tönen. Er fand, daß es um sie dort viel besser bestellt sei als in der Bundesrepublik und begründete damit seine Unterstellung, Dönhoff und die Zeit könnten es sich nicht leisten, seinen Leserbrief zu bringen. Deshalb fügte er ein »PS« an mit dem Hinweis, daß eine Abschrift seines Leserbriefes gleichzeitig an das *Neue Deutschland* ginge.

Das Resultat dieses Vorgehens war unschwer vorhersehbar: *Die Zeit* lehnte ab, das *Neue Deutschland* nahm dankend an. Am 11. Mai 1961 veröffentlichte das SED-Zentralorgan unter der Schlagzeile »Ein westdeutscher Schriftsteller antwortet Ja!« Hamms Leserbrief.

Das *ND* konnte den Brief vor allem deshalb drucken, weil Hamm im zentralen Punkt des Streitgesprächs mit der Auffassung der SED übereinstimmte. Auch für ihn gab es eine friedliebende DDR, die einem aggressiven »Bonner Militarismus« gegenüberstand. Auch für ihn strebte dieser Militarismus die »Befreiung der Ostzone« an, und zwar eine Befreiung mit Waffengewalt, weil unter den gegebenen Umständen eine andere Möglichkeit nicht existiere. Zustimmend zitierte er Eduard von Schnitzler, den Chef-Hardliner der SED-Propaganda in Funk und Fernsehen: »Wir stellen nicht Losungen wie Befreiung der ›Westzone‹ auf, wir stellen nicht die Forderung: Es muß in Westdeutschland das kapitalistische System abgeändert werden, vorher können wir Westdeutschland nicht anerkennen.«

Hamm vertrat – wie die SED – die Auffassung, daß die Spaltung Deutschlands aus »diesem durchaus realen Militarismus [der Bundesrepublik, M.S.]

herrühre.« Er war der Meinung, man hätte über den Rapacki-Plan[10] reden müssen und beteuerte, er würde nicht aufhören zu sagen, »daß die Schuld für die Ausweglosigkeit in der Deutschlandfrage bei der Bundesrepublik und nicht bei der DDR liegt.« Hamm hielt es für ein gutes Argument, daß die Bundesrepublik im Unterschied zur DDR keine Ideologie habe, »sondern lediglich ein paar Klischees und Schlagworte.« Er kritisierte Dönhoff und »die Herren der *Zeit*«, daß sie zu solchen Schlagworten Zuflucht gesucht hätten, indem sie die SED-Auffassung von einem gewalttätigen Militarismus in der Bundesrepublik als Propaganda und Mythos zurückgewiesen hätten.[11]

Das *Neue Deutschland* mit dem Leserbrief von Peter Hamm wurde auch in Magdeburg gelesen. Rudolph Winkler war damals 59 Jahre alt und seit Jahrzehnten bei dem angesehenen Magdeburger Unternehmen *Heinrichshofen*, einer Buch-, Lehrmittel-, Kunst-, Musikalien-, Piano- und Schallplattenhandlung beschäftigt. Er war lange Jahre Prokurist des Unternehmens und Fachmann für Klaviere und den Klavierverkauf. Die Familie Winkler wohnte in einer relativ komfortablen Dreieinhalb-Zimmer-Wohnung, Olvenstedter Chaussee 14, die zu einer zweistöckigen Wohnsiedlung aus der Weimarer Zeit gehörte. Sie lag am Stadtrand, nahe der Endhaltestelle der Straßenbahn, und gewährte einen freien Blick auf noch unbebaute Felder. Rudolph Winkler beschloß nach der Lektüre, Peter Hamm einen Brief zu schreiben. Die Ansichten, die ein westdeutscher Schriftsteller – zudem noch im *Neuen Deutschland* – vertrat, fand er so empörend, daß er seine »Erika« hervorholte und losschrieb. Die Adresse von Peter Hamm war im Vorspann seines Leserbriefes mit »Weingarten (Württemberg)« angegeben. Daß der Brief trotz dieser ungenauen Adresse seinen Empfänger erreichen würde, war ziemlich sicher, denn das moderne Postleitzahlensystem und die elektronische Sortierung waren noch nicht erfunden. Viel weniger sicher war, ob der Brief die Postkontrolle des Ministeriums für Staatssicherheit (MfS) passieren würde. Rudolph Winkler wußte, daß seine Ansichten ihm großen Ärger einbringen würden, falls der Brief in die Hände der Stasi fiele. Er entschloß sich deshalb, seinen Brief anonym zu verschicken:

»Sehr geehrter Herr Hamm! Eigentlich müßte ich statt dieser konventionellen Anrede schreiben: Armer irrer Freund! Denn was Sie da in Ihrem Brief an die Gräfin Dönhoff vom Stapel lassen, zeugt von so viel Ahnungslosigkeit, daß man Ihnen raten möchte, lieber Märchenbücher zu schreiben, als sich um Politik zu kümmern. Kommen Sie doch mal 2 Jahre hierher, versuchen Sie hier zu leben und zu arbeiten, und *dann* urteilen Sie! Ihnen würden die Augen aufgehen!

Wer hat denn mit der Soldatenspielerei in Deutschland nach dem Kriege angefangen? Ich war oft in Westdeutschland und habe Vergleiche ziehen können. Als es hier schon von Soldaten und Polizeitruppen wimmelte, da sah man drüben kaum irgendwo eine Uniform. Das Geschrei hier gegen den Militarismus ist doch ein reines Ablenkungsmanöver. Die Russen hier lassen ihre 10jährigen Kinder schon in Uniform herumlaufen, wie wir einmal unsere Kadetten vor 50 Jahren. Wir wissen hier genau, alles, gegen das man hier kämpft und zetert, tut man hier selbst, hat es längst getan. Nach der Methode ›Haltet den Dieb‹ wirft man es dann dem Westen vor. Wir kennen diese Heuchelei gründlichst! Nur der Westen – Gott sei Dank nicht alle und nicht Ihre Regierung – fällt immer wieder darauf rein. Wer will Atombomben? Niemand! Wo aber wird dagegen agitiert? Im Westen! Warum keine Demonstrationen im Osten? Glauben Sie, daß die russischen Atombomben harmloser sind? Haben Sie eine Ahnung von der maßlosen Verhetzung der Jugend in der Schule, in der FDJ und bei der Polizei und Volksarmee? Darüber sollten Sie sich erst einmal informieren. Sie würden sehr schnell nachdenklich werden.

Daß sich der Westen nach den Geschehnissen in der Tschecho-Slowakei endlich besann und seine militärischen Kräfte verstärkte – zunächst noch lange nicht Westdeutschland –, das ist der Umstand, dem Sie es verdanken, daß Sie sich heute noch so frei äußern können. Auch wenn eine Zeitung Ihren unsinnigen Brief ablehnt und das *Neue Deutschland* bringt ihn – natürlich! –, dann ist das immer noch eine Freiheit, die wir nicht haben. Wenn ich einen solchen Brief an eine westdeutsche Zeitung mit meinem Namen schicken würde, wäre es um mich hier geschehen. Sicher können Sie als westdeutscher Gast auf irgendeiner Konferenz hier, für die man allerdings nur aus propagandistischen Gründen eine gewisse Redefreiheit zulässt, um mit dieser Pseudofreiheit zu protzen, Ihre Ansichten äußern, aber versuchen Sie das doch mal als Bürger der DDR! Es würde Ihnen schlecht bekommen.

Daß auch im Adenauerstaat nicht alles ideal ist, wissen wir genau. Wo Licht ist, ist auch Schatten. Aber bevor man den eigenen Staat beschimpft und beschuldigt, sich über Unfreiheit beklagt, sollte man sich doch besser informieren und sich der Verantwortung bewusst sein, die man mit solchen öffentlichen Äußerungen übernimmt.

Sie können sich ja eine andere Regierung wählen, wenn Ihnen die jetzige nicht paßt. Wir können das nicht. Das ist der Unterschied!

Hier wehrt sich eine gequälte Bevölkerung gegen die permanente geistige und seelische Vergewaltigung Tag für Tag verzweifelt, und Sie sprechen von einer Ideologie der DDR! Die maßlose Hetze gegen den Westen, die vollkommen verlogene Darstellung aller Ereignisse und die widerliche Heuchelei veranlaßt hier die Menschen, Heimat, Hab und Gut, Existenz und Freundeskreis zurückzulassen, weil sie es einfach nicht mehr aushalten, und da finden Sie noch anerkennende Worte für die Verhältnisse hier, nur weil man Sie in Weimar vielleicht freundlich empfangen hat und Ihren Artikel sogar im ›Sonntag‹ – wer liest ihn schon? – gebracht hat. Sie erweisen sich einen schlechten Dienst, wenn Sie eine solche Freiheit preisen, und wenn Sie gar noch diesen scheinheiligen und penetranten Lügner, diesen Herrn von Schnitzler zitieren, dann ist es uns allen hier unfaßbar, wie Sie dessen Äußerung noch als richtig bezeichnen können, wenn er sagt, ›Wir stellen nicht die Forderung, wie Befreiung der Westzone ...‹ Maßgebendere Leute als Schnitzler haben sich hier nämlich ganz anders geäußert, wollen die rote Fahne im Ruhrgebiet aufpflanzen und durchaus nicht mit friedlichen Mitteln, sprechen durchaus von der Befreiung der westdeutschen Bevölkerung vom Joch des Kapitalismus, Imperialismus, Militarismus usw. Und wenn sie es nicht ausspräche n, so wissen wir doch genau, daß sie samt dem sauberen Herrn von Schnitzler es tun wollen und tun würden, wenn es ihnen nur irgendwie möglich wäre. Wir kennen diese Dialektik genau und Sie sollten sich etwas damit beschäftigen, bevor Sie an die Öffentlichkeit treten. Bei einem kurzen Besuch hier bekommen Sie allerdings kein genaues Bild. Wir sind vorsichtig geworden, und wenn ich mit Ihnen zusammenträfe, ich würde mich auch nicht offen äußern, weil ich ja nicht wüßte, welchen unsinnigen Gebrauch Sie mit meinen Äußerungen in Ihrer Ahnungslosigkeit machen würden.

Jedenfalls wären wir froh, wenn uns der Westen befreien würde, aber leider stehen hinter Ulbricht die russischen Panzer, und darin liegt ganz allein der Grund, warum es in Deutschland zu keiner Einigung kommen, bezw. kommen darf, da der Russe diese westlichste Position nicht hergeben will. Er würde es nicht tun, auch wenn Sie die friedlichste Regierung der Welt hätten. Er hätte es ja jahrelang tun können, bevor es eine Nato gab und bevor Westdeutschland das Bundesheer aufstellte. Er wird es auch in Zukunft nicht tun, jedenfalls niemals freiwillig, und Ulbricht könnte einer mit freien Wahlen verbundenen Wiedervereinigung überhaupt nicht zustimmen, denn er weiß genau, daß das Selbstmord wäre. Das sind die wahren Gründe für die bisher nicht mögliche Wiedervereinigung. Das sollten sich alle Westdeutschen klar machen und sich nicht unsinnigerweise selbst mit Schmutz bewerfen. Sorgen Sie lieber dafür, daß Ihnen Herr Ulbricht nicht seine ›Freiheit‹ schenkt.

Das wäre ungefähr die Meinung des größten Teiles der hiesigen Bevölkerung. Wir nehmen es in Kauf, daß wir aus dem Schlamassel nicht herauskommen, daß es heute keine Butter und keinen Käse, morgen keine Schraube und kein Toilettenpapier, keine Glühlampe und kein Mottenpulver gibt, um nur einige der 1000 fehlenden Dinge zu nennen, aber wir wehren uns gegen diese geistige Versklavung und sind empört, wenn westdeutsche

Bürger in völliger Unkenntnis der wahren Verhältnisse in dieser Form wie Sie polemisieren, zumal wenn Sie sich noch einbilden, als Schriftsteller eine geistige Führungsrolle zu spielen.

Sollten Sie aber nicht ahnungslos sein und in einer Zusammenarbeit mit dem *Neuen Deutschland* eine Befriedigung suchen, dann allerdings habe ich Ihnen mit meinem Schreiben zuviel Ehre angetan. Jemand, der es sich in der ›freien‹ DDR nicht leisten kann, seinen Namen zu nennen.«[12]

Dieser Brief hat seinen Adressaten, Peter Hamm, nie erreicht, er erfuhr davon erst im Frühjahr 2005, also 44 Jahre später. Die Postkontrolle der Stasi muß schon zu dieser Zeit sehr gründlich gewesen sein. Sie konfiszierte den Brief, konnte allerdings wenig damit anfangen, und gab ihn schließlich ins Archiv. Hier geriet er erst einmal in Vergessenheit.

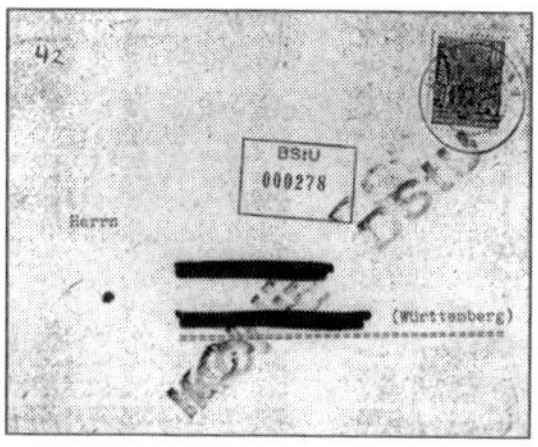

Zwanzig Tage vor dem Bau der Mauer

Die Versorgungskrise in der DDR war mittlerweile auch Gegenstand der Berichterstattung in den Westmedien geworden. In propagandistischer Übertreibung wurde dort sogar eine drohende Hungersnot für möglich gehalten, und Adenauer bot Hilfslieferungen an. Die SED-Führung hielt es für angemessen, eine Versorgungskrise strikt zu leugnen. Ihre Zeitungen begannen, eine rundum schöne Neue Welt des realen Sozialismus zu zeichnen. Die Versorgungsschwierigkeiten und erst recht eine drohende Hungersnot wurden als »westliche Lügenpropaganda« dargestellt. Am 21. Juli 1961 berichtete das *ND*, daß die Eierpreise um 5 Pfennige gesenkt worden seien und kommentierte: »Und da faseln die Bonner Militaristen von einer angeblichen Hungersnot in der DDR. Das ist weiter nichts als eine blödsinnige Hetze.«[13] Diese Meldung war mit einem Foto versehen, das laut Aussage des »Hauptbranchenleiters für Eier« ein volles Eierlager zeigte. Tatsächlich waren nur Kartons im einem Regal zu sehen.

Die Magdeburger *Volksstimme* vom gleichen Tag brachte unter der Überschrift »Das ist ja lachhaft« das Foto zweier freundlich dreinblickender Frauen. Die eine wurde als Leiterin der Konsumverkaufsstelle 20 in Magdeburg, die andere als Kundin vorgestellt. Die Leiterin erklärte auf die Frage des Journalisten nach ihrer Meinung zur »westlichen Lügenpropaganda« über die notleidenden Einwohner der DDR: »Bei uns bekommen die Kunden zu kaufen, was sie wollen. Unsere Verkaufsstelle wird regelmäßig und gut beliefert.« Und ihre Kundin bestätigte: »Was ich haben wollte, bekam ich hier bis jetzt immer.«[14]

Einen Tag später zeigte das *ND* unter dem Titel »Hungersnot? – ist ja paradox!« ebenfalls das Foto einer sehr freundlichen Frau, die mit vollem Einkaufsnetz das Lebensmittelkaufhaus in Berlin, Rathausstraße verließ und dem Reporter bestätigte: »Das sehen Sie doch hier im Geschäft am besten. Jeder der hereinkommt, kauft, was er braucht, ohne Hast und Aufregung.«[15]

Diese positive Beschreibung der Versorgungslage in der DDR korrespondierte mit einer negativen Berichterstattung über die Zustände in der Bundesrepublik. Die unübersehbaren Erfolge der kapitalistischen Marktwirtschaft und des Sozialstaates wurden als Ausbeutungssystem allerschlimmsten Kalibers entlarvt. Unter der Schlagzeile »Freundlich zu den Reichen, hart zu Armen« wurde geschildert, wie die Arbeitshetze in Westdeutschland einen neuen Rekord erreicht habe, wie die Produktionssteigerung in Wirklichkeit zeige, daß westdeutsche Werktätige heute um die Hälfte mehr leisten müßten als vor 10 Jahren, d.h., daß sie »schneller arbeiten, mehr hetzen, sich rascher verausgaben, sich eher ruinieren« müßten. Ihr Anteil an den geschaffenen Werten ginge »unentwegt« zurück, der Anteil, den sich die Kapitalisten als Profit bzw. Mehrwert aneigneten, steige ständig. Für das *ND* war es erwiesen, daß die »Schwere des kapitalistischen Arbeitsalltags« zur »völligen Ruinierung der Arbeitskraft und damit der Existenz des Arbeiters« führt. Zusammenfassend hieß es, daß »alles«, was unter »der Fuchtel der Konzernherren geschehe«, der Steigerung des Profits und der Stärkung ihrer ökonomischen und politischen Macht diene. Dieses Treiben – und hier wurde der Kreis zur friedliebenden DDR geschlossen – gelte auch »für die Vorbereitungen zum Atomkrieg, den das Westdeutsche Monopolkapital einschließlich der Ultras in den NATO-Kommandos und im Bonner Staatsapparat gegen die DDR und das sozialistische Lager führen möchte.«[16]

Nachdem man dem Leser diese »Tatsachen über das ›Wirtschaftswunder‹ im Bonner Staat« mitgeteilt hatte, folgte wenige Tage später ein groß aufgemachter Artikel mit der Schlagzeile »Die DDR – das wahre Wirtschaftswunder.« Der Autor Walter Florath berichtete von den großen Erfolgen der sozialistischen Planwirtschaft und kam u.a. zu folgendem Ergebnis: »Gemessen an der viel schlechteren Ausgangsposition, an der durch die Spaltung äußerst ungünstig gewordenen Struktur unserer Wirtschaft, hat die sozialistische Planwirtschaft den Werktätigen der DDR bedeutend mehr als die Monopole den Werktätigen Westdeutschlands gegeben! Das wahre Wirtschaftswunder in der Deutschen Demokratischen Republik besteht gerade darin, daß es hier trotz ungleich schwierigerer Bedingungen gelang, eben nicht nur die unbedingt erforderliche Entwicklung der Produktionsmittel erzeugenden Industrie zu gewährleisten, sondern zugleich in jedem Jahr bedeutende, gesicherte und grundlegende Verbesserungen des Lebensstandards der Werktätigen zu erreichen.«

Von dieser Warte der relativen Erfolge aus blickte er voller Entrüstung auf die »Barbarei des Frühkapitalismus« in Westdeutschland, wo in der Stahlproduktion ein Rekord an tödlichen Unfällen zu verzeichnen sei, und

»voller Abscheu« vernahm er, daß »Westdeutschland immer noch mit dem Makel der größten Barbarei des Frühkapitalismus, nämlich der Ausbeutung von Kindern, behaftet ist.« Der Artikel schloß mit der Frage nach den Quellen der »Erfolge in der DDR« und gab folgende Antwort: »Natürlich sind nicht Wunder die Quellen unserer Erfolge. Das ist vielmehr die Überlegenheit der sozialistischen Planwirtschaft.«[17]

Diese Berichterstattung provozierte geradezu die Frage, warum die Menschen nach wie vor in hellen Scharen die DDR verließen. Auch darauf wußte die SED-Propaganda eine Antwort. Für sie war die Fluchtbewegung der Menschen aus dem gelobten Land des Sozialismus dem Wirken von »Menschenhändlern« geschuldet. Die braven Menschen der DDR würden mit falschen Versprechungen und Verlockungen dazu gebracht, ihre Heimat zu verlassen. Die Menschenhändler wiederum würden nicht im eigenen Auftrag, sondern im Auftrag der Bundesregierung und der Geheimdienste handeln, und dafür auch noch eine »Kopfprämie« für jeden abgeworbenen DDR-Bürger erhalten. Am 19. Juli lautete die Schlagzeile im *ND*: »Bonn zahlt Kopfgeld für Menschenhandel. Adenauer forciert die Politik der Ultras.«[18]

Längst war ausgemacht, daß in West-Berlin die Schaltzentrale der Abwerber saß. Von hier aus würde alles gesteuert werden: »In Westberlin gibt es deshalb heute Menschenfänger, Menschenhändler, Anwerbe- und Abwerbeagenten in einem Ausmaß, wie kaum an einem anderen Platz der Welt. Die anomale Lage Westberlins äußert sich heute unter anderem darin, daß sich mitten auf dem Territorium der DDR ein Marktplatz für Menschenhandel befindet …«

Die Schlußfolgerung aus dieser Einschätzung war einfach: Den Menschenhändlern muß das Handwerk gelegt werden und das gelingt nur, wenn die freien Zugangswege nach Berlin unter Kontrolle der DDR kämen. Das war der Kern der Kampagne für einen Friedensvertrag und genau dies war gemeint, wenn es hieß: »Diese potentielle Gefahr [Abwerbung, M.S.] für unsere Jugend muß durch den Friedensvertrag beseitigt werden.«[19]

Es gab noch eine zweite Argumentationslinie, mit der die SED versuchte, die Menschen davon abzuhalten, Haus und Hof zu verlassen und der DDR den Rücken zu kehren. Sie erzählte ihren Bürgern, daß die Abgeworbenen in Westdeutschland in ein kapitalistisches Elend kämen, das so ungeheuerlich sei, daß sie reumütig in die DDR zurückkehrten. Diese Berichterstattung erwähnte natürlich nicht, daß es sich bei den Beispielen um Einzelfälle handelte, und versuchte obendrein den Eindruck zu vermitteln, als verlaufe der Flüchtlingsstrom nicht von Ost nach West, sondern umgekehrt von West nach Ost. So berichtete die *Volksstimme* unter der Schlagzeile »Flucht vor Barras und sozialem Notstand« folgendes: »Der seit Beginn der Schulferien sprunghaft angestiegene Strom von Rückkehrern und Übersiedlern aus Westdeutschland hat das Aufnahmeheim in Barby bis auf den letzten Platz gefüllt. Es sind besonders Menschen, die aus sozialem Notstand heraus oder um sich der Einberufung zur Bonner NATO-Armee zu entziehen, dem Adenauer-Staat den Rücken kehren.« Vorgestellt wurden vier Personen – mit Fotos und ihren Aussagen. So wollte der Melker Böhnke nicht zur Bundeswehr, fand es auch nicht richtig, daß er bei seinem (westdeutschen) Großbauern keine Butter bekam, und seine beiden Kleinkinder »mit Margarine« ernähren mußte. Der Hilfsarbeiter Bathe hatte zum einen »keine Lust, bei Strauß Soldat zu spielen« und mußte zum anderen seine Lehre abbrechen, »weil er seiner Schwester den Besuch einer Turn- und Ballettschule ermöglichen wollte.« Der Bauhilfsarbeiter Milbradt war erst zur Jahreswende aus der DDR geflohen und kam nun zurück, u.a. weil er von seinem Verdienst von 400 DM für Unterkunft und Vollverpflegung in einem »Wohnheim republikflüchtiger Jugendlicher« 200 DM bezahlen mußte. Schließlich wollte der ehemalige Straßenbahnschaffner Schultze aus Magdeburg deshalb wieder in die DDR zurück, weil »ihn keiner haben wollte« und weil er bei seinem Versuch, sich selbständig zu machen, gescheitert war.[20]

Im Juni 1961 bekam Rudolph Winkler zum ersten Mal einen FDGB-Ferienplatz an der Ostsee angeboten. Allerdings nur für eine Person. Er verbrachte im Juli zwei Wochen Erholungsurlaub in Bansin auf Usedom, während seine Frau bei Bekannten in Warnemünde zu Besuch weilte und sein Sohn Wolfgang an der Ostsee zum Zelten war. Auf der Rückreise von Usedom fuhr Rudolph Winkler über Berlin und blieb dort für ein paar Tage. Hier erlebte er die politische Spannung und spürte die bedrohliche Stimmung hautnah. Die Ahnung, daß mit dem freien Zugang nach West-Berlin etwas geschehen würde, verdichtete sich. Er habe hier »die brodelnde Unruhe durch die täglich zunehmenden Flüchtlinge erlebt«,[21] schrieb er später. Am 23. Juli, einem Sonntag, kehrte er nach Magdeburg zurück. Frau und Sohn waren noch nicht zuhause. Er konnte in aller Ruhe die Zeitungen der letzten Tage lesen. Dabei stieß er auf die erwähnten Artikel in der *Volksstimme* und im *Neuen Deutschland*. Besonders fühlte er sich durch die Berichterstattung über die Fluchtbewegung und die Versorgungskrise provoziert. Er setzte sich wieder an die Schreibmaschine, verfaßte einen Brief an die Redaktion der *Volksstimme* und einen fast gleichlautenden an die Bezirksredaktion des *Neuen Deutschlands*.[22] Er vermied jede Anrede und jeden Hinweis auf den Verfasser und Absender. Noch am Abend des 23. Juli warf er beide Briefe in den Briefkasten am Olvenstedter Platz. Der Brief an die *Volksstimme* lautete:

»Magdeburg, den 23.7.61, An die Redaktion der ›Volksstimme‹ Magdeburg. Seit Jahren bin ich Leser Ihrer Zeitung und beobachte die bewusst falsche Berichterstattung, Ihre unglaublichen Verdrehungskünste, die infame Heuchelei und die maßlose Hetze gegen alles Westliche, insbesondere Westdeutsche. Oft wurde ich an die Methoden von Goebbels erinnert, doch das war, obwohl auch verlogen, doch noch gekonnt. Ihre meist sehr plumpen Manöver sind aber so durchsichtig und billig, meist nach der Methode ›Haltet den Dieb‹, daß sie nur peinlich und lächerlich wirken, und es bleibt nur das Bedauern übrig, daß sich Deutsche dafür hergeben.

Was Sie sich aber jetzt seit einigen Wochen an dialektischen Purzelbäumen leisten, ist so grotesk und unverschämt und wirkt so hysterisch, daß auch der primitivste Leser merkt, wie sehr Sie sich im Unrecht fühlen müssen, daß Sie es nötig haben, ein solch' wüstes Geschrei loszulassen. Nichts ist Ihnen dumm genug – von heilig will ich gar nicht sprechen, um es für Ihre verlogene Propaganda auszuschlachten. Nur eins vergessen Sie dabei bei all' Ihrem Bemühen: Man glaubt Ihnen nicht mehr! In diesen Wochen haben Sie Ihren letzten moralischen Kredit verspielt. Was muten Sie eigentlich der Bevölkerung zu? Glauben Sie, wir leben auf dem Mond? Es interessiert uns nicht, wenn Sie zum hundertsten Mal berichten, daß die landwirtschaftliche und industrielle Produktion um x% – nicht kontrollierbar – gestiegen ist, wenn wir dann die Wirklichkeit auf der Straße sehen: Riesenschlangen anstehend nach 2 Pfund Kartoffeln (Ende Juli !!), wenn irgend ein Funktionär erklärt, daß die Versorgung völlig normal sei, während die Pannen in der Versorgung kein Ende nehmen. Bald gibt es keine Butter, bald keinen Käse, Obst und Gemüse unzulänglich, Zitronen selten, augenblicklich wieder einmal gar nicht, von dem Fehlen 1000 kleiner Dinge ganz zu schweigen. Das alles wird ein Chaos bleiben, solange ahnungslose Dilettanten am Ruder sitzen, die ihre Parteibrille nicht abnehmen dürfen. Und dazu die unverschämten Preise für Obst und Gemüse! Bei so vielen Mißständen sollten Sie erst mal vor Ihrer eignen Tür kehren und sich erst dann um die Zustände in anderen Gebieten und Ländern kümmern.

Und dann das blöde Gefasel von der Abwerbung! Jeder von uns weiß aus seiner nächsten Umgebung, weshalb die Menschen Hab und Gut im Stich lassen. Nicht, weil man ihnen in Westdeutschland einen dicken Posten versprochen hat, sondern weil sie es einfach nicht mehr aushalten, sich laufend so infam belügen zu lassen, wie Sie es täglich tun, weil sie es satt haben, sich seelisch und geistig vergewaltigen zu lassen. Das ist eine Kulturschande für das 20. Jahrhundert!

Und wenn Sie dann als Beweis für den ›ständig steigenden Flüchtlingsstrom (!) aus Westdeutschland‹ die Abbildungen und Äußerungen von 3-4 verkrachten oder gescheiterten Existenzen oder auch ahnungslosen Würstchen bringen – von deren schneller Bekehrung hier Sie dann aber nichts mehr berichten –, dann beweist das Ihre Hilflosigkeit den Tatsachen gegenüber, aber auch Ihre Skrupellosigkeit, wider besseres Wissen solche Artikel zusammenzuschustern. Wert hat es allerdings nicht, denn die Bevölkerung lacht nur über diesen Quatsch. Jeder kennt solche Typen und meidet sie, nur von der Presse werden sie gefeiert. Merken Sie denn nicht, wie das alles stinkt! Glauben Sie aber nicht, daß die Bevölkerung ewig alles hinnimmt. Es wird eine Zeit kommen, wo es auf die Stimmung der Bevölkerung sehr stark ankommt, und dann werden Sie Ihr blaues Wunder erleben. Noch ist es nicht zu spät. Mag dieses Schreiben eine Warnung sein!«[23]

Aus den Unterlagen geht hervor, daß die Verantwortlichen beider Zeitungen auf die gleiche Art und Weise reagierten: Sie reichten die Leserbriefe umgehend an das MfS weiter. Die Stasi hatte jedoch zu diesem Zeitpunkt andere Sorgen, als sich mit anonymen Leserbriefen zu beschäftigen: 20 Tage, nachdem Rudolph Winkler die Briefe versandt hatte, am 13. August 1961, begann die SED-Führung mitten durch Berlin und entlang der Westsektorengrenze eine Mauer mit Stacheldraht und Todesstreifen ziehen zu lassen. Das legendäre Bauwerk wurde von ihr als »antifaschistischer Schutzwall« bezeichnet. Die geheimen Vorbereitungen liefen zu dem Zeitpunkt, als die Stasi die Briefe erhielt, auf Hochtouren.

Piano-Winkler

Der Mauerbau hatte für Rudolph Winkler nicht nur die Konsequenz, daß er eingesperrt und der Herrschaft der SED auf Gedeih und Verderb ausgeliefert war – dieses Schicksal teilte er mit den allermeisten DDR-Bürgern –, für ihn hatte der Mauerbau, persönlich und beruflich, dramatische Folgen: Eine Woche vorher flüchtete sein Chef, Ernst-Ludwig Heinrichshofen, mit seiner Familie in den Westen. Rudolph Winkler war jahrzehntelang dem Unternehmen Heinrichshofen verbunden und hatte sich weitgehend mit dem Wohl und Wehe des Betriebes identifiziert. Er hatte sogar Angebote aus dem Westen ausgeschlagen, weil ihm seine Stellung im Unternehmen und die Anerkennung, die er als Prokurist und Fachmann für Pianos genoß, wichtiger waren. Vielleicht spielte auch eine Rolle, daß Heinrichshofen ihn gebeten hatte, bei ihm durchzuhalten, bis wieder bessere Zeiten anbrächen. Sowohl Rudolph Winkler als auch sein Chef waren tief davon überzeugt, daß die DDR keinen Bestand haben würde. Die Flucht seines Chefs traf ihn unvorbereitet. Winkler fühlte sich im Stich gelassen. Er, der sich darauf eingestellt hatte, die wenigen Jahre bis zum Ruhestand seiner Arbeit bei Heinrichshofen nachgehen zu können, sah nicht nur seine Stellung, sondern auch seine Lebensleistung bedroht. Zunächst leitete er den Betrieb als verantwortlicher Geschäftsführer. Ihm war jedoch klar, daß der seit 1960 mit staatlicher Beteiligung geführte Betrieb in absehbarer Zeit vollends verstaatlicht werden würde. Er konnte sich – als Parteiloser – wenig Hoffnung machen, seine Leitungsfunktion zu behalten. Leitungsposten

Brief an das *Neue Deutschland* vom 23. Juli 1961

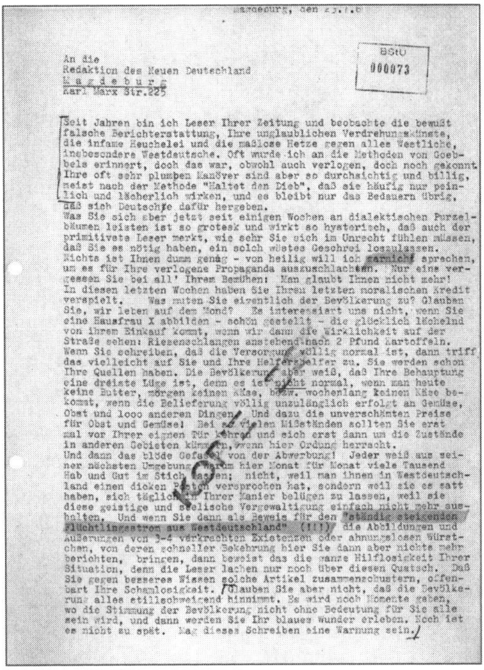

Magdeburg, den 23.7.61

BStU 000073

An die
Redaktion des Neuen Deutschland
Magdeburg
Karl Marx Str.225

Seit Jahren bin ich Leser Ihrer Zeitung und beobachte die bewußt falsche Berichterstattung, Ihre unglaublichen Verdrehungskünste, die infame Heuchelei und die maßlose Hetze gegen alles Westliche, insbesondere Westdeutsche. Oft wurde ich an die Methoden von Goebbels erinnert, doch das war, obwohl auch verlogen, doch noch gekonnt. Ihre oft sehr plumpen Manöver sind aber so durchsichtig und billig, meist nach der Methode "Haltet den Dieb", daß sie häufig nur peinlich und lächerlich wirken, und es bleibt nur das Bedauern übrig, daß sich Deutsche dafür hergeben.
Was Sie sich aber jetzt seit einigen Wochen an dialektischen Purzelbäumen leisten ist so grotesk und wirkt so hysterisch, daß auch der primitivste Leser merkt, wie sehr Sie sich im Unrecht fühlen müssen, daß Sie es nötig haben, ein solch wüstes Geschrei loszulassen.
Nichts ist Ihnen dumm genug - von heilig will ich garnicht sprechen, um es für Ihre verlogene Propaganda auszuschlachten. Nur eins vergessen Sie bei all' Ihrem Bemühen: Man glaubt Ihnen nicht mehr!
In diesen letzten Wochen haben Sie Ihren letzten moralischen Kredit verspielt. Was muten Sie eigentlich der Bevölkerung zu? Glauben Sie, wir leben auf dem Mond? Es interessiert uns nicht, wenn Sie eine Hausfrau X abbilden - schön gestellt - die glücklich lächelnd von ihrem Einkauf kommt, wenn wir dann die Wirklichkeit auf der Straße sehen: Riesenschlangen anstehend nach 2 Pfund Kartoffeln.
Wenn Sie schreiben, daß die Versorgung völlig normal ist, dann trifft das vielleicht auf Sie und Ihre Helfershelfer zu. Sie werden schon Ihre Quellen haben. Die Bevölkerung aber weiß, daß Ihre Behauptung eine dreiste Lüge ist, denn es ist nicht normal, wenn man heute keine Butter, morgen keinen Käse, bzw. wochenlang keinen Käse bekommt, wenn die Belieferung völlig unzulänglich erfolgt an Gemüse, Obst und 1000 anderen Dingen. Und dazu die unverschämten Preise für Obst und Gemüse! Bei so vielen Mißständen sollten Sie erst mal vor Ihrer eignen Tür kehren und sich erst dann um die Zustände in anderen Gebieten kümmern, wenn hier Ordnung herrscht.
Und dann das blöde Gefasel von der Abwerbung! Jeder weiß aus seiner nächsten Umgebung, warum hier Monat für Monat viele Tausend Hab und Gut im Stich lassen; nicht, weil man ihnen in Westdeutschland einen dicken Posten versprochen hat, sondern weil sie es satt haben, sich täglich in Ihrer Manier belügen zu lassen, weil sie diese geistige und seelische Vergewaltigung einfach nicht mehr aushalten. Und wenn Sie dann als Beweis für den "ständig steigenden Flüchtlingsstrom aus Westdeutschland" (!!!) die Abbildungen und Äußerungen von 3-4 verkrachten Existenzen oder ahnungslosen Würstchen, von deren schneller Bekehrung hier Sie dann aber nichts mehr berichten, bringen, dann beweist das die ganze Hilflosigkeit Ihrer Situation, denn die Leser lachen nur noch über diesen Quatsch. Daß Sie gegen besseres Wissen solche Artikel zusammenschustern, offenbart Ihre Schamlosigkeit. Glauben Sie aber nicht, daß die Bevölkerung alles stillschweigend hinnimmt. Es wird noch Momente geben, wo die Stimmung der Bevölkerung nicht ohne Bedeutung für Sie alle sein wird, und dann werden Sie Ihr blaues Wunder erleben. Noch ist es nicht zu spät. Mag dieses Schreiben eine Warnung sein./

in volkseigenen Betrieben wurden von der SED nach politischen Kriterien besetzt. Knapp ein halbes Jahr später war es soweit. Am Ende des Jahres wurde dem »Kaufmann Rudolf Winkler« die Prokura entzogen. Dies war nicht alles. Gleichzeitig wurde ihm sein bisheriger, ihm untergeordneter Kollege Günther Franke als neuer Chef vor die Nase gesetzt. Franke war bislang in der Buchhandlungsabteilung als »1. Sortimenter« beschäftigt und Vorsitzender der BGL (Betriebsgewerkschaftsleitung). Rudolph Winkler wurde zum »Abteilungsleiter der Pianoabteilung« herabgestuft. Sein Gehalt wurde um 200 MDN von 850 auf 650 MDN monatlich gekürzt. Er mußte seinen Firmenwagen – einen Wartburg –, den er zur freien Verfügung hatte, abgeben und sein Büro im Gebäude des Hauptgeschäftes räumen. Er wurde in die Haeckelstraße Nr. 9 versetzt. Hier, in einer kleinen, eher dunklen Nebenstraße des Breiten Weges, der Magdeburger Prachtstraße, gut 10 Minuten vom Hauptgeschäft in der Straße der Jugend 29 entfernt, besaß Heinrichshofen die Räumlichkeiten einer ehemaligen Dreizimmerwohnung von schätzungsweise 80 Quadratmeter. Sie diente als Verkaufsraum, Lager für gebrauchte Klaviere und als Werkstatt zur Aufarbeitung dieser Klaviere. Rudolph Winkler mußte sich »in einem tristen Hofzimmer, das zugleich als Verkaufsraum diente«, einen Arbeitsplatz einrichten.

Rudolph Winkler schienen der Bau der Mauer und dessen mittelbare Folgen die Sprache verschlagen zu haben. Erst gut zwei Jahre später meldete er sich als Leserbriefschreiber wieder zu Wort. In diesen zwei Jahren geriet er aber auf andere Weise in das Visier der Stasi. Seine Piano-Abteilung betrieb einen schwunghaften Handel mit gebrauchten Klavieren. Die Kunden waren vor allem sowjetische Offiziere. Die Rote Armee hatte in der näheren Umgebung von Magdeburg riesige Standorte, allein in Altengrabow waren zirka vierzigtausend Mann stationiert.

Im November 1963 war einem – namentlich nicht genannten – Spitzel aufgefallen, daß Rudolph Winkler in seinem Notizbuch eine große Anzahl Adressen von sowjetischen Offizieren stehen hatte und daß er sich überhaupt für die Anschriften und Dienststellen der sowjetischen Offiziere interessierte. Wie der Spitzel die Gelegenheit bekam, einen Blick in Winklers Notizbuch zu werfen, ist nicht bekannt. Er teilte jedenfalls der sowjetischen Abwehr seine Beobachtung mit, und diese wiederum bat ihre Kollegen von der Stasi um Amtshilfe. Im handschriftlichen Schreiben, hieß es u.a.: »In Magdeburg in einer Straße zwischen dem Bahnhof und dem Hasselbachplatz befindet sich die private Pianofirma ›Heinrichshoffen‹ (sic!). Der Inhaber der Firma Rudolph Winkler, ist ca. 60 Jahre alt. W. unterhält umfangreiche Verbindungen zu den sowjetischen Offizieren und deren Frauen. Er besucht die Garnison Stendal ... Um Kenntnisnahme und Überprüfung wird gebeten. Wir bitten auch um die Feststellung, ob evt. Belastungsmaterial über die Person Winckler (sic!) vorhanden sei.«

Unterzeichnet war dieses Schreiben mit »Freunde«.[24] »Freunde« war der terminus technicus für Angehörige der sowjetischen Geheimdienste und der Armee.

Die Stasi ließ sich nicht lange bitten. Schon Ende Januar 1964 lag ein umfassender Spitzelbericht über die Fa. Heinrichshofen, über Rudolph Winkler und andere Beschäftigte vor. Ein »Geheimer Mitarbeiter« GM »Günter Nehrlich«, der bei Heinrichshofen als Außenvertreter beschäftigt war, plauderte ausschweifend über seine Erkenntnisse. So sei nach der Republikflucht des Chefs der Fa. Heinrichshofen ein Herr Günther Franke[25] mit der Führung des Geschäftes beauftragt worden, während »die Leitung der Piano-Abteilung von einem Herrn Rudolph Winkler, genannt Piano-Winkler, beibehalten wurde.« »Nehrlich« beschrieb Winkler als jemanden, der große fachliche Kenntnisse besitzen müsse, da er seit Jahren auf diesem Gebiet selbständig arbeite. Über seine sonstigen Gewohnheiten wisse er jedoch nichts. »Nehrlich« wußte jedoch von »einigen Spannungen« zu berichten, die zwischen dem neuen Geschäftsleiter und Winkler entstanden seien. Franke sei es darum gegangen, »eine möglichst unkontrollierte Chefstellung innerhalb des Betriebs einnehmen zu können.« Da Piano-Winkler durch »seine motorisierte Tätigkeit der Kontrolle des Franke weitgehend entzogen« sei, begann ein Kampf um das Personenfahrzeug der Firma. »Nehrlich« äußerte die Vermutung, daß diese Spannungen inzwischen beigelegt sein könnten. Piano-Winkler habe sich »durch günstige Verkaufsmöglichkeiten von Pianos und Klavieren an Offiziere der Roten Armee heute weitgehend mit Franke über gewisse finanzielle Dinge abgestimmt.«

»Nehrlich« berichtet besonders umfänglich über den neuen Geschäftsführer Franke – mit bösartigen Spekulationen über dessen charakterliche Eigenschaften und moralische Einstellung, die sich allenfalls auf privaten Klatsch und Tratsch stützen konnten. Er gab jedoch auch interessante Informationen zu Tätigkeitsbereich, Verbindungen und Karriere. So sei Franke, bevor er Geschäftsführer wurde, Leiter der Fachbuchhandung gewesen. Diese Funktion war zum größten Teil mit Außendienst verbunden, d.h. Franke besuchte als Vertreter einzelne Betriebe und Institutionen. Er sei BGL-Vorsitzender gewesen und habe »recht engen Kontakt« zum SED-Kreisvorstand und »viele persönliche Verbindungen zu maßgeblichen Funktionären«. »Nehrlich« meinte, nach der Flucht von Heinrichshofen »bot es sich wohl als selbstverständlich an, den Genossen Franke als Geschäftsführer … einzusetzen.«[26]

Dieser Spitzelbericht »Nehrlichs« war mit Grundlage für die Entscheidung der Stasi, eine Ermittlung gegen Winkler wegen »Verdacht auf Spionage« und eine »umfassende Aufklärung der Person« einzuleiten. Es sollten sein beruflicher und politischer Wertegang ermittelt, sein Auftreten im Wohngebiet, sein Charakter und sein Leumund ausgeforscht sowie Informationen über seine Verwandten und seinen Umgangskreis, beschafft werden. Besonders interessiert war die Stasi an Winklers Verbindungen nach Westdeutschland und zu seinem ehemaligen Chef Heinrichshofen.[27]

Am 23. März 1964 konnte die Abteilung Spionage des MfS der sowjetischen Abwehr ihren Ermittlungsbericht zu Winkler vorlegen. Festgehalten wurde, daß seine politische Einstellung »undurchsichtig« und er selbst »sehr westlich eingestellt« sei. Gesellschaftspolitische Arbeit leiste er nicht, und bei Listensammlungen gebe er nichts. Die Eheleute Winkler führten »ein geordnetes Familienleben«. In moralischer Hinsicht sei »nichts Nachteiliges bekannt.« Es finden sich in diesem Bericht auch eine Reihe falscher Angaben über die familiären Verhältnisse, u.a., daß sein Sohn Wolfgang »illegal« nach Westdeutschland gegangen sei, während die Tochter noch im Haushalt ihrer Eltern lebe. Unbekümmert wurde spekuliert, die Tochter solle als Sprechstundenhilfe tätig sein und ein Verhältnis mit einem P. haben. Zum Schluß wurde über Winklers Westverbindungen gerätselt und seine Reisen nach Westdeutschland aufgelistet.[28]

Ob die sowjetische Abwehr mit diesem mageren und unzulänglichen Ermittlungsbericht der deutschen Kollegen etwas anfangen konnte, ob sie mit eigenen Ermittlungen fortfuhr oder den Vorgang ergebnislos abgeschlossen hat, ist aus den zugänglichen Unterlagen nicht ersichtlich. Die Stasi jedenfalls scheint die Sache nicht weiter verfolgt zu haben. Sie gab ihre Unterlagen ins Archiv – doch dort sollten sie nicht in Vergessenheit geraten.

Nach dem Mauerbau – die Bundesrepublik als Fluch, die DDR als Segen für die Menschheit: Leserbriefe vier bis dreizehn

Das Wunder von Lengede

Ungefähr zur gleichen Zeit, als Rudolph Winkler die Aufmerksamkeit der sowjetischen Abwehr auf sich lenkte, kam es am 24. Oktober 1963 in Lengede zu einem schweren Grubenunglück. 129 Bergleute wurden auf der Erzgrube »Mathilde« nach einem Wasser- und Schlammeinbruch verschüttet. Nur 79 Kumpel konnten sich selbst retten. Von den 50 vermißten Bergleuten wurden einen Tag später 7 befreit. Schon nach drei Tagen erklärte die Direktion 39 Kumpel für tot, weil sie glaubte, daß nach menschlichen Ermessen keine Chance auf ein Überleben mehr bestünde. Doch eine Woche später, am Freitag, den 1. November, konnten noch drei weitere gerettet werden. Danach wurden die Rettungsmannschaften endgültig abgezogen. Die Belegschaft setzte jedoch durch, daß es auch nach Abbruch der Rettungsarbeiten zu weiteren Probebohrungen kam. Am Samstag erhielt die Grubenleitung den Hinweis eines Hauers, daß sich an einer bestimmten Stelle noch lebende Bergleute befinden könnten. Sie ließ erneut Probebohrungen vornehmen. Am frühen Sonntagmorgen des 3. Novembers hörten die verbliebenen Bergleute Klopfzeichen von 11 Überlebenden aus 62 Meter Tiefe. Diese wurden nach weiteren 4 Tagen gerettet. Wie durch eine Wunder hatten sie überlebt. Der Betriebsrat und die IG-Bergbau kritisierten die Werksleitung, weil sie voreilig 40 Bergleute für tot erklärt hatte, noch dazu, ohne den Betriebsrat einzubeziehen.

Das »Wunder von Lengede« beherrschte die Schlagzeilen der Presse in West und Ost. Im Vordergrund der ostdeutschen Kommentierung stand der Versuch, dieses Grubenunglück als ein der kapitalistischen Produktion geschuldetes Ereignis darzustellen. Am 4. November schrieb die Magdeburger *Volksstimme*: »Das ist eine unfaßbare und nur in der kapitalistischen Welt mögliche Nachricht: Bergarbeiter der Zeche ›Mathilde‹ machen ihre Grubenleitung darauf aufmerksam, daß sich im Schacht noch menschliches Leben befindet, und der Zechendirektor läßt die Bergungsarbeiten einstellen und setzt die Trauerfeier an! … Mancher glaubt heute noch nicht zu wissen, was Kapitalismus ist. Lengede gibt ihm die Antwort: Eine Gesellschaftsordnung, in der der Profit alles und der Mensch nichts gilt!«[29]

Wasser auf die Mühle einer solchen Interpretation gab die Entwicklung des Aktienkurses der Ilseder Hütte, der die Grube gehörte. Der Kurs war von 99 auf 93 Punkte gefallen. Im Leitartikel der *Volksstimme* mit der Überschrift »… aber der Aktienkurs« konnte man jetzt folgende – ziemlich absurde – Spekulation lesen: »Das war das Alarmzeichen … Am gleichen Tage, als diese Börsennachricht kam, ließ die Direktion daher 40 Kumpel für tot erklären und alle Sucharbeiten einstellen.«[30]

Die »Schreibwerkstatt« Winklers, der Klavierraum der Fa. Heinrichshofen in der Haeckelstraße 9

Rudolph Winkler entschloß sich, erneut einen Leserbrief zu schreiben. Doch ging er nun mit noch größerer Vorsicht zu Werke, indem er den Brief im Durchschlagverfahren verfaßte, in der – wie sich herausstellen sollte – irrtümlichen Annahme, daß damit eine Identifizierung der Schrifttype bzw. der Schreibmaschine unmöglich wäre. Das Original vernichtete er nach der Fertigstellung des Briefes. Wichtig für die weitere Entwicklung war jedoch, daß er den Brief nicht in seiner Wohnung schrieb, sondern an seinem Arbeitsplatz in der Haeckelstraße und auf der Firmenschreibmaschine. Die Piano-Abteilung war ein idealer Ort für einen Autor, der unerkannt bleiben wollte: Seine beiden technischen Mitarbeiter, ein Polierer und ein Klaviertechniker hatten eine regelmäßige Arbeitszeit von 7 bis 16 Uhr – die sie zuverlässig einhielten. Rudolph Winkler blieb gewöhnlich bis 18 Uhr im Geschäft – weitere Beschäftigte gab es in seiner Drei-Mann-Abteilung nicht. Ab 16 Uhr konnte er ungestört seine Schreibarbeiten erledigen und die *Volksstimme* lesen. Letzteres gehörte zu seiner beruflichen Tätigkeit, da er wegen des Handels mit gebrauchten Klavieren regelmäßig den Anzeigenteil der *Volksstimme* studierte.

Am 6. November warf er den Brief abends auf dem Nachhauseweg unfrankiert in den Hausbriefkasten der Geschäftsstelle der *Volksstimme* in der Karl-Marx-Straße. Das Kuvert trug die Anschrift: »An die Giftküchen-Redaktion der *Volksstimme*.« Der Text begann ohne Anrede:

»Wenn Ihr noch einen Funken Schamgefühl habt, dann hört auf mit Eurer infamen Hetze anläßlich des Grubenunglückes in Lengede. Wo ich hinhöre, stelle ich nur Empörung über die widerliche Art fest, mit der Ihr das Unglück politisch auszuschlachten versucht. Hier sind auch Grubenunglücke passiert, aber solch großzügige Rettungsaktionen wurden hier nicht durchgeführt. Aber hetzen und schüren, das ist das einzige, was Ihr noch könnt. Dabei ist es doch geradezu idiotisch, wenn Ihr annehmt, daß Euch noch jemand glaubt, wo jeder einzelne die Wahrheit durch Rundfunk sehr schnell feststellen kann.

Lügen haben kurze Beine. Das Sprichwort gilt auch heute noch, doch wem das Lügen, Hetzen, Heucheln, Tatsachen verdrehen zur Lebensaufgabe geworden ist, der hat auch den Nerv dafür verloren, und solange solche ›Friedensfreunde‹ am Werk sind, wird es keine Befriedung der Menschheit geben.«[31]

Dieser Brief wurde von der Redaktion der *Volksstimme*, wie auch alle anderen noch folgenden Briefe, umgehend an die Bezirksleitung des MfS weitergereicht.

Die Ermordung John F. Kennedys

Schon zirka zwei Wochen später trieb es Rudolph Winkler wieder an seine Schreibmaschine. Den Anlaß gab diesmal die Berichterstattung der *Volksstimme* über die Ermordung John F. Kennedys. Am 22. November 1963 wurde John F. Kennedy ermordet. In das weltweite Entsetzen – selbst Walter Ulbricht übermittelte im Namen des Staatsrates, des Ministerrates und der Bevölkerung der DDR dem amerikanischen Volk sein »tiefempfundenes Beileid« – mischte sich sogleich eine wilde Spekulation über Motive des Attentäters und seiner Hintermänner. Nach der schnellen Festnahme von Lee Harvey Oswald und seiner Ermordung durch den Nachtclubbesitzer Jack Ruby, vor den Augen der Polizei bei der Überführung ins Gefängnis von Dallas, begannen die Spekulationen erst recht ins Kraut zu schiessen. Viele vermuteten eine »rechte« Verschwörung, bei der CIA oder FBI ihre Hände im Spiel gehabt hätten. Als jedoch bekannt wurde, daß sich Oswald von 1959 bis 1962 in der Sowjetunion aufgehalten hatte, lag für

* Die UdSSR hatte im Sommer 1962 begonnen, Abschußbasen für Mittelstreckenraketen auf Kuba zu errichten. Die Installierung dieser Waffen bedeutete eine direkte atomare Bedrohung der USA. Kennedy verlangte am 22.10.1962 den Abbau der Basen und die Rückführung der bereits gelieferten Raketen. Um weitere Lieferungen zu verhindern verhängten die USA eine Seeblockade über Kuba (24.10.1962). Der bewaffnete Konflikt – selbst unter Einsatz von Kernwaffen – schien unvermeidlich. Am 28.10.1962 erklärte sich Chruschtschow bereit, die Basen abzubauen und die Raketen zurückzuführen.

** Die Außenminister der USA, Großbritanniens und der UdSSR unterzeichneten am 5.8.1963 in Moskau ein Abkommen über die Einstellung der Kernwaffenversuche in der Atmosphäre, im Weltraum und unter Wasser.

*** Hinweis auf den Versuch der Nazis, der KPD den Reichstagsbrand am 28. Februar 1933 in die Schuhe zu schieben, weil der wahrscheinliche Brandstifter Van der Lubbe ein niederländischer Kommunist gewesen war. Die Linke hingegen war davon überzeugt, daß die Nazis den Brand selbst gelegt hatten. Weder für die Behauptung der Nazis noch für die der Kommunisten ließen sich eindeutige Beweise erbringen. Van der Lubbe hat die Tat gestanden. Er wurde als Einzeltäter zum Tode verurteilt und hingerichtet. Die Forschung ist sich bis heute nicht einig, neigt aber seit Hans Mommsens Einlassungen der Einzeltäterthese zu.

andere der Verdacht nahe, die Schüsse seien »von links« gekommen, sei es vom KGB oder von Kuba. Die Untersuchungskommission befand schließlich, daß Oswald ein politischer Einzeltäter gewesen sei. Die Fakten konnten bis heute nicht eindeutig geklärt werden.

Der Leitartikel der *Volksstimme* vom 26. November trug die Überschrift: »Die Schüsse kamen von rechts«. Der Chefredakteur Wilfried Henschke widmete sich der Frage »Wer steht hinter dem Mörder?« Zunächst würdigte er die Politik Kennedys. Für ihn gehörte Kennedy zwar zu den »führenden Kreisen des Weltimperialismus«, jedoch habe er sich in einigen wichtigen Fragen der Innen- und Außenpolitik ein »realistisches Denken« bewahrt. So habe Kennedy die Rassenfanatiker in den Südstaaten verurteilt. Außenpolitisch habe er auf dem Höhepunkt der Kubakrise »dem Druck der kriegswütigen Ultras im Pentagon«* wiederstanden und mit dem Moskauer Abkommen** »Sinn für die Realitäten des Lebens« bezeugt. »Wegen dieser Vernunftspolitik« (sic!) sei Kennedy seit langem einer wüsten Hetze der »ultrareaktionären Kräfte aus dem Gefolge des Senators Goldwater ausgesetzt« gewesen. Deshalb – so folgerte Henschke – bestand von der ersten Stunde an kein Zweifel: »Die Mordkugel kam aus dem Lager jener Rassisten und Ultras, die Kennedys Schritte zur Verständigung mit der Sowjetunion mit Argwohn und Hassorgien begleiteten. Der Präsident wurde nicht zufällig in Texas, dem Zentrum der amerikanischen Reaktion und des weißen Rassenterrors, umgebracht …

Angesichts dieser Tatsachen wirkt der Versuch der amerikanischen Ultras, aus dem Mordanschlag auch noch politisches Kapital schlagen zu wollen, geradezu dilettantisch. Die nach Nazivorbild ausgeheckte ›Van-der-Lubbe-Story‹*** ist so primitiv, daß sie selbst in den USA nicht ernstgenommen wird.«[32]

Rudolph Winkler nutzte am 27. November die stille Stunde an seinem Arbeitsplatz. Er beachtete die gleichen Vorsichtsmaßnahmen wie beim letzten Brief. Er schrieb anonym, vernichtete das Original und verschickte nur den Durchschlag. Die Anschrift lautete diesmal unpolemisch: »An die Redaktion der *Volksstimme*«. Das Kuvert warf er wieder unfrankiert in den Hausbriefkasten der *Volksstimme*. Ohne Anrede begann der Brief:

»Wer zuerst ruft ›Haltet den Dieb‹, den schaut sich im allgemeinen der Kriminalist immer etwas näher an, denn meistens will der Betreffende die Schuld von sich auf andere ablenken.

Daran muß man bei der Lektüre der ›Volksstimme‹ denken. Die Schüsse kamen von rechts … schreibt Wilfried Henschke. Nun, er muß es ja wissen, er war ja sicher dabei oder …? Selbst in Moskau nimmt man mit Sicherheit an, daß Oswald der Täter war, weil alle Indizien dafür sprechen. Euch aber paßt es nicht, daß Oswald als Täter in Frage kommt, denn er ist ja Kommunist, war in der SU, setzt sich für das kommunistische Kuba ein. Das ist Euch unbequem. Euch wäre ein Rechtsradikaler lieber, da könntet Ihr empört aufheulen, Euren Humanismus betonen. So aber geht das mit Oswald schlecht, also werden einfach die Tatsachen verdreht, man redet von Ultras, Rassisten und landet mit den Verdächtigungen in Bonn. Infamer, aber auch dümmer geht es wirklich nicht!

In Amerika hat niemand die Regierung der SU verdächtigt, man hat lediglich Untersuchungen angestellt, Feststellungen getroffen, untersucht weiter. Ihr aber wißt es vom ersten Augenblick an ganz genau, die Kugel kam von rechts! Pech ist nur, daß Euch niemand diese infame Hetze abnimmt. In der ganzen Welt wird man mit Abscheu von Euren Machenschaften abrücken. Der Ermordete war noch nicht unter der Erde, da fingt Ihr schon an mit Eurer wüsten Hetze.

Wenn überhaupt solche Wahnsinnstaten wie die Ermordung Kennedys möglich sind, dann nur, weil sich immer wieder verantwortungslose Demagogen finden, die nichts Besseres wissen als Haß säen und Menschen verhetzen. Das haben die Nazis mit ihrer Judenhetze so gemacht und das macht Ihr genau so weiter. Die Hälfte Eurer Zeitung könntet Ihr streichen, wenn Ihr wahrheitsgemäß berichten würdet und über angebliche Mißstände in anderen Ländern erst schreiben würdet, nachdem Ihr vor Eurer eigenen Tür gekehrt habt.«[33]

Schikane gegen DDR-Vertreter

Der im Grundgesetz verankerte Anspruch der Bundesrepublik, ein demokratischer Rechtsstaat zu sein, in dem die Bürger- und Menschenrechte gewahrt werden, galt nicht nur für die Bundesbürger, sondern in gleicher Weise auch für die Bürger der DDR. Jeder DDR-Bürger konnte sich in der Bundesrepublik ebenso bewegen wie ein Bundesbürger, und er konnte jederzeit Bundesbürger werden. Dies war die entscheidende Voraussetzung, die eine massenhafte Fluchtbewegung von Ost nach West überhaupt erst möglich machte.

Kompliziert wurde es immer dann, wenn Funktionäre der SED nach Westdeutschland reisten. Formell galten auch für SED-Funktionäre die demokratischen Freiheiten des Grundgesetzes und die rechtsstaatlichen Normen. Die Kontaktversuche von SED-Funktionären mit bundesrepublikanischen Organisationen wurde jedoch mit Argus-Augen beobachtet, und brachte im Falle, daß man dies polizeilich zu unterbinden trachtete, die Bundesregierung in Erklärungsnöte. Juristisch war gegen das Agieren von SED-Leuten in der Bundesrepublik – das ja nicht offen erfolgte – sehr schwer etwas einzuwenden. Zwar verheimlichten die Kommunisten der SED nicht, daß sie die parlamentarische Demokratie ablehnten und bekämpften und ihre Diktatur in der DDR als Modell für ganz Deutschland sahen. Um ihre Tätigkeit rechtlich zu unterbinden, hätte eine verfassungsfeindliche Tätigkeit jedoch im Einzelfall erst nachgewiesen werden müssen. Daran fehlte es jedoch. Die SED als Partei nach dem Grundsatz der »wehrhaften Demokratie« zu verbieten, ging nicht, da es die SED der DDR als Organisation in der Bundesrepublik nicht gab. Verbieten konnte man lediglich die KPD der Bundesrepublik, mit der Folge, daß sie illegal weiterexistierte und von der SED materiell und ideologisch ausgehalten wurde.[34]

Obwohl die SED in ihrem Machtbereich gar nicht daran dachte, ihren Bürgern Rechte und Freiheiten zu gewähren, wie sie in der Bundesrepublik garantiert waren, hatte sie keine Hemmungen, das Handeln der Bundesregierung am Grundgesetz zu messen und sich zu empören, wenn sie glaubte, die Bundesregierung würde die dort garantierten Freiheiten und Rechte verletzen.

Am Dienstag, dem 14. April 1964 reiste eine Delegation des »Festkomitees des Deutschlandtreffens« der Freien Deutschen Jugend (FDJ) nach Bonn, um dort mit Vertretern des Bundesjugendringes Gespräche über die Teilnahme westdeutscher Jugendlicher am Deutschlandtreffen der FDJ in Ost-Berlin zu führen. Allerdings hatte der Bundesjugendring am gleichen Tag jede Begegnung mit diesem Festkomitee abgelehnt und dazu erklärt, »solange eine eindeutige Erklärung des Festkomitees fehle, die sich für die Aufhebung sämtlicher Reisebeschränkungen im innerdeutschen Verkehr und für die Freizügigkeit in ganz Berlin einsetze, sei jede Begegnung zwecklos.«[35]

Unter der Überschrift »Schikane gegen DDR-Vertreter« berichtete die *Volksstimme* am 15. April, daß diese Delegation beim Grenzübertritt in Helmstedt vom Bundesgrenzschutz drei Stunden lang aufgehalten worden sei und sich einer »widerrechtlichen Leibesvisitation« habe unterwerfen müssen. Auch sei ihr ein »offizielles Schreiben Horst Schumanns [1. Sekretär des Zentralrats der FDJ, M.S.], das für den Vorstand des Bundesjugendringes bestimmt war«, abgenommen worden.[36] Nach dieser Kontrolle durfte die Delegation jedoch weiter reisen. In Bonn gab es dann erneut Schwierigkeiten. Wieder wurden die FDJler festgenommen.

Am 16. April hieß es in der *Volksstimme* unter der Schlagzeile »Empörender Willkürakt«: »Dort [auf der Polizeistation, M.S.] wurden die Mitglieder des Festkomitees, Gerhard Mendl und Werner Micke, eineinhalb Stunden festgehalten, verhört und bedroht. Vertreter der Politischen Polizei erklärten, ab sofort stehe die Delegation unter Polizeiaufsicht. Unter Androhung von erneuter Verhaftung untersagte die Bonner Politische Polizei der Delegation, in Westdeutschland Gespräche im Zusammenhang mit dem Deutschlandtreffen zu führen … Von der Delegation wurde sofort scharfer Protest gegen die Terrormaßnahmen der Polizei erhoben.«[37]

Ergänzt wurde diese Berichterstattung mit dem Abdruck von Stimmen aus dem Volk zu diesem »neuen Willkürakte der Bonner Machthaber«.

Unter anderem erklärte Dieter Busch, Fußballer vom SC Aufbau Magdeburg: »Die Bonner Behörden bewiesen, ... wie feindlich sie einer Annäherung der Jugend beider deutscher Staaten gegenüberstehen.«[38]

Rudolph Winkler erregte die Scheinheiligkeit der Redaktion, sich über Leibesvisitation von FDJ-Funktionären durch den bundesrepublikanischen Grenzschutz zu empören, wohlwissend, daß dies umgekehrt gängige Praxis des DDR-Grenzschutzes gegenüber Bundesbürgern war. Er ist der Meinung, daß die westdeutschen Behörden völlig zu Recht solche Maßnahmen ergriffen, denn diejenigen, die es betraf, waren ja keine einfachen DDR-Bürger, sondern Funktionäre der SED, »die einen Auftrag hatten und politische Aktionen durchführen sollten.« Er hätte es sogar begrüßt, SED-Funktionäre überhaupt nicht in die Bundesrepublik einreisen zu lassen, solange nicht »alle DDR-Bürger unbehelligt fahren dürfen.« Er fand es verlogen, so zu tun, als ginge es der SED um eine Annäherung der Jugend zwischen beiden deutschen Staaten. Und er referierte einen Sachverhalt, den jeder Mensch in der DDR kannte, der jedoch von der SED geleugnet wurde und deshalb auch nicht öffentlich ausgesprochen werden durfte: »Wir wissen schon, warum Ihr so kindische Angst habt, uns nach drüben fahren zu lassen. Da würde der ganze Schwindel offenbar. Die Hälfte, wahrscheinlich noch mehr, käme nicht wieder ... Westdeutschland kann seine Bürger unbekümmert überall hin fahren lassen. Sie kommen alle wieder, selbst die wenigen Kommunisten, die drüben über alles Mögliche meckern, sie fahren immer wieder brav zurück, und wenn hier wirklich mal jemand auf den Propagandarummel reinfällt, dem tuts bald bitter leid.«[39]

Er schrieb diesen Brief nach nun schon bewährter Übung zur gewohnten Stunde am bekannten Ort. Diesmal gab er vor, ein Jugendlicher zu sein, der zum Deutschlandtreffen der FDJ nach Berlin fahren sollte. Wieder stellte er den Brief persönlich über den Hausbriefkasten zu. Zum ersten Male verwandte er eine Anrede, die ziemlich ungewöhnlich war: »An die Schriftleitung der *Volksstimme* Magdeburg«.

Deutschlandtreffen der FDJ

»Massenorganisationen« hatten im Denkgebäude des Marxismus-Leninismus die Aufgabe, die Politik der Kommunistischen Partei (Avantgarde) in die unterschiedlichen Bereiche der Gesellschaft zu vermitteln und sich für die Verwirklichung ihrer Beschlüsse einzusetzen. Die FDJ war die Massenorganisation der SED für die Jugend der DDR. Sie beanspruchte, alle Jugendlichen ab dem 14. Lebensjahr zu erfassen. Um die Funktionsweise von Massenorganisationen in kommunistischen Staaten zu veranschaulichen, gebrauchte Lenin das Bild des Transmissionsriemens. Die FDJ mußte, wie alle Massenorganisationen, den Führungsanspruch der Partei anerkennen. Sie war die Nachwuchsorganisation für die SED und umfassend in das Erziehungssystem der DDR eingebunden. Ihre Aufgabe bestand darin, die heranwachsende Generation für die säkulare Staatsreligion des Marxismus-Leninismus zu begeistern, der Jugend ein positives Verhältnis zur Diktatur des Proletariats zu vermitteln, das Feindbild des Imperialismus im allgemeinen und der kapitalistischen und militaristischen Bundesrepublik im besondern zu pflegen, sowie den dazugehörigen Klassenhaß zu schüren. Der FDJ war ferner die Aufgabe zugewiesen, die Jugend anzuhalten, gute Leistungen in Schule, Beruf und Studium zu erbringen. Sie engagierte sich besonders, Jugendliche für den Dienst an der Waffe in der Nationale Volksarmee (NVA) zu werben. Im Freizeitbereich verfügte sie über eigene Ferienheime und vielfältige Möglichkeiten, kulturelle Veranstaltungen anzubieten.

Die FDJ sollte die Interessen der Jugend gegenüber der Partei und der Regierung artikulieren und durfte zu diesem Zweck Delegierte (Abgeordnete) in die Volkskammer entsenden. Die FDJ war – idealtypisch gesehen – sowohl Herrschaftsinstrument der SED als auch Interessenorganisation der Jugend. Damit beide Funktionen reibungslos erfüllt werden konnten, sollte möglichst die gesamte Jugend der DDR erfaßt werden. Dies war mit Schwierigkeiten verbunden. Diese zu meistern, waren der FDJ verschiedene Instrumente in die Hand gegeben. Es begann mit dem relativ harmlosen Ritual, daß die Schüler der 8. Klassen en bloc feierlich in die FDJ aufgenommen wurden. Es gehörte schon einiges dazu, sich diesem Gruppendruck nicht zu beugen. Gravierender war etwas anderes: Laut Satzung war die Mitgliedschaft in der FDJ freiwillig, tatsächlich aber war jedem klar, daß es erhebliche Nachteile für die soziale und berufliche Karriere haben konnte, nicht Mitglied der FDJ zu sein. Die FDJ saß an Schulen und Universitäten in den Disziplinar- und Beratungsgremien. An den Universitäten hatte sie sogar Mitspracherecht bei der Zulassung zum Studium, bei Stipendienvergabe und bei der Absolventenvermittlung. Es verwundert nicht, daß die FDJ vor allem unter Schülern und Studenten Mitglieder werben konnte; bei Lehrlingen und jungen Arbeitern hatte sie prozentual viel weniger Erfolg.

1961 waren 50 Prozent der Jugendlichen in der Altersgruppe zwischen 14 und 25 Jahren in der FDJ organisiert, 1969 fast schon 70 Prozent. Das waren über 1,5 Millionen Mitglieder. Nur Mitglied sein allein reichte jedoch nicht aus, gefordert war das gehorsame Mitglied, das zu der Politik der Partei mit all ihren Schwankungen und Kehrtwendungen Ja und Amen sagte. Ein prominentes Beispiel dafür, wie es jemanden ergehen konnte, der diese Qualifikation nicht erbringen wollte, war Rudi Dutschke.

Die Deutschlandtreffen der FDJ waren ein Instrument der Mobilisierung der eigenen Mitglieder. Vor allem waren sie jedoch eine politische Demonstration, die zeigen sollte, daß die Jugend der DDR positiv zur Partei- und

Staatsführung stand. Gleichzeitig waren sie ein Versuch, die Jugendlichen aus der Bundesrepublik, d.h. vor allem die Funktionäre von Jugendverbänden, für die Sache des Sozialismus zu begeistern. Der Höhepunkt des Treffens war das Defilee der Jugendlichen vorbei an den Spitzenfunktionären der Partei- und Staatsführung. Wenn Bilder und Filme von diesem Ereignis nicht trügen, jubelten die Jugendlichen der Parteiführung auf der Tribüne zu, während Erich Honecker, Walter Ulbricht u.a. ihrerseits huldvoll zurückwinkten.

Ein Bericht der *Frankfurter Allgemeinen Zeitung* über das Deutschlandtreffen von 1964 gibt eine informative Beschreibung dieses Ereignisses: »Auf dem Marx-Engels-Platz marschierten die Jugendlichen über vier Stunden lang hinter riesigen roten Fahnen der ›DDR‹, tücherschwenkend oder händeklatschend, an den Tribünen vorbei. Die Jugendlichen brachten, von Lautsprechern dazu aufgefordert, immer wieder Hochrufe auf die Zonenprominenz, auf das Zentralkomitee der SED und ›unseren besten Freund Walter Ulbricht‹ aus. Neben den Zügen der FDJ passierten auch Kolonnen der vormilitärischen ›Gesellschaft für Sport und Technik‹ in erdbraunen und weiß-schwarzen Uniformen, des Jugend-Rotkreuzes, der Freiwilligen Feuerwehr sowie aller Waffengattungen der ›Volksarmee‹ die Tribünen.«[40]

Die Deutschlandtreffen waren jenseits politischer Absichten der SED und vielleicht vielfach ehrlich empfundener Begeisterung für den DDR-Sozialismus auch ein Abenteuer für Tausende von Jugendlichen, die außerhalb Ost-Berlins wohnten. Alleine die Tatsache, daß man nach Berlin (Ost) fahren konnte – und 1950 und 1954 auch noch heimlich nach Berlin (West) – war ein Ereignis.

Vom 16. bis 18. Mai 1964 fand in Ost-Berlin das (3.) »Deutschlandtreffen« der FDJ statt. Laut Magdeburger *Volksstimme* waren »weit über eine halbe Million beim Fest der deutschen Jugend«. Es sei das »bisher größte Fest des Friedens und der Verständigung« gewesen, auf der Eröffnungskundgebung am Samstag im Walter-Ulbricht-Stadion mit dem Schirmherrn Walter Ulbricht habe die Jugend aus beiden deutschen Staaten und aus West-Berlin ein einmütiges Bekenntnis für eine friedliche Zukunft in Deutschland abgelegt und an der Demonstration am Pfingstsonntag hätten 320.000 Jungen und Mädchen aus der DDR teilgenommen, zudem wieder Tausende Westdeutsche und West-Berliner. Eingerahmt waren die Großveranstaltungen durch dezentrale Foren, Gespräche in kleinen Gruppen und Volksfeste. Das alles beherrschende Thema sei »Frieden, Verständigung, Freundschaft und eine glückliche Zukunft der deutschen Nation« gewesen.

Ein Treffen des Staatsrats-Vorsitzenden der DDR, Walter Ulbricht, mit 50 Jugendlichen aus der DDR und 50 Jugendlichen aus Westdeutschland wurde besonders hervorgehoben. U.a. habe Ulbricht »die große Bedeutung, die das Beispiel des Passierscheinabkommens zwischen der Regierung der

DDR und dem West-Berliner Senat für die Herstellung normaler Beziehungen zwischen den beiden deutschen Staaten hat« gewürdigt.* Nicht ausbleiben konnten auf einer solchen Veranstaltung Fragen zur Mauer. Wohlvorbereitet nahm Ulbricht dazu Stellung: »Ich bitte Sie, doch einmal darüber nachzudenken: Was würden Sie als Jugendliche der Regierung der Deutschen Demokratischen Republik empfehlen, wenn von Bonn aus erklärt wird, das Gebiet der Deutschen Demokratischen Republik innerhalb der Grenzen von 1937 zurückzuerobern? Würden Sie der Arbeiterklasse, den Bauern und der Intelligenz der Deutschen Demokratischen Republik zumuten, daß sie den Revanchisten das Brandenburger Tor öffnen und noch einen Verkehrsschutzmann hinstellen, damit sie nicht auf die falsche Seite fahren ... Ich will Ihnen ganz offen sagen: Die Mauer in Berlin liegt mit im Interesse der Arbeiterklasse, der Bauern und der Jugend Westdeutschlands, nicht nur im Interesse der Sicherung des Friedens der Deutschen Demokratischen Republik, sondern in Ihrem Interesse! Denn dadurch wurde verhindert, daß Kriegsprovokationen durchgeführt werden.«[41]

Die gesamte Berichterstattung über das Deutschlandtreffen stand unter dem Motto »Friede, Freundschaft, Verständigung«. Es war dies ein Dreiklang der SED-Propaganda, aus dem der Volksmund längst die ironische Formel »Friede, Freude, Eierkuchen« gemacht hatte. Überschwenglich besangen sämtliche Medien in Schlagzeilen, Leitartikeln und Berichten eine ungetrübte, frohe und heitere Stimmung des Treffens – so auch die Magdeburger *Volksstimme*: »›Ja, det is der Frühling von Berlin‹ ... In der Tat: Wer in diesen Pfingsttagen nicht dabei sein konnte, als die blaue Woge der Freude und des Frohsinns durch unsere Hauptstadt brandete, darf jene Berlinerin beneiden, weil sie sah und hörte, was Berlin noch nie erlebte.«[42]

Im Leitartikel wurde den »sonnüberstrahlten Pfingsttagen in Berlin« und der »überwältigenden Heerschau einer glücklichen Jugend« das Treiben der »kalten Krieger in Bonn« gegenübergestellt, die »die westdeutsche Jugend seit Jahr und Tag mit Feindschaft gegen die FDJ, gegen die DDR überhaupt vollpumpen wollen.« Verwiesen wurde dabei auf einen angeblichen Ausspruch des Bundespräsidenten Heinrich Lübke** vor Bundes-

* Am 17. Dezember 1963 wurde das erste Passierscheinabkommen geschlossen. Zum ersten Mal seit dem Mauerbau (13.8.1961) durften West-Berliner wieder ihre Verwandten in Ost-Berlin besuchen. Erstes konkretes Ergebnis einer neuen Ostpolitik »Wandel durch Annäherung« (Egon Bahr), vorangetrieben durch Willy Brandt, dem Regierenden Bürgermeister von Berlin, gegen erhebliche Bedenken der Regierung der Bundesrepublik, die eine völkerrechtliche Anerkennung der DDR befürchtete. Umgekehrt war das ja gerade das von der DDR gewollte Tauschgeschäft: menschliche Erleichterungen gegen Anerkennung (und Devisen).

** Heinrich Lübke, Präsident der Bundesrepublik Deutschland von 1959 bis 1969, war seit 1964 Gegenstand einer Verleumdungskampagne durch die DDR: »KZ-Baumeister Lübke«. Wie sich herausstellen sollte, mit von der Stasi zum Teil gefälschten und konstruierten Akten.

wehroffizieren, »man müsse bereit sein, auf die Landsleute in der ›Zone‹ zu schießen«.

Ein weiteres Anliegen der Berichterstattung war es, die argumentative Überlegenheit der DDR-Jugendlichen in der Diskussion mit westdeutschen Besuchern herauszustreichen. Das wurde in der *Volksstimme* mit folgenden Beispielen zu dokumentieren versucht: »Junge Westdeutsche redeten über Demokratie. Aber wer hat denn die Macht in ihrer ›freiheitlich-demokratischen Grundordnung‹? Gibt es auch nur einen einzigen Vertreter der Arbeiterklasse im Bundestag, oder findet man dort auch nur einen einzigen Jugendlichen? Es ging um Menschlichkeit. Aber ist nicht das erste Gebot der Menschlichkeit, daß ein solcher Experte des Massenmordes an der Zivilbevölkerung wie Trettner* keinerlei Möglichkeit erhält, mit Atomwaffen zu hantieren? Die Freiheit stand zur Diskussion. Aber ist es heutzutage in Bonn oder Frankfurt (Main) oder München möglich, daß die Jugend aus beiden deutschen Staaten auf offener Straße und zu Tausenden so frei und ungehindert miteinander spricht, wie das in diesen Stunden in der Hauptstadt der DDR geschah?«[43]

Rudolph Winkler verfolgte die Berichterstattung über das Deutschlandtreffen der FDJ in der *Volksstimme*. Unmittelbarer Anlaß für seinen Entschluß, diesmal an die FDJ-Bezirksleitung in Magdeburg zu schreiben, war jedoch eine Zufallsbegegnung in der Straßenbahn. Er konnte mit anhören, wie sich Jugendliche, die in Berlin dabei gewesen waren, über ihre Erlebnisse unterhielten. Hier erfuhr er Belangloses wie zum Beispiel, daß die Verpflegung ganz gut gewesen sei oder daß es zu lange Wartezeiten beim Aufmarsch gegeben hätte. Er hörte aber auch Interessantes: So schienen den Jugendlichen die vorgefertigten Argumente der FDJ, die sie benutzen mußten, wenig geeignet, westdeutsche Jugendliche von der Überlegenheit des DDR-Sozialismus zu überzeugen. Diese Einschätzung widersprach dem Bericht, den Rudolph Winkler der *Volksstimme* entnommen hatte.

Schwer vorstellbar ist jedoch, daß dies allein ausgereicht hätte, sich wieder in seine Schreibwerkstatt zu begeben. Er wird später einen anderen Grund nennen, warum er zur Berichterstattung über das FDJ-Treffen Stellung nahm: Sein Schwager, der in Bielefeld lebte, war kurz vorher verstorben. Der Antrag seiner Frau auf eine Reisegenehmigung, um an der Beerdigung ihres Bruders teilnehmen zu können, wurde abgelehnt. Ob über die Unwahrhaftigkeit der *Volksstimme* oder durch die Ohnmachtserfahrung gegenüber staatlicher Willkür, Rudolph Winkler war am Abend des 22. Mai 1964 so erregt, daß er die übliche Vorsicht außer Acht ließ und den

* Heinz Trettner, seit 1.1.1964 Generalinspekteur der Bundeswehr. Die Anspielung dürfte sich auf seine Vergangenheit beziehen: Er war Mitglied der Legion Condor, einer von Hitler nach Spanien zur Unterstützung der Putschisten um General Franco geschickten Invasionstruppe, die durch die Bombardierung Guernicas (26.4.1937) berüchtigt wurde.

Originalbriefbogen versandte. Gegen seine sonstige Gewohnheit richtete er ihn auch nicht an die *Volksstimme*, sondern an die FDJ-Bezirksleitung in Magdeburg. Diesmal tarnte er sich als Genosse, der am Deutschlandtreffen teilgenommen hatte:

»Liebe Genossen! Von Berlin zurück, lese ich in der Zeitung Berichte vom Deutschlandtreffen in Berlin. Dazu möchte ich mal meinen Eindruck schildern. Anfangs war ich nicht gerade begeistert, als ich für Berlin vorgeschlagen wurde, denn ich hatte eigentlich was anderes vor, dann habe ich mich aber doch gefreut, mal rauszukommen, zumal ich viele Jahre nicht mehr in Berlin war, nur mal als Kind.

Los war eine Menge, am blödesten war der Vorbeimarsch, doch der war schließlich auch überstanden. Verpflegung und Unterkunft waren in Ordnung, aber sonst war alles viel Krampf, alles etwas gewaltsam aufgeplustert, wenig echtes. Am schönsten waren unsere privaten Bummel und die Unterhaltungen mit Westdeutschen. Die waren aber nicht so, wie hier die Zeitungen schreiben. Ich hatte oft den Eindruck, daß sie über Antworten von unserer Seite auf berechtigte Fragen zunächst verblüfft waren, aber mehr nicht. Überzeugt waren sie keinesfalls, wie ich in mehreren Fällen nachträglich feststellen konnte. Es kam mir so vor wie bei einem Gaukler, der einem etwas vorzaubern will. Man ist verblüfft, glaubt aber trotzdem nicht an die Zauberei. Wenn von uns dann so manche auftrumpften, während die Gegenseite schwieg und über solche dialektischen Täuschungsmanöver lächelte, dann war es oft mehr als peinlich. *So* kann man keine Gespräche führen. Das wirkt unwahrhaftig und ist unbefriedigend. Ich hörte in einem Lokal, wie sich 2 Westdeutsche unterhielten. Dabei sagte einer: ›… entweder sind viele so dumm, daß sie diese vorgebrachten Phrasen glauben, oder sie sind solch infame Heuchler, daß es einem ekeln muß‹. Leider hatte der Mann nicht unrecht.

Dann waren wir an der Mauer. Ich habe sie zum ersten Mal gesehen und war erschüttert. Das ist wirklich eine Schande für unser Jahrhundert! Auf dem Jugendforum erklärte Walter Ulbricht, daß dieser Schutzwall notwendig war, um Berlin gegen die Angriffe der Revanchisten zu schützen. Wer ist denn so dämlich anzunehmen, daß so eine Mauer uns gegen moderne Waffen schützen kann. Ein schwerer Panzer rollt doch darüber hinweg wie über Weichkäse. Da ist also wieder dasselbe zu beobachten: Es werden Antworten gegeben, die keine Antworten sind, an die der Sprecher selbst nicht glaubt, die aber oft geeignet sind, die Gegenseite zu veranlassen, das Gespräch abzubrechen, denn gegen solche Verlogenheit ist es zwecklos, mit ehrlichen Fragen und Anliegen zu kommen.

Jeder, aber auch wirklich jeder bei uns weiß, daß die Mauer nur errichtet worden ist, weil die Fluchtbewegung aus der DDR hier zur Katastrophe geführt hätte. Das wissen wir, das weiß die ganze Welt, und trotzdem wird von uns das Gegenteil behauptet. Kann man uns denn da ernst nehmen, Vertrauen haben? Und da wollen wir anerkannt werden? Das waren die Fragen, die immer wieder auftauchten. Warum diese Heuchelei? Und wenn wir jetzt in der Zeitung das Wort, das in Berlin immer wieder da war, ›Freiheit‹ auf den Kopf stellen, es bleibt dabei, daß wir uns eingesperrt fühlen, daß wir von Deutschland nur ein Bruchteil zu sehen bekommen, und daß uns niemand weis machen kann, daß daran die andere Seite schuld ist. Die Schwierigkeiten werden von uns gemacht, alles andere ist Schwindel.

Wenn es drüben jemand nicht mehr paßt, kann er sich eine Fahrkarte nach hier kaufen und ungehindert die Grenze passieren. Umgekehrt wird auf uns geschossen wie auf wilde Hunde, und Pässe nach drüben bekommen ja nur Leute mit einem Auftrag. Solange man Verwandte nicht drüben besuchen kann, brauchen andere auch nicht zu fahren. Darüber ist viel gesprochen worden, auch über die Verhaftung in Braunschweig. Besser wäre es gewesen, man hätte die Leute gleich an der Grenze zurückgeschickt. Das ist meine Meinung, und das sagten mir auch viele Jungens von drüben.

Es war also etwas anders, als Ihr schreibt. Einer, der dabei war und gut beobachtet hat.«[44]

Auf dem Schreibtisch des zuständigen Sachbearbeiters der Stasi, begann sich die Mappe, in der die anonymen Leserbriefe abgelegt wurden, zu füllen. Mittlerweile war der 4. Leserbrief innerhalb von sieben Monaten eingetroffen. Ob schon Überlegungen angestellt wurden, den Schreiber zu ermitteln, ist nicht bekannt.

Schikane gegen DDR-Sportler

Im Juni 1964 starb Rudolph Winklers Bruder Gerhard, der im gleichen Betrieb bei Heinrichshofen als Buchhalter beschäftigt war. Im Juli verunglückte sein zweiter Bruder Kurt, der damals in Emmerich lebte. Sein Gesundheitszustand schien zeitweilig lebensbedrohlich. Zu ihm und seiner Familie hatte Rudolph Winkler engen Kontakt. Er wollte seinen todkranken Bruder besuchen und beantragte eine Reiseerlaubnis. Dieser Antrag wurde – wie schon der Antrag seiner Frau gut zwei Monate vorher, zur Beerdigung ihres Bruders fahren zu dürfen – ohne Begründung abgelehnt. In dieser Situation las Rudolph Winkler in der *Volksstimme* einen Artikel, der zum Gegenstand die »Schikane« bundesdeutscher Behörden gegenüber DDR-Sportlern hatte.

Der Sport war ein besonders heikles Thema in der politischen und ideologischen Auseinandersetzung zwischen der Bundesrepublik und der DDR: Während der bundesrepublikanische Deutsche Sportbund (DSB) den Sport aus der politischen Auseinandersetzung herauszuhalten versuchte, trachtete der Deutsche Turn- und Sportbund der DDR (DTSB) umgekehrt danach, den Sport zu politisieren. Für ihn war der Sport sogar bevorzugtes Mittel im Kampf um die politische Anerkennung der DDR und Durchsetzung der Auffassung der SED, wonach West-Berlin nicht zur Bundesrepublik gehöre.

Drei Tage nach dem Bau der Mauer beschlossen der DSB und das NOK der Bundesrepublik, die Sportbeziehungen zur DDR einzustellen.[45] Vorangegangen war ein anhaltender Boykott West-Berliner Sportler durch die DDR. Gleichzeitig wollte das NOK jedoch die gesamtdeutsche Olympiamannschaft erhalten. Dieses Verhalten war gleichfalls politisch motiviert, denn eine eigene Olympiamannschaft der DDR wäre zweifellos ein Schritt in Richtung Anerkennung der DDR gewesen. Gerade dies wollte die DDR und setzte deshalb alles daran, endlich eine eigene Olympiamannschaft durchzusetzen. Bei den Olympischen Spielen 1964 in Tokio trat zum letzten Mal eine gemeinsame deutsche Mannschaft an.

Am 30. Juli 1964 wurde einer Delegation von DDR-Sportlern, die an einem Sportfest in Iserlohn teilnehmen wollte, die Einreise in die Bundesrepublik verweigert. Am 1. August 1964 brachte die *Volksstimme* eine kurze Meldung unter der Überschrift: »Schikane gegen DDR-Sportler«. Weiter hieß es: »Auf Anweisung des Nordrhein-Westfälischen Innenministers und Vizepräsidenten des westdeutschen Sportbundes Willi Weyer wurde am Freitag einer Sportlerdelegation des Bezirkes Leipzig, die auf dem Wege zum ›Sportfest der Freundschaft‹ im Kreis Iserlohn war, von der Bonner Politischen Polizei über den Grenzkontrollpunkt Helmstedt ausgewiesen. ... Dieser allen Beteuerungen der westdeutschen Sportführung von ›sportlicher Gemeinsamkeit‹ ins Gesicht schlagende provokatorische Akt richtete sich u.a. gegen Hans Grodotzki, Thomas Köhler sowie gegen andere bekannte DDR-Sportler.«[46]

Winkler fühlte sich aufgerufen, zu protestieren – wie gewohnt unter Berücksichtigung der bewährten Vorsichtsmaßnahmen. Mit Poststempel vom 3. August 1964 erhielt die *Volksstimme* den Brief. Der Autor schrieb:

»Zu Eurem heutigen Artikel in der *Volksstimme* ›Schikane gegen DDR-Sportler‹ können wir Euch nur raten, einmal etwas über die Ursachen solcher Maßnahmen nachzudenken. Solange unsere Regierung die gesamte Bevölkerung schikaniert, indem sie ihr selbst in dringlichsten Familienfällen bei schwerster Krankheit und in Todesfällen keine Reisegenehmigung nach Westdeutschland gibt. Ein solches Verhalten ist eine Schande für die Menschheit, das genaue Gegenteil von dem Humanismus, von dem Ihr immer so schön faselt. Solange Ihr das stillschweigend hinnehmt, ist Eure Empörung über ein Zurückschicken von Sportlern nur Heuchelei!

Sorgt erst einmal dafür, daß wir unsere nächsten Verwandten besuchen dürfen, dann wird man drüben auch nichts mehr gegen einreisende Sportler unternehmen. Seit wann man drüben unsere Sportler zurückschickt, wißt Ihr ja. Mit der Schandmauer in Berlin habt Ihr den direkten Anlaß zu solchen Maßnahmen gegeben. Solange diese Mauer steht, wird Euer kindisches Bemühen um Anerkennung vergeblich sein. Da nützt Eure ganze Dialektik nichts. Selbst in Prag und Warschau schüttelt man nur den Kopf über Eure menschenunwürdigen Methoden und Eiertänze, die Ihr vollführen müsst, um die peinliche Wahrheit zu verbergen. Wißt Ihr eigentlich, *wie* unglaubwürdig Ihr seid? Wißt Ihr, *wie* man über uns lacht, wenn z.B. unsere FDGB-Schiffe durchs Mittelmeer fahren und bei allen Ländern und deren Schönheiten vorbeifahren müssen, weil sonst unzählige Reisende die erste Gelegenheit benützen würden, um abzuhauen. Das sind Wahrheiten, die Ihr ignoriert. Daran erkennt jeder Eure Verlogenheit und Schwäche!«[47]

Zwischen diesem und dem Brief zum Deutschlandtreffen der FDJ waren gut 10 Wochen vergangen. Vom MfS sind immer noch keine Reaktionen überliefert.

Atom-Minen, Reise- und Besuchsregelungen

Die Bundesrepublik hatte im Deutschlandvertrag von 1954/55 u.a. auf »Herstellung und Einsatz atomarer, biologischer und chemischer Waffen« verzichtet und sich verpflichtet, dem defensiven Verteidigungsbündnis NATO beizutreten. Außerdem hatte sie erklärt, eine Wiedervereinigung Deutschlands oder eine Änderung der bestehenden Grenzen »niemals« mit Waffengewalt erzwingen zu wollen. Gleichzeitig wollte sie jedoch nicht länger nur Objekt der Außenpolitik der westlichen Siegermächte sein. Dies betraf vor allem die Frage der atomaren Verteidigungsstrategie des westlichen Bündnisses. Die amerikanische, englische und französische Atomstreitmacht waren rein nationale Angelegenheiten, d.h., über eine Verwendung dieser Waffen entschieden sie jeweils souverän. Doch sollte es jemals zu einem Atomkrieg zwischen den Blöcken auf europäischem Terrain kommen, dann wäre Deutschland besonders betroffen gewesen. Die verantwortlichen Militärs und Politiker wußten, daß die Strategie einer glaubhaften Abschrekkung mit massiver Vergeltung, käme sie im Ernstfall zur Anwendung, zu allererst die Bundesrepublik auslöschen würde.

Für die Bundesregierung war es deshalb unerträglich, daß sie von jeglicher Mitsprache über den Einsatz von Atomwaffen ausgeschlossen war. Sie wollte mitreden dürfen, sollte eine Entscheidung anstehen. Als die Amerikaner darauf drängten, die Bundeswehr müsse gleichfalls einen Beitrag zur atomaren Verteidigung des Westens leisten – gemeint hatten sie damit aber nur eine Kostenbeteiligung in Form einer Bereitstellung von Trägersystemen –, sah die Bundesregierung die Gelegenheit, über ein atomares Mitspracherecht Deutschlands zu verhandeln.

Gegen dieses Verlangen Adenauers erhob sich vehementer Protest, angeführt von den deutschen Atomphysikern (»Göttinger Manifest«), den Kirchen, Albert Schweitzer und der Opposition um SPD und Gewerkschaften (»Kampf dem Atomtod«). Die Aufregung in diesem Zusammenhang war jedoch übertrieben. Weder Amerika noch Frankreich und England dachten daran, Deutschland (oder der NATO) irgendwelche atomaren Entscheidungsrechte zuzugestehen. Die Forderung, die Bundeswehr solle atomare Trägersysteme bereitstellen, implizierte keineswegs eine Verfügung über die Bewaffnung. Obwohl die Wünsche Adenauers sich nicht erfüllt hatten, stimmte am 25. März 1958 eine absolute, von der CDU/CSU geführte Mehrheit im Bundestag für die Ausrüstung der Bundeswehr mit Trägersystemen. Schließlich boten die Amerikaner mit dem Projekt MLF (Multilateral Force)[48] ein äußerst beschränktes atomares Mitspracherecht an. Doch selbst dieser Vorschlag scheiterte im Dezember 1964 am Einspruch der Franzosen und Engländer.

Die Politik der Bundesregierung, Mitsprache bei Einsatzentscheidungen über Atomwaffen zu bekommen, stieß auch auf den erbitterten Widerstand der Sowjetunion und natürlich der DDR. Im Vorfeld der NATO-Tagung in Paris im Dezember 1964 wurden neue Überlegungen zur Stationierung von Atomwaffen in Deutschland bekannt. Der Generalsinspekteur der Bundeswehr Trettner soll den Vorschlag eines Atomminengürtels entlang der »Zonengrenze« gemacht haben. Dies führte zur erheblichen Beunruhigung der »Bevölkerung im Zonenrandgebiet«. Herbert Wehner bezeichnete den Vorschlag als »politischen Wahnsinn«. Männer, die solche Sandkastenspiele betrieben, »müssten in die politische Wüste geschickt werden.« Die CDU ruderte sogleich zurück. Verteidigungsminister von Hassel erklärte, »ein Atomminengürtel zur Abwehr eines sowjetischen Angriffs sei weder vorbereitet noch geplant.«[49]

Die DDR-Presse ließ sich die Gelegenheit nicht entgehen, die Bundesregierung als Kriegstreiber zu brandmarken. Am 22. Dezember 1964 berichtete die *Volksstimme* über eine Rede von Ulbricht auf einer Kundgebung in Suhl unter der Schlagzeile: »Breite Volksbewegung gegen Bonns Atomwahnsinn. Bonner Militaristen wollen neuen Weltkrieg provozieren. Es geht um die Erhaltung der Nation und jeder deutschen Familie.«[50]

Doch gab es auch noch andere wichtige Themen, die die Menschen um Weihnachten und Jahresende 1964 in Deutschland-Ost und West bewegten. So wurde ab dem 9. September allen Rentnern der DDR erlaubt, einmal jährlich bis zu vier Wochen ihre Verwandten in der Bundesrepublik oder West-Berlin zu besuchen. Das 2. Passierscheinabkommen ermöglichte es, daß zum »Fest des Friedens« tausende Besucher aus Westdeutschland in die DDR und nach Ost-Berlin fahren konnten. Allerdings hatte sich gegenüber dem ersten Passierscheinabkommen von 1963 die Lage verändert. Nach dem Sturz von Chruschtschow am 14. Oktober 1964 verfolgte die DDR-Führung eine härtere Linie in ihrer Deutschlandpolitik. Als erste Maßnahme verfügte sie die Einführung eines Zwangsumtausches (»Mindestumtausch«) für jeden Besucher aus der Bundesrepublik, Berlin und dem NSW (Nichtsozialistischen Wirtschaftsgebiet). Pro Tag und Person waren 5 DM (3 DM für Berliner) im Verhältnis 1:1 umzutauschen – ohne daß ein Rücktausch möglich war. Rentner und Kinder waren ausgenommen.

Die *Volksstimme* stellte die Frage nach den Gründen für diese Maßnahmen und meinte: »Sie dienen der Erleichterung des sich immer stärker entwickelnden Reise- und Besucherverkehrs in unsere Republik.« Das zweite, etwas glaubwürdigere Argument lautete, der Zwangsumtausch diene dem Schutz der DDR-Währung vor Manipulationen und Spekulationen. Denn damit werde ein »Währungskrieg« unterbunden, der durch seinen »Schwindelkurs« der DDR Milliardenverluste zugefügt habe. Die DDR müsse ihre Währung vor »Wechselstubenschiebern und Spekulanten« schützen.

Für 1 DM bekam man zu dieser Zeit zwischen 4 und 5 MDN (Mark Deutscher Notenbank). Ob der Schwarzumtausch, den vor allem West-Berliner vor dem Bau der Mauer für den Kauf von Waren und Dienstleistungen genutzt haben, tatsächlich in die Milliarden ging, scheint bei dem qualitativ und quantitativ beschränkten Angebot in Ost-Berlin und in der DDR eher unwahrscheinlich. Zum Beispiel stand Haareschneiden in Ost-Berlin hoch im Kurs, jedoch gab es auch Spielzeug, Bücher und Sportartikel, die zu einem Spottpreis gekauft werden konnten.

Das weitere Argument, es gelte »einreisende Besucher vor ungesetzlichen Handlungen zu bewahren«, entbehrte nicht der Scheinheiligkeit. Die DDR-Währung war auf dem Weltmarkt nichts wert, sie war nicht konvertibel. Im Grunde ging es nur um eines: Die DDR brauchte dringend Devisen, um weltweit einkaufen zu können. Dazu nutzte sie die von ihr herbeigeführte Zwangslage der Menschen im geteilten Deutschland. Sie tauschte also selbstverständliche »menschliche Erleichterungen« wie Verwandtenbesuche – die sie vorher unterbunden hatte – nun gegen Devisen. Diesen Sachverhalt wagte die SED nicht auszusprechen.

Mit der Einführung des Zwangsumtausches wurde bekanntgegeben, daß ab dem 1. Dezember DDR-Rentner, die nach Westdeutschland oder West-Berlin fahren, auf Antrag und »einmalig einen Betrag von 5 MDN in DM-West« – im Verhältnis 1:1 – umtauschen könnten. Die Pressestelle des DDR-Finanzministeriums begründetet dieses Angebot folgendermaßen: »Dadurch sind sie [die Rentner, M.S.] in der Lage, während ihrer Reise notwendige Kleinausgaben selbst zu bestreiten.«[51] Wovon sie in der Bundesrepublik leben sollten, verschwieg diese Pressemitteilung. Mit Ostgeld konnte im Westen nichts gekauft werden. Die Möglichkeit, Ost-Mark gegen D-Mark zu tauschen, war trotz des günstigen Umtauschsatzes beschränkt. Die Nachfrage nach DDR-Währung hielt sich im Westen in Grenzen. Die DDR-Bürger waren also auf Unterstützung angewiesen.

In der *Volksstimme* fand sich zum Weihnachtsfeiertag ein Leitartikel »Über die Menschlichkeit«. Der Autor, Chefredakteur Herbert Kopietz, malte eine erschreckendes Bild von unmenschlichen Zuständen in der Bundesrepublik und ein wohlgefälliges der DDR. Zwar gebe es im Alltag der DDR auch »herzloses Verhalten« einzelner Staatsfunktionäre, doch »in unserem Staat ist die Herzlosigkeit, die Verletzung der Menschenwürde ein schweres Vergehen; im anderen deutschen Staat ist sie untrennbarer Bestandteil des Systems.«[52]

Zum Jahresende 1964 suchte Rudolph Winkler wieder seine Schreibwerkstatt auf. Fast fünf Monate hatte er nicht mehr geschrieben. Alles schien gut gegangen zu sein. Die Anonymität und die sonstigen Tarnungen schienen hinreichenden Schutz zu bieten. Am 30. Dezember 1964 erhielt die *Volksstimme* folgenden Leserbrief:

»An die Redaktion! Beim Lesen der Zeitung in den letzten Wochen hat man den Eindruck, daß Ihr wirklich jeden Nerv dafür verloren habt, was Ihr der Bevölkerung zumuten könnt. Selbst Worte wie Frieden, Humanismus etc., die ja in der Weihnachtszeit fällig sind, werden nur benützt, um sie mit Haßtiraden gegen den Westen zu verbinden. Glaubt Ihr denn wirklich, daß die Bevölkerung Eure maßlose Heuchelei nicht merkt. Erst war es der angebliche Schwindelkurs in den westdeutschen Wechselstuben. Fällt es Euch nicht auf, daß dieser Kurs immer freiwillig gezahlt wurde und daß ein DDR-Bürger unendlich viele Dinge trotz des sogenannten Schwindelkurses immer noch viel billiger kauft als hier? Der angeblich normale Kurs von 1:1 aber muß erzwungen werden, also verkauft Ihr Eure so oft betonte Menschlichkeit gegen harte Währung, nehmt quasi ein Eintrittsgeld für dieses Panoptikum genannt DDR. Über die Raubritter vergangener Zeiten, die als Wegelagerer den Reisenden ihr Geld abnahmen, fühlt Ihr Euch erhaben, aber die Methoden, mit denen Ihr den Besuchern zu einem erzwungenen Kurs ihr Geld abnehmt, sind auch nicht besser.

Mit welchem Zynismus habt Ihr den Rentnern glaubhaft machen wollen, daß es Eure Sorge um das Wohl der Rentner ist, wenn Ihr ihnen hier das Reisegeld für Hin- und Rückfahrt abnehmt. Zu durchsichtig! Kommentar überflüssig.

Ihr nehmt von den westdeutschen Besuchern pro Tag 5 DM, gebt aber den nach drüben fahrenden Rentnern nur einmal 5 DM, so daß unsere Rentner drüben von Anfang an als arme Leute auftreten müssen, und wenn dann drüben die Gemeinden den Leuten von hier einen Zuschuß zahlen, dann wird auch das wieder als Anlaß gemeinster Hetze benützt.

Und nun der Atomminengürtel! Diese sittliche Empörung! Daß es sich hierbei um eine Erwägung für den Fall eines Angriffs, eines Angriffs von hier aus, handelt, wird ignoriert. Schließlich sind Minen ja immer Verteidigungswaffen. Daß alle maßgebenden Regierungsstellen in Westdeutschland die Verwirklichung dieser Idee eindeutig abgelehnt haben, wird auch ignoriert, aber trotzdem schlägt man jeden Tag neu auf die Pauke und vergißt nur, daß auf unserer Seite ein Minengürtel bereits gelegt ist und schon viele unschuldige Opfer gekostet hat. Zwar handelt es sich nicht um Atom-Minen, aber für den Betroffenen genügt es, wenn ihm durch diese harmlosen DDR-Minen die Beine zerfetzt werden, und daß unsere VA nicht einen Augenblick zögern würde, Atomwaffen gegen Westdeutschland einzusetzen, das weiß ich nun ganz genau aus meinem einjährigen Dienst in der VA. Da wird aber auch nichts versäumt, um einen blinden Haß gegen Westdeutschland zu schüren.

Immer wieder stellt man sich hier hin und bedauert, daß solche Maßnahmen von drüben die Wiedervereinigung erschweren würde, als ob eine solche Absicht hier je bestanden hätte. Wenn das der Fall wäre, warum hat man dann nichts in dieser Richtung getan, als es noch keine Bundeswehr, keine Nato, keine EWG usw. gab? Jetzt sind diese Dinge angeblich schuld, und vorher? Da war es nur unsere Regierung, die die Grenzen absperrte, den normalen Reiseverkehr verhinderte, die Mauer errichtete und am liebsten auch noch unser Gefängnis gegen Radiowellen abdichten möchte, und das alles mit pathetischen Erklärungen über Humanität etc.

Solange man hier unter Benützung des Hitler-Goebbels-Jargons die Menschheit nur ständig aufhetzt, belügt und betrügt, solange wird es keine Anerkennung eines solches Staates geben. Das sei Euch gesagt zum Jahreswechsel. Ihr habt uns mit Euren verlogenen Argumenten im alten Jahr nicht überzeugen können und werdet es auch nicht im Neuen Jahr. Wenn Ihr aber glaubt, das stimmt nicht, dann laßt doch eine freie Wahl zu. Da würdet Ihr Euer blaues Wunder erleben.«[53]

Dies war in der aktuellen Sammlung der Stasi nun der 6. Brief. Langsam dürften die Mitarbeiter der Bezirksleitung des MfS daran gedacht haben, daß gegen den Autor etwas unternommen werden müsse.

Wahlerfolg für Belgiens Kommunisten

Am 23. Mai 1965 fanden in Belgien Parlamentswahlen statt. Über den Ausgang dieser Wahlen berichtete die *Volksstimme* am 25. Mai unter der Schlagzeile »Wahlerfolg für Belgiens KP – Stimmengewinne bis zu sieben Prozent / Schwere Schlappe der Regierungskoalition / Regierung zurückgetreten«. Im kleingedruckten Bericht selbst erfuhr der Leser dann, daß folgendes Ergebnis bei der Sitzverteilung zustande kam: »Christlich-Soziale 77 Sitze, bisher 96; Sozialisten 64 Sitze, bisher 84; Liberale 40 Sitze, bisher 20; Flämische Volksunion 12 Sitze, bisher 5; KP Belgiens 6 Sitze, bisher 5; Front der Francophonen 3 Sitze, bisher 5.« Nicht angegeben wurde, welche prozentuale Verteilung dies bedeutete und unerwähnt blieb, worauf sich der bis zu siebenprozentige Stimmenzuwachs für die KP Belgiens bezog. Zur offenkundigen Diskrepanz zwischen dem »erheblichen Stimmengewinn« und der Tatsache, daß die KP lediglich eine Stimme hinzugewonnen hatte, erklärte der Autor, daß dies »auf Grund des undemokratischen Wahlsystems« zustande gekommen sei.[54]

Wieder waren 5 Monate ins Land gegangen, wieder hatte Winkler die tägliche Lektüre der *Volksstimme* tatenlos ertragen. Nun ist der Artikel zur Belgischen Parlamentswahl mit seiner vergleichsweise geringfügigen Manipulation Anlaß für weiteren Protest. Er rechnete der *Volksstimme* vor, daß die Kommunistische Partei mit ihren 6 Stimmen nur knapp 3 Prozent von 210 Sitzen insgesamt erhalten hätte, und daß die Regierungsparteien sich immer noch auf eine Zweidrittel-Mehrheit hätten stützen können. Und er stöhnt: »Leider bin ich täglich gezwungen, die *Volksstimme* zu lesen. Langsam ist das für mich zu einer Qual geworden, denn so viel Verlogenheit kann man einfach nicht verkraften.«[55]

Die Untätigkeit der Stasi hatte nun ein Ende.

Vier Jahre nach dem 13. August 1961

Die Jahrestage des Mauerbaus nahm die SED immer wieder aufs Neue zum Anlaß, die Errichtung dieses Bauwerkes zu loben und zu preisen. Jeder in der DDR wußte, daß die Mauer nicht gegen einen Angriff aus dem Westen errichtet worden war, sondern gegen die Fluchtbewegung der eigenen Bürger. Gleichwohl glaubte die SED den Menschen einhämmern zu müssen, die Mauer sei ein »antifaschistischer Schutzwall«.

Am 13. August 1965 erschien in der *Volksstimme* ein Leitartikel zum Thema »Vier Jahre nach dem 13.« Der Verfasser Klaus Kleine (stellvertretender Chefredakteur) eröffnete seinen Kommentar mit einer eindrucksvollen Erfolgsbilanz: »Als Berliner Maurer heute vor vier Jahren begannen, den antifaschistischen Schutzwall zu bauen, legten sie zugleich den Grundstein für ein schnelleres, wirtschaftlicheres Wachstum ihrer Republik. Bis zu diesem Tag hatten die westdeutschen Imperialisten die Bevölkerung der DDR um 30 Milliarden Mark bestohlen. Jetzt blieb unser Geld in unseren Händen.«[56] Und weiter: »1961 konnten wir nur 15,5 Milliarden MDN in dieVolkswirtschaft investieren – 1965 sind es 19,7 Milliarden, also über 4 Milliarden mehr.

Oder: 1961 besaß nicht einmal ein Viertel aller DDR-Haushalte ein Fernsehgerät – Ende 1965 wird über die Hälfte aller Haushalte eins haben. 1961 besaßen von 100 Haushalten nur je 9 eine Waschmaschine bzw. einen Kühlschrank – Ende 1965 werden je 24 von 100 Haushalten damit ausgestattet sein.«

Jedoch nicht nur deshalb habe sich der Mauerbau gelohnt: »Der 13. August zerschlug den Überfall auf die DDR noch im Stadium des Aufmarschs.« Daß ein solcher Überfall geplant, daß es eine »Konzeption« der CDU/CSU gegeben habe, »die die Einverleibung der DDR in den Herrschaftsbereich der Monopolherren und Hitlergenerale zum Ziel hat«, wurde von Kleine schlichtweg unterstellt. Diesem ersten Schritt zur Verteidigung der DDR, gemeint war der Mauerbau, sei dann am 12. Juni 1964 der zweite mit dem Abschluß eines »Freundschaftsvertrages«* mit der Sowjetunion gefolgt.[57]

Diese Rechtfertigung des Mauerbaus traf Winkler an seiner empfindlichsten Stelle. Da der Leitartikel namentlich gezeichnet war – eher eine Seltenheit in der *Volksstimme* –, konnte er seinen Brief persönlich an den Verfasser richten. Diesmal war er noch vorsichtiger und schrieb sogar die Anschrift auf dem Kuvert im Durchschlagverfahren. Er warf ihn auch nicht in den Hausbriefkasten der *Volksstimme*, sondern versandte ihn per Post:

»Armer Klaus Kleine, besser müßte man sagen ›kleiner Klaus‹, denn was Du da heute in der *Volksstimme* zusammenstotterst, das klingt reichlich kindlich, schön brav alles nachgeplappert, was sich skrupellose Dialektiker oben ausgesonnen haben.

Es wäre besser gewesen, wenn Du geschwiegen hättest, denn ein Versuch, den 13. August 1961 noch als Erfolgsdatum zu werten, ist der Gipfel der Unverfrorenheit. An dem Tage, als unsere saubere Regierung sich nicht mehr anders zu helfen wußte, um die eignen Bürger am Ausreißen zu hindern, als sie einzumauern, an diesem Tage hat sie sich mit ihrem System moralisch bankrott erklärt. Das wurde an diesem Tage vor aller Welt manifestiert. Da nützt es gar nichts, wenn Ihr die Tatsachen umlügen wollt. Jedes Kind weiß, daß die Mauer kein antifaschistischer Schutzwall ist, sondern eine Gefängnismauer für die eigne Bevölkerung.

Die ganze Welt empfindet die Mauer als eine Kulturschande des 20. Jahrhunderts, und nur die paar Regierungen im Osten, die es zu Hause auch so gewöhnt sind, klatschen als Spießgesellen Beifall.

* »Vertrag über Freundschaft, gegenseitigen Beistand und Zusammenarbeit zwischen der DDR und der UdSSR« vom 12.6.1964. Zwar werden in diesem Vertrag die Grenzen der DDR durch die Sowjetunion garantiert, jedoch bleibt dieser Vertrag weiter hinter dem Wunsch der SED zurück, einen separaten Friedensvertrag abzuschließen. Besonders dem Wunsche Ulbrichts, den Status Berlins zu verändern, verweigerte sich Chruschtschow. Zwar spricht der Vertrag von der »selbständigen politischen Einheit« West-Berlins, doch wird am Vier-Mächte-Status Berlins de facto nicht gerüttelt.

Wenn es heute in der Versorgung einige Dinge mehr gibt als 1961, so ist das auch höchste Zeit. Wir hinken sowieso mindestens 10 Jahre hinter dem kapitalistischen Westen hinterher. Diese kleine Verbesserung ist aber nicht eine Folge der Mauer. Nur weil uns die SU 15 Jahre lang schamlos ausgeplündert hat, dafür von unserer Regierung als beste Freunde bezeichnet wurde, und die Verhältnisse langsam peinlich wurden, hat man die Versorgung der Bevölkerung etwas verbessert.

Und die Milchmädchenrechnung mit den gestohlenen 30 Milliarden wird auch wieder prompt aufgetischt. Eine Regierung, die sich eine solche Summe stehlen läßt, muß doch sehr unfähig sein. Wären die Verhältnisse hier wirklich so attraktiv gewesen, wie es die Zeitung seit je her berichtet, dann hätte ja die Entwicklung umgekehrt sein müssen. Die Jugend und die ausgebildeten Fachkräfte wären aus WD zu uns gekommen. So aber hat man die Menschen hier hinausgegrault, unzählige intelligente Menschen nicht zum Studium zugelassen und dann sucht man für dieses völlig sinnlose Verhalten einen Prügelknaben, und natürlich ist es Westdeutschland. Besser wäre es schon, man würde die eignen Fehler einsehen, doch das hat man einmal 1953 gemacht, und da ist es Euch schlecht bekommen. Seitdem seid Ihr unfehlbar. Es klappt zwar weiterhin nicht, aber schuldig ist immer der Westen. Und das soll Euch jemand abnehmen? Seid Ihr wirklich so bekloppt, daß Ihr nicht wißt, wie die Bevölkerung wirklich denkt?

Und Du, Kläuschen, werde noch etwas älter und reifer, versuche mal selbständig zu denken und zu beobachten, nicht durch die Parteibrille, vielleicht kommst Du dann noch zu anderen Einsichten.«[58]

Als die Stasi diesen Brief erhielt, hatte sie bereits beschlossen, den Schreiber ausfindig zu machen und ihn der sozialistischen Justiz zuzuführen. Der Brief dürfte ihre bereits angelaufenen Aktivitäten noch verstärkt haben.

Gewissensfrage

Die SED – Kommunisten im allgemeinen – versprachen sich Wunderdinge von der Beeinflussungsmöglichkeit der Menschen durch Agitation und Propaganda. Sie hatten ein ausgeprägtes Mißtrauen gegen die eigene Urteilskraft und das eigene Urteilsvermögen der Menschen. In vielen Ländern der Erde – überall wo die Bevölkerung sich frei äußern konnte – wollte sie mehrheitlich nichts von den kommunistischen Ideen wissen. Sie war anfällig für andere, und das hieß für Kommunisten, für falsche Ideen und hielt eigensinnig an ihrem »falschen« Bewußtsein fest. Dort, wo Kommunisten nicht im Besitz der Staatsmacht waren, erklärten sie sich diese Tatsache mit der Manipulation durch die jeweils Herrschenden. Schwieriger war eine Erklärung im eigenen Herrschaftsbereich. In der DDR gab es auf allen Ebenen der Partei Abteilungen für Agitation und Propaganda, die großzügig mit hauptamtlichem Personal ausgestattet waren. Daran kann es nicht gelegen haben, daß ihre Arbeit nicht sonderlich erfolgreich war. Es mußte eine andere Erklärung gefunden werden, warum in der DDR sich Bürger mit der Herrschaft der SED und ihrem Staat nicht anfreunden wollten: Der SED-Berichterstattung und -Propaganda waren Grenzen gesetzt, die nicht in der schwachen Natur des Menschen lagen. Sie konnte ihre »Wahrheiten« nicht ungestört an den Mann und an die Frau bringen. Sie mußte mit der Berichterstattung der westlichen Rundfunk- und Fernsehsender konkurrieren. Moderne Medien kannten keine Sektoren-, Zonen- oder Landesgrenzen. Während Westzeitungen, Zeitschriften und Bücher flächendeckend – ziemlich erfolgreich – verboten werden konnten, war der Grenzschutz gegen die Rundfunkwellen machtlos. Zunächst glaubte die SED, das Problem technisch lösen zu können, indem sie ihre Fernsehgeräte nur für bestimmte Frequenzen im UHV und VHF Bereich auslegte. Doch da hatte sie den technischen Sachverstand der eigenen Bevölkerung unterschätzt. Schon bald waren Adapter im Umlauf, die mühelos in vorhandene Geräte eingebaut werden konnten und die Möglichkeit eröffneten, auch die Programme des Westfernsehens zu empfangen.

Der Magdeburger Bezirks-Staatsanwalt versuchte 1965, diesem Problem juristisch beizukommen. Er wollte den Vertrieb von illegal eingeschleusten bzw. hergestellten Zusatzgeräten strafrechtlich verfolgen und machte dem SED-Bezirkssekretär folgenden Vorschlag: »Werter Genosse Pisnik, … es werden in unseren Bezirk Zusatzgeräte für den Empfang des zweiten deutschen Programms illegal eingeschleust, bzw. illegal hergestellt und entsprechend vertrieben … Sicherlich wird in erster Linie ideologisch zu arbeiten sein, ich sehe jedoch hier auch eine Reihe von juristischen Möglichkeiten, um mit Hilfe zuständiger Organe wie Post, DAMW u.ä. für eine Einhaltung der Gesetzlichkeit zu sorgen. Dabei wird es notwendig sein, in bestimmten schwerwiegenden Fällen, … mit strafrechtlichen Mitteln vorzugehen.

Ich habe diesbezüglich gegenwärtig ein konkretes Ermittlungsverfahren eingeleitet, um zunächst Methoden und sonstige Feinheiten in diesem Zusammenhang festzustellen. Ich werde danach den Entwurf einer Konzeption der Bezirksleitung vorlegen …«*

* Schreiben Staatsanwalt des Bezirks Magdeburg vom 11.8.1965 an 1. Sekretär der Bezirkleitung der SED Gen. (Alois) Pisnik. (Landesarchiv Sachsen Anhalt, Bestand: Bezirksleitung der SED Magdeburg, Teilbestand Staat und Recht, Sign. IV/A-2/13/705). Mit dem Aufkommen des Farbfernsehens ab 1969 in der DDR glaubte die SED, sie könne das Problem dadurch lösen, daß sie sich für ein anderes technisches System entschied als die Bundesrepublik. In der DDR wurden die Farbfernsehprogramme in SECAM ausgestrahlt, in der Bundesrepublik in PAL. Doch bald waren auch dafür die Zusatzgeräte (Decoder) im Umlauf. Die SED beschloß nun aus dem Unvermeidbaren ein Geschäft zu machen und vertrieb diese Geräte in ihren Intershopläden und über den Genex-Geschenkdienst gegen Westgeld.

Über den weiteren Verlauf dieser Initiative ist nichts bekannt. Die SED verzichtete auf ein ausdrückliches Verbot, ließ aber keinen Zweifel aufkommen, daß sie es als illoyalen Akt wertete, wenn Westsender, in der Sprache der SED auch »Nato-Sender« genannt, gesehen und gehört wurden. Der Zynismus, Zusatzgeräte zu verkaufen und das Sehen von Westsendungen zu sanktionieren, störte die SED nicht. Ihr wirkliches Problem war, daß die Menschen in der DDR den Informationen und der Berichterstattung der Westsender mehr glaubten und vertrauten als den Sendern ihres eigenen Staates. Wer eine Empfangsmöglichkeit besaß, wie die meisten Menschen der DDR, wer also nicht im »Tal der Ahnungslosen« lebte, nahm diese auch wahr. Dies führte besonders bei Kindern, die noch nicht gelernt hatten, öffentlich anders zu sprechen und sich zu verhalten als privat, vor allem in den Schulen zu erheblichen Konflikten. Die Lehrer waren verpflichtet, die »Wahrheit« der SED zu lehren, die Kinder erzählten von der Wahrheit, die sie den westlichen Sendungen entnommen hatten.

Die *Volksstimme* veröffentlichte am 7. Dezember 1965 in ihrer Rubrik »Zur Diskussion« Leserbriefe zum Thema »Sind Vorbilder noch gefragt?« Darunter auch einen Beitrag des Volkskorrespondenten Richard Gehlmann. »Die Gewissensfrage: Wie schädlich wirkt sich das Westfernsehen auf die Entwicklung zur Persönlichkeit aus? Selbst gereifte Menschen werden bei wiederholtem Westfernsehen oftmals in ihrem Bewusstsein beeinflußt und gelangen zu irrigen Meinungen. Wie schwer muß es aber erst einem Kind fallen – egal welchen Alters –, das Richtige zu unterscheiden? In der Schule lernt das Kind etwas anderes, als es das Westfernsehen bringt. Ist es für ein Kind nicht eine Gewissensfrage, im Unterricht so zu antworten, wie es richtig ist, in Wirklichkeit aber anders denkt? Oftmals werden ihm auch nicht die negativen Erscheinungen, gleich welcher Art, erläutert. Hier liegt meines Erachtens der Grund, wie ein junger Mensch zu zwei Gesichtern kommt. Ob ein zweites Gesicht entsteht oder nicht, liegt viel an der Einstellung der Eltern.«[59]

Volkskorrespondenten (VK) waren ehrenamtliche Mitarbeiter von Zeitungsredaktionen. Sie sollten vornehmlich aus ihren Arbeitsbereichen in Betrieben und Institutionen über die »Erfolge der Partei« berichten. Sie galten als »Agitatoren der Partei« und waren nach dem Vorbild der Sowjetunion in Kollektiven organisiert. Fast jede Zeitung hatte einen solchen Kreis von Mitarbeitern. Diese durften ihre Artikel auch unter ihrem Namen veröffentlichen. Daß Winkler sich durch diesen eher unscheinbaren Artikel von Gehlmann angesprochen fühlte, ist nicht verwunderlich, war er doch ein passionierter Freund der West-Sendungen. Unter den gewohnten Vorsichtsmaßnahmen schrieb er Gehlmann am 8. oder 9. Dezember 1965. Von diesem Brief ist nur das Blaupapier erhalten, mit dem ein Durchschlag erstellt worden war. Darauf sind u.a. die Adresse und noch folgende Sätze lesbar:

»An den VK R. Gehlmann Gunsleben. Aber die anderen sind die bösen Imperialisten. Das Weltbild sieht also etwas anders aus, als man es uns hier darstellt. Deshalb gibt es einige Verwirrung, wenn man fremde Sender einstellt.«[60]

Gehlmann berichtete der Stasi später, was aus seiner Erinnerung noch in diesem Brief gestanden hatte. »In dem mir zugesandten Hetzbrief wurde von dem anonymen Verfasser eine ganz massive Hetze gegen die bestehenden Verhältnisse in der DDR betrieben. Vor allem wollte der anonyme Briefesschreiber mir zu verstehen geben, daß ich in meinem Artikel nicht objektiv berichtet habe, bzw. daß ich die wahren Verhältnisse in der DDR nicht kenne. Der von mir am 7.12.1965 in der *Volksstimme* veröffentlichte Artikel, wo ich mich mit der Schädlichkeit des Westfernsehens auseinandersetzte, wurde zum Gegenstand der Hetze durch den Briefschreiber genommen. Sinngemäß enthielt dieser Hetzbrief folgendes: ›Es wirkt irreführend, wenn ein Volkskorrespondent sich nur über Nachrichten der DDR informiert. Wir sollten doch lieber die Wahrheit schreiben, als nur von Erfolgen berichten, die zweifelhaft sind. Jahrelang wurde in den Zeitungen berichtet, daß der Plan erfüllt und übererfüllt wurde, aber die Preise sind im Vergleich zu Westdeutschland zu hoch. An diese Preise können die Machthaber in der DDR nicht tippen‹.«

Weiter habe darin gestanden, daß die Wahlen in der DDR keine demokratischen Wahlen seien. Auch habe der anonyme Briefschreiber zum Tode von Erich Apel Stellung genommen mit den Worten: »Das Beispiel Erich Apel beweist, daß dieses Regime bald zusammenbricht.« Außerdem habe er ihm die Frage gestellt: »Warum trat die Sowjetunion 1945 noch in den Krieg gegen Japan ein und warum hält sie noch Inseln besetzt?«[61]

Offener Brief an die SPD – Neue Hoffnung auf Wiedervereinigung

Ende 1965 zeigte sich immer noch kein durchschlagender ökonomischer Erfolg des sozialistischen Wirtschaftssystems – obwohl die Fluchtbewegung längst gestoppt war. Im Gegenteil. Die Versorgung vor allem mit höherwertigen Konsumgütern blieb prekär. Der Tod von Erich Apel war für Rudolph Winkler ein Zeichen, daß es ökonomisch eher noch schlechter werden würde. Es war durchgesickert, daß Apel bessere Bedingungen für die DDR im ungleichen Tausch ihrer Industriegüter gegen die Rohstoffe der Sowjetunion erreichen wollte. Sein Tod wurde allgemein als ein Eingeständnis des Scheiterns dieses Versuches gewertet.* Winkler schien nun zu

* Erich Apel, Vorsitzender der staatlichen Planungskommission, der ranghöchste Wirtschaftspolitiker der DDR, beging am 3.12.1965 Selbstmord. Die SED gab als Gründe »nervliche Überbeanspruchung und Herz-Kreislauf-Probleme« an. Im Westen ist man auf Spekulationen angewiesen. Apel hatte sich mit den Sowjets gestritten. Ulbricht schloß ihn von den weiteren Wirtschaftsberatungen aus. Am 4.12.1965 wurde der Handelsvertrag zwischen der UdSSR und DDR von Alfred Naumann unterzeichnet.

resignieren. Im Betrieb hatte er sich notgedrungen arrangiert. In knapp zwei Jahren würde er das Rentenalter erreichen – und das eröffnete neue Perspektiven. Der SED-Staat war daran interessiert, Rentenzahlungen einzusparen. Deshalb durfte und konnte man als Rentner, begleitet von allen guten Wünschen der DDR-Machthaber, relativ problemlos in die Bundesrepublik übersiedeln. Winkler stellte seine Leserbriefaktivitäten ein.

Im Frühjahr 1966 startete die SED eine Initiative für einen Dialog mit der SPD über Mittel und Wege zur Überwindung der Spaltung Deutschlands. Als Voraussetzung nannte sie, »daß die deutsche Frage ohne Anerkennung der DDR und Verständigung mit ihr, ohne Anerkennung der bestehenden Grenzen und ohne Bereitschaft zur Abrüstung in Deutschland nicht lösbar ist.« Gleichermaßen müsse klar gesehen werden, »daß die einseitige Bindung Westdeutschlands an die USA und deren Interesse mit unserem Anliegen der Wiedervereinigung nicht in Einklang zu bringen ist.«

Sie schlug der SPD vor, sie solle die Anpassung an die CDU/CSU aufgeben und zurückkehren zu ihrem »Deutschlandplan«. In diesem Deutschlandplan hatte die SPD am 18. März 1959 – unter der Drohung des Berlin-Ultimatums von Chruschtschow – ein »blockfreies« Deutschland als Grundvoraussetzung für die Wiedervereinigung und eine Lösung der Berlin-Frage vorgeschlagen. Der Unterschied zur Vorstellung der SED lag darin, daß die SED ein »neutrales« Deutschland anstrebte, während die SPD das zukünftige Deutschland in einem noch unbekannten »europäischen Sicherheitssystem« verankert wissen wollte. Die SED strebte eine »offene Aussprache« an. Als erster Schritt sollte ein Gremium »aus Ost und West« geschaffen werden.[62]

Die SPD antwortete darauf am 18. März 1966 öffentlich u.a.: »Die Sozialdemokratische Partei Deutschlands steht zum Grundgesetz der Bundesrepublik Deutschland … In den Grundfragen der Demokratie kann es zwischen Vertretern der SPD und der SED keine gemeinsamen Aussprachen geben, weil es die erklärte Politik der SED ist, die freiheitlich demokratische Grundordnung durch eine monopolistische Parteiherrschaft zu ersetzen.« Die SPD fragte: »Wie soll in Deutschland offen und unbefangen diskutiert werden, wenn auf Menschen geschossen wird, weil sie aus dem durch Minenfelder, Mauer und Drahtverhaue abgetrennten Teil ihres Vaterlandes ausbrechen wollen? Oder weil sie einfach nur von Deutschland nach Deutschland wollen – zu ihren Angehörigen, ihren Freunden, ihren Landsleuten?« Die SPD vertrat im Gegensatz zur SED die Auffassung, »daß die Festlegung der deutschen Grenzen in den Potsdamer Vereinbarungen der damaligen Alliierten bis zu einer friedensvertraglichen Regelung aufgeschoben worden ist und daß Deutschland völkerrechtlich bis dahin als Ganzes in den Grenzen von 1937 fortbesteht … Eine Lösung der Deutschlandfrage … wird aber erst dann und nur dann möglich werden, wenn keine politische Partei einer anderen politischen Partei unter Ausnützung von

Gewalt ihre Auffassung aufzwingt, … und das Volk frei entscheiden kann, wem jeder einzelne unbehindert seine Stimme geben will.« Die SPD meinte jedoch, daß die Differenzen in grundsätzlichen Fragen nicht als Ausrede benützt werden dürften, praktisch möglich Schritte zu unterlassen. Darunter verstand sie Schritte, »die den Menschen im geteilten Deutschland das Leben erleichtern und das Bewußtsein der Zusammengehörigkeit stärken.« Konkret benannte sie: »Für Menschen im geteilten Deutschland tätig sein, das heißt: Freizügigkeit in Berlin. Das heißt: Nachbarschaftsverkehr an der Zonengrenze. Das heißt: Austausch von Zeitungen, Zeitschriften und Büchern. Das heißt: von unnötigen Fesseln befreiter Austausch auf den Gebieten der Wirtschaft und der Kultur …«[63] Der vorgeschlagenen Zusammenarbeit zwischen SED und SPD erteilte sie eine harsche Absage. Dafür würden alle Voraussetzung fehlen und für »Volksfrontmanöver« seien die Sozialdemokraten nicht zu haben. Sie schlug stattdessen vor, »eine offene Aussprache aller Parteien in allen Teilen Deutschlands« einzuleiten.

Es folgten weitere Briefe, die nur eine Wiederholung der bekannten Standpunkte enthielten, gleichwohl kam es zu Verhandlungen über die Durchführung zweier Veranstaltungen, eine in Ost- und eine in West-Berlin. Es war jedoch deutlich geworden, daß die SPD sich in ihrer Deutschlandpolitik von der SED nicht in Gegensatz zur Politik der Bundesregierung bringen lassen würde. Der Kurs der Wehner-Rede vom 30. Juni 1960 im Bundestag, mit der die SPD von ihrem Deutschlandplan abrückte, ein Bekenntnis zum NATO-Bündnis und zur Westbindung der Bundesrepublik ablegte, wurde von der SPD weiter gehalten. Die SED war deshalb dabei, das ganze Unternehmen abzublasen. Am 29. Juni sagte die SED den »Redneraustausch« ab. Als Vorwand diente ihr das »Handschellengesetz«. Gemeint war damit ein Gesetz, das der Bundestag eigens zur Ermöglichung des Redneraustausches beschloß, und das die Freistellung der DDR-Redner vor Verfolgung durch bundesrepublikanische Gerichte zum Gegenstand hatte.

Wie viele DDR-Bürger hatte auch Rudolph Winkler den Dialog zwischen SED und SPD mit Spannung verfolgt. Vor allem als die SPD auf das Gesprächsangebot einging, war Winklers Interesse geweckt. Er fand die Antwort der SPD so wichtig, daß er sich das *Neue Deutschland* beschaffte, denn nur dort war sie im Wortlaut veröffentlicht. Sogar eine handschriftliche Notiz fertigte er, die in 7 Punkten die Kernaussagen der SPD präzise zusammenfaßte:

»1. Wie soll denn in Deutschland offen und unbefangen diskutiert werden, wenn auf Menschen geschossen wird, weil sie aus dem einen durch Minenfelder, Mauer und Drahtverhauen abgetrennten Teil ihres deutschen Vaterlandes ausbrechen wollen – zu ihren Angehörigen, ihren Freunden, Landsleuten?

2. Ist die SED bereit, nicht ausgewählten Funktionären, sondern jedem Mitglied ihrer Partei und allen Bürgern der DDR, nicht nur Rentnern, sondern auch jüngeren Menschen zu erlauben, die Bundesrepublik zu besuchen und sich hier ein eigenes Urteil über die tatsächliche Lage zu verschaffen?
3. Ist die SED bereit, im Bereich ihrer Verantwortung dazu beizutragen, daß den Menschen im geteilten Deutschland das Leben leichter gemacht wird?
4. Ist die SED bereit, ihre feindselige und schikanöse Haltung gegenüber Berlin aufzugeben?
5. Ist die SED zu einer freimütigen Diskussion in beiden Teilen Deutschlands bereit?
6. Ist die SED bereit, das Spielen mit dem Krieg aufzugeben?
7. Will sich die SED für praktische Erleichterungen im geteilten Deutschland einsetzen?«[64]

Rudolph Winkler verfolgte das Hin und Her der Noten und konnte am 31. Mai 1966 der *Volksstimme* den Bericht über den Dritten Offenen Brief des ZK der SED an die Delegierten des SPD-Parteitages in Dortmund entnehmen. Der Brief selbst wurde nur in Auszügen wiedergegeben, seine »Kerngedanken« jedoch zusammenfassend auf der Titelseite veröffentlicht: »Wir sind zu Kompromissen bereit, die der Sicherung des Friedens dienen auf der Grundlage der Gleichberechtigung und gegenseitigen Achtung der beiden deutschen Staaten. Wir sind jedoch nicht gewillt, auch nur den kleinsten Schritt zu tun, der die Revanchisten und Militaristen in Bonn ermutigen würde und deren Alleinvertretungsanspruch nützen könnte.«[65]

Für einen geübten Leser politischer Nachrichten in SED-Zeitungen war unschwer zu erkennen, daß von einer Gesprächsbereitschaft der SED oder gar von Zugeständnissen im Bereich menschlicher Erleichterungen keine Rede mehr sein konnte. Diejenigen, die Hoffnungen auf den Dialog der SED mit der SPD gesetzt hatten, waren enttäuscht. Winkler setzte sich erneut an die Schreibmaschine. Nach getaner Arbeit und gegen seine Gewohnheit nahm er den Brief diesmal mit nach Hause. Er begründete es später damit, daß er keine Briefmarke zur Hand gehabt hätte. Am anderen Tag las er den Brief noch einmal – und beschloß, ihn nicht abzusenden, sondern zu vernichten. Der Brief wäre unentdeckt geblieben, wenn nicht das Blaupapier, mit dem ein Durchschlag gefertigt wurde, sich erhalten hätte. Es fiel der Stasi – wie auch das Blaupapier mit den Spuren des Briefes an Gehlmann – erst nach der Verhaftung Winklers in die Hände. Leider sind darauf nur wenige Zeilen lesbar: »Der ›Offene Brief‹ des ZK an die SPD in Westdeutschland ist wieder einmal ein Meisterstück an Heuchelei. Schon Euer Hinweis auf der 1. Seite: ›Um endlich eine Bresche … zu schlagen, die den Weg zur Überwindung der deutschen Spaltung blockieren …‹ Wer hat denn die Ba…«[66]

Die Stasi jagt einen »Staatsfeind«
Denunziationen, Spitzel und die Suche nach der »Tatwaffe«

Während Rudolph Winkler des Schreibens müde wurde, lief der Fahndungsapparat der Stasi auf Hochtouren. Die Leserbriefe Winklers waren alle postwendend auf den Schreibtischen der MfS-Bezirksverwaltung in Magdeburg gelandet. Die ersten drei Briefe von 1961 hatten dabei noch keinerlei nachweisbaren Ehrgeiz der Stasi geweckt. Vermutlich war die Staatssicherheit der DDR durch den Mauerbau mit dringlicheren Aufgaben beschäftigt gewesen. Da keine weiteren »Hetzschriften« ähnlicher Art folgten, wurden die Briefe irgendwann ins Archiv gegeben. Als im September 1963, also zweieinhalb Jahre später, erneut ein anonymer Leserbrief auftauchte, war der Fund von 1961 in Vergessenheit geraten. Erst als 1964 und 1965 weitere Briefe auftauchten, beschloß die Stasi, nach dem Schreiber zu fahnden. Zu diesem Zeitpunkt lagen ihr insgesamt 7 Briefe vor. Offensichtlich waren die zuständigen Mitarbeiter zur Einschätzung gelangt, daß die Briefe den Tatbestand der »staatsfeindlichen Hetze« erfüllten. Nach der internen Arbeitsteilung des Geheimdienstes war für diese Angelegenheit zunächst die Abteilung XX/2 zuständig. Das war jene Abteilung, deren spezielle Aufgabe es war, jegliche oppositionellen Handlungen zu unterbinden, wobei die »2« für das Tatmerkmal »staatsfeindliche Hetze« und »Schriftenfahndung« stand. Ein Sachbearbeiter bekam den Auftrag, in einem ersten Schritt einen Vorschlag für die Eröffnung eines »Operativ-Vorganges« auszuarbeiten. Ein »Operativ-Vorgang« wurde immer dann eröffnet, wenn die Stasi jemanden verdächtigte, strafbare Handlungen begangen zu haben, oder wenn eine Straftat bekannt wurde, der Täter aber noch unbekannt war. Im ersteren Fall ging es darum, illegal Beweismaterial zu besorgen oder die verdächtigten Personen zu »zersetzen« und anderweitig auszuschalten. Im letzteren um die Fahndung nach einer noch unbekannten Person. Die Einleitung eines Operativ-Vorganges ermöglichte es, das gesamte Repertoire des Geheimdienstes an »operativ-technischen Mitteln und Methoden« einzusetzen, wie Post- und Telefonkontrolle, Einsatz von Spitzeln und Einbau von Wanzen.

Am 23. August 1965 wurde der Vorschlag in Form eines »Operativplanes« vorgelegt. Dieser Plan enthielt eine formale Analyse der Briefe (»Materialbeschreibung«), eine inhaltliche Wertung (»Einschätzung des Materials«), ein Täterprofil (»Tätercharakteristik«) und Vorschläge, wie die Fahndung nach dem Täter erfolgen sollte (»Maßnahmeplan«).

In der formalen Analyse kann eine akribische und penible Beschreibung äußerer Merkmale der Briefe bestaunt werden, die zeigt, wie systematisch und kriminaltechnisch genau die Stasi arbeitete. So hielt sie fest, daß der »1. Tatbrief« bei der letzten Leerung der Kastenpost des Hauptbahnhofs

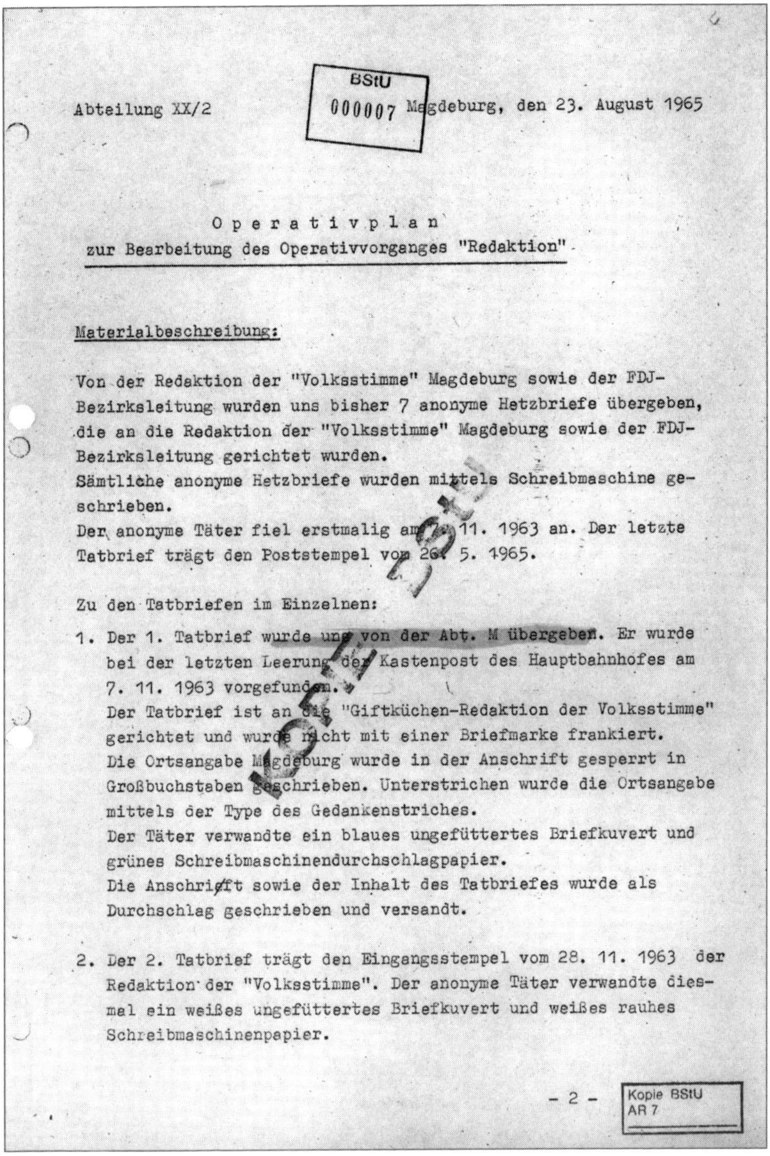

BStU 000007

Abteilung XX/2 Magdeburg, den 23. August 1965

Operativplan
zur Bearbeitung des Operativvorganges "Redaktion"

Materialbeschreibung:

Von der Redaktion der "Volksstimme" Magdeburg sowie der FDJ-Bezirksleitung wurden uns bisher 7 anonyme Hetzbriefe übergeben, die an die Redaktion der "Volksstimme" Magdeburg sowie der FDJ-Bezirksleitung gerichtet wurden.
Sämtliche anonyme Hetzbriefe wurden mittels Schreibmaschine geschrieben.
Der anonyme Täter fiel erstmalig am 7. 11. 1963 an. Der letzte Tatbrief trägt den Poststempel vom 26. 5. 1965.

Zu den Tatbriefen im Einzelnen:

1. Der 1. Tatbrief wurde uns von der Abt. M übergeben. Er wurde bei der letzten Leerung der Kastenpost des Hauptbahnhofes am 7. 11. 1963 vorgefunden.
Der Tatbrief ist an die "Giftküchen-Redaktion der Volksstimme" gerichtet und wurde nicht mit einer Briefmarke frankiert.
Die Ortsangabe Magdeburg wurde in der Anschrift gesperrt in Großbuchstaben geschrieben. Unterstrichen wurde die Ortsangabe mittels der Type des Gedankenstriches.
Der Täter verwandte ein blaues ungefüttertes Briefkuvert und grünes Schreibmaschinendurchschlagpapier.
Die Anschrift sowie der Inhalt des Tatbriefes wurde als Durchschlag geschrieben und versandt.

2. Der 2. Tatbrief trägt den Eingangsstempel vom 28. 11. 1963 der Redaktion der "Volksstimme". Der anonyme Täter verwandte diesmal ein weißes ungefüttertes Briefkuvert und weißes rauhes Schreibmaschinenpapier.

- 2 -

Operativplan, 1. Seite

am 7. November 1963 unfrankiert vorgefunden wurde, die Ortsangabe Magdeburg war in der Anschrift gesperrt und in Großbuchstaben geschrieben und mit der Type des Gedankenstrichs unterstrichen. Der Täter hatte ein blaues, ungefüttertes Briefkuvert und grünes Durchschlagpapier verwandt. Der Brief war der Abteilung XX/2 von der Abteilung M (Postkontrolle) übergeben worden. Offensichtlich hatte der Brief allein dadurch, daß er unfrankiert war und die polemische Adresse »An die Giftküchenredaktion der *Volksstimme*« aufwies, die Aufmerksamkeit der Stasi erregt und deshalb seinen Adressaten gar nicht erst erreicht.[67] Den »2.Tatbrief« hatte die Redaktion der *Volksstimme* an die Stasi weitergeleitet. Dieser Brief war ebenfalls nicht frankiert und trug auch keinen Poststempel. Da er lediglich einen Eingangsstempel (28. November 1963) der Redaktion aufwies, vermutete die Stasi, daß der Täter ihn in den Hausbriefkasten der *Volksstimme* eingeworfen hatte. Er hatte diesmal ein weißes, ungefüttertes Briefkuvert und weißes, raues Schreibmaschinenpapier (Durchschlagpapier) verwandt u.s.w. Beim »3. Tatbrief« fand der Analytiker es sogar bemerkenswert, daß der Briefbogen »in der Mitte ca. 9 cm eingerissen und von hinten mit einem 1,5 cm breiten, gelblichen Klebestreifen vermutlich vom Täter zusammengeklebt« war. Beim »4. Tatbrief« wurde festgehalten, daß der Brief zum ersten Male mit »10-Pfennig-Briefmarke der Dauerserie W. Ulbricht« frankiert war und den Poststempel »BPA 7 – 22.5.1964 – 18.00 Uhr« trug. Auch war aufgefallen, daß der »Täter« erstmalig seinen Brief im Original versandt hatte.

Die Einschätzung des »Materials« ergab, daß es sich bei dem anonymen Schreiber um einen »Feind der DDR« handeln müsse. Dies zeige sich daran, daß er die Redakteure der *Volksstimme* als Lügner betitelte, »gegen die Bestimmungen des innerdeutschen Reiseverkehrs und die Sicherungsmaßnahmen des 13.8.1961« hetzte, eine »negative Haltung« zum Deutschlandtreffen der Jugend einnehme, meinte, die DDR sei schuld an der Spaltung Deutschlands, freie Wahlen forderte und »den Gen. W. Ulbricht« verleumde. Ergo sei eine »Fahndung nach dem Verfasser der Tatschriften notwendig.«

Das Täterprofil setzte sich zusammen aus einer Beurteilung der sprachlichen Qualität der Texte und den Angaben, die der Verfasser in seinen Texten selbst gegeben hatte. Demzufolge handle es sich beim Autor der Briefe um einen »intelligenten Menschen, der sich stilistisch gut auszudrücken weiß und die Orthographie und die Grammatik einwandfrei beherrscht«. Es sei anzunehmen, daß er die Oberschule besucht hat »bzw. mindestens Abgänger der Polytechnischen Oberschule ist.« Er sei auch sehr gut mit der Technik des Schreibmaschinenschreibens vertraut, da er kaum Tippfehler mache. Da der »Täter« 1964 am Deutschlandtreffen der Jugend in Berlin teilgenommen und eine mehrjährige Dienstzeit bei der NVA abgeleistet haben will, sei zu vermuten, daß es sich wahrscheinlich um eine männliche Person handelt, »die das 20. Lebensjahr bereits überschritten hat.« Obwohl alle Briefe in Magdeburg aufgegeben wurden, bestünde die Möglichkeit, daß der Täter auch außerhalb Magdeburgs wohne. Die Textstelle im 4. Brief: »Selbst die Tschechen, Ungarn und Polen schütteln mit dem Kopf«, lasse vermuten, daß der Täter mit Personen aus diesen Ländern Kontakt oder selbst Auslandsreisen dorthin unternommen haben

Abteilung XX

Magdeburg, den 9. Februar 1966
Ki/Sie

Tätercharakteristik

Bei dem Verfasser der vorliegenden Tatbriefe handelt es sich um einen intelligenten Menschen, der sich stilistisch gut auszudrücken weiß und die Orthographie sowie die Grammatik einwandfrei beherrscht.

Der Täter will 1964 am Deutschlandtreffen der Jugend in Berlin teilgenommen haben. Ebenfalls will der Täter eine mehrjährige Dienstzeit bei der NVA abgeleistet haben.

Auf Grund des Intelligenzgrades des Täters ist anzunehmen, daß er die Oberschule bzw. die Mittelschule besucht hat.

Da er nach seinen eigenen Angaben einen mehrjährigen Dienst bei der NVA geleistet hat, ist anzunehmen, daß es sich bei dem Schreiber der Tatbriefe um eine männliche Person handelt, die das 25. Lebensjahr bereits überschritten hat.

In einem Tatbrief führt der Täter aus: "Selbst die Tschechen, Ungarn und Polen schütteln den Kopf".
Das läßt die Vermutung zu, daß der Täter mit solchen Personen Kontakt hatte oder Auslandsreisen in diese Länder unternahm.
Der Täter ist ein aktiver Leser der Volksstimme, da er sich überwiegend mit den in der Volksstimme veröffentlichten Artikeln auseinandersetzt. Er will nach eigenen Angaben täglich gewzungen sein, die "Volksstimme" zu lesen.

Da der Täter sich ständig mit den Problemen des innerdeutschen Reiseverkehrs in den Tatbriefen auseinandersetzt, besteht die Möglichkeit, daß er Westverwandtschaft besitzt.
Auf Grund der verschiedenen Briefumschläge sowie die Benutzung von Blaupapier und Kohlepapier sowie Schreibmaschinendurchschlagpapier ist anzunehmen, daß die unbekannte Person direkt oder indirekt im Besitz von Büromaterialien ist. Der Schreiber verschickte Durchschriften als Tatmaterial, um die Fahndung nach der Tatmaschine zu erschweren. Woraus ersichtlich ist, daß dieser teilweise Kenntnisse über die Fahndung nach anonymen Briefschreibern hat.

Auf das Wort "peinlich" im Wortschatz des Täters muß noch hingewiesen werden, denn es tritt sehr oft in seinen Briefen auf, was nicht in dem Maße üblich ist.
Weiterhin gebraucht er die Ausdrücke etc. und quasi, sowie gebraucht das Wort Benützung statt Benutzung.

Oberfeldwebel

könne. Beachtenswert schien weiter, daß der Täter nach eigenen Angaben täglich »gezwungen« sei, die *Volksstimme* zu lesen. Der Inhalt der Briefe lasse auch erkennen, daß er »ständig den Westrundfunk hört und westliche Fernsehsendungen verfolgt.« Da er sich ebenfalls ständig mit »Problemen des innerdeutschen Reiseverkehrs« auseinandersetze, bestehe die Möglichkeit, daß er »Westverwandtschaft« besitze. Schließlich falle auf, daß er ungewöhnlich oft das Wort »peinlich« benutze.

Aus der Analyse des Tatmaterials und den Vermutungen über den Täter leiteten die Sachbearbeiter erste operative Maßnahmen für die Fahndung ab. Entscheidende Bedeutung hatte ihre Überlegung, den Täter über den Umweg der Suche nach der »Tatmaschine« zu finden. Sie wollten aus den

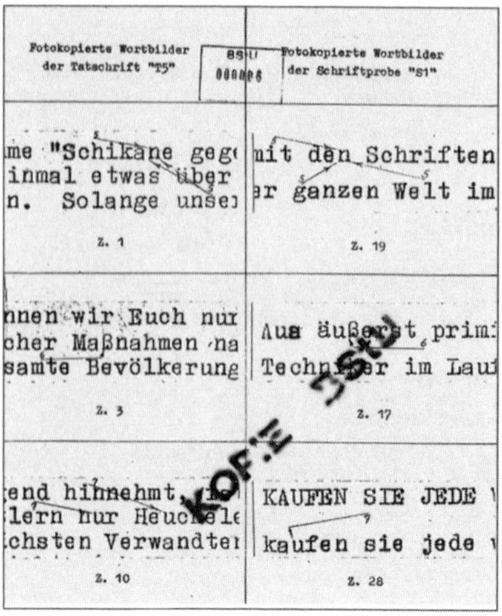
Fotokopierte Wortbilder der Tatschrift "T5"

Fotokopierte Wortbilder der Schriftprobe "S1"

me "Schikane geg
inmal etwas über
n. Solange unse

Z. 1

mit den Schriften
er ganzen Welt im

Z. 19

nnen wir Euch nur
cher Maßnahmen na
samte Bevölkerung

Z. 3

Aus äußerst prim
Techniker im Lau

Z. 17

end hinnehmt,
lern nur Heuchele
chsten Verwandte

Z. 10

KAUFEN SIE JEDE
kaufen sie jede

Z. 28

Schriftprobenvergleich der Schreibmaschine

Schriftproben der Briefe das Fabrikat der Schreibmaschine ermitteln lassen sowie die besonderen Merkmale der Schrifttype. Anhand der Deformierung einzelner Buchstaben hofften sie, die Schreibmaschine identifizieren zu können. Sie glaubten, genügend Anhaltspunkte zu haben, wo, das heißt in welchen Personenkreisen nach der Schreibmaschine und dem Täter gefahndet werden müsse. So entnahmen sie dem Brief zum Deutschlandtreffen der FDJ den Hinweis, daß der Verfasser in den Reihen der FDJ zu suchen sei. Sie schlugen deshalb vor, »alle« Jugendlichen aus dem Bezirk Magdeburg zu erfassen, die am Deutschlandtreffen der FDJ in Berlin teilgenommen hatten. Dazu mußten bei der FDJ-Bezirksleitung bzw. bei den FDJ-Kreisleitungen die Teilnehmerlisten der Jugendlichen beschafft werden. Daraus konnten dann alle »männlichen Personen über 20« herausgefiltert und überprüft werden, »ob sie im Privatbesitz der Tatmaschine sind bzw. auf der Arbeitsstelle die Tatmaschine benutzt haben könnten.« Zusätzlich wollte man »individuell zu den jeweiligen Personen Schriftvergleichsmaterial« beschaffen.

Mit ihrem Maßnahmeplan hatte die Stasi ein wahres Mammutprogramm aufgestellt. Über 5000 Jugendliche aus dem Bezirk Magdeburg hatten an dem Deutschlandtreffen der FDJ in Berlin teilgenommen, und die Zahl der männlichen Jugendlichen über 20 Jahre dürfte in die Hunderte gegangen sein. Die Schnittmenge zwischen NVA, FDJ-Deutschlandtreffen, Auslandsreisen und Westkontakte hätte zwar – mathematisch gesehen – eine überschaubare Zahl von Personen ergeben, aber um diese Schnittmenge zu erhalten, mußte ein immenser Fahndungsaufwand betrieben werden.

In einem ersten Schritt erhielt der verantwortliche Sachbearbeiter für die Durchführung der Maßnahmen, »Gen. Oltn. Roßbach«, personelle Unterstützung in Gestalt des Hilfssachbearbeiters, »Gen. Fw. Kieslat«, zugeteilt.[68]

Welche Mitarbeiter sonst noch zur Verfügung standen, ist unklar. Sicher scheint, daß Roßbach und Kieslat allein diese Fahndung nicht hätten durchführen können. Aus den Unterlagen über den Fortgang des Operativ-Vorganges läßt sich nicht entnehmen, ob die Überprüfung der Magdeburger FDJ im beabsichtigten Umfang tatsächlich stattgefunden hat. Die Überprüfungen bei der NVA, im Reisebüro und der Meldekartei sind hingegen dokumentiert, ebenfalls die Überprüfung zusätzlicher Personenkreise. Von Oberleutnant Roßbach und seinen Ermittlungen finden sich in den Unterlagen keine Spuren mehr. Es könnte sein, daß der unrealistische Ansatz schnell erkannt und revidiert worden ist. In den Unterlagen erscheint nur noch Feldwebel Kieslat als zentrale Ermittlerfigur.

Gestützt auf den »Operativplan« beschloß die MfS-Bezirksverwaltung Magdeburg, genauer die Leitung der Abteilung XX – verantwortlich zeichnete ein Major Schäfer – am 31. August 1965, einen »Operativ-Vorgang« gegen unbekannt wegen »Delikt § 19 StEG« mit dem Decknamen »Redaktion« anzulegen, d.h. die Fahndung nach dem anonymen Leserbriefschreiber aufzunehmen. Der § 19 handelte von »Staatsgefährdender Propaganda und Hetze«.[69] Inzwischen war auch noch ein 8. Brief aufgefunden worden, so daß sich der Vorgang auf »insgesamt 8 anonyme Hetzbriefe« bezog, die in der Zeit zwischen dem 7. November 1963 und 11. August 1965 versandt worden waren.[70]

Umsetzung des Maßnahmeplans

Die Suchaktion konnte nun beginnen. Schon am 3. September 1965 erhielt die Bezirksverwaltung Magdeburg einen Untersuchungsbericht von der Technischen Untersuchungsstelle aus Berlin. Darin wurde mitgeteilt, daß die vergleichende Untersuchung der »sieben Hetzbriefe« ergeben habe, daß sie in den »maschinenschriftlichen Merkmalen wie Schriftart (Pica), Schrifthöhe (2,6 mm), Wagenschritt (2,6 mm) und in den vorhandenen Typengrundformen ... vollkommen übereinstimmen.« Eine Bestimmung des Fabrikats sei allerdings nicht möglich, denn diese Merkmale verwiesen auf zahlreiche Fabrikate wie Continental, Wanderer, Triumph, Adler, usw. Die Analyse nach »hoch- und geringwertigen maschinenschriftlichen Merkmalen« ergab, daß eine Reihe von Buchstabentypen signifikante Beschädigungen bzw. Deformierungen aufwiesen. Diese Merkmale besäßen einen »hohen identifizierenden Wert«, der in einem Schriftvergleich für eine »absolute Beweisführung« ausreichen würde. Das MfS wußte nun, daß seine Vermutung, die Briefe seien alle mit ein und derselben Schreibmaschine verfaßt worden, richtig war.[71]

Am 24. September 1965 wurde der Maßnahmeplan zum ersten Mal ergänzt. Der Personenkreis FDJ-Deutschlandtreffen-männlich wurde weiter eingegrenzt. Nur jene Teilnehmer des Deutschlandtreffens, die »an einer offiziellen Besichtigung des antifaschistischen Schutzwalls teilgenommen haben«, sollten zunächst überprüft werden.

Über den Personenkreis Auslandsreisen hoffte Kislat im Reisebüro näheres zu erfahren. Wären die Personen, die in der Zeit von 1962 bis einschließlich 1965 nach Polen, CSSR und Ungarn gefahren waren, erst einmal bekannt, dann ließe sich im nächsten Schritt feststellen, welche von ihnen vor 1963 »bei der NVA einen Ehrendienst geleistet haben.«[72]

Kislat begann mit seiner Ermittlung im Reisebüro. Dort fand er heraus, daß Anträge auf Auslandsreisen persönlich vom Antragsteller ausgefüllt und dann beim MfS gelagert wurden. Eine Abschrift der Antragsformulare bekam das Volkspolizeikreisamt (VPKA) sowie das »VISA-Hauptbüro« in Berlin. Diese Information über das bürokratische Verfahren bei Auslandsreisen von DDR-Bürgern brachte Kislat jedoch keinen Schritt weiter, da er die beim Reisebüro selbst abgelegten Anträge nicht hatte einsehen können. Als Begründung führte er an, sie seien noch nicht »sortiert« gewesen.[73]

Sieben Wochen später lag ihm die Liste der Personen vor, die vor 1963 bei der NVA gedient hatten. Neben dem Namen und Geburtsdatum waren die aktuelle Tätigkeit und die Arbeitsstelle sowie Wohnanschrift und Dienstzeit ermittelt und in einer »alphabetisch geordneten Kartei zusammengefaßt« worden.[74] Um wie viele Personen es sich dabei gehandelt hat, blieb unerwähnt.

Aus den Unterlagen geht hervor, daß die Stasi in der Zwischenzeit noch eine andere Personengruppe ins Visier genommen hatte. Sie suchte den Leserbriefschreiber auch in den Reihen der männlichen Volkskorrespondenten der Magdeburger *Volksstimme*. Dieser Kreis war zahlenmäßig überschaubar und klar definiert. Es hatte keine Mühe gemacht, aus der Redaktion Schriftproben ihrer Korrespondenten zu beschaffen. Kislat selbst – inzwischen zum Oberfeldwebel befördert – hatte dieses Schriftenmaterial überprüft. Auch hier war er nicht fündig geworden. Er mußte als Ergebnis festhalten, »daß die überprüften VK (Volkskorrespondenten) als Besitzer bzw. Benutzer der Tatmaschine nicht infrage kommen.«[75]

Ende November hatten die bislang erfolgten Ermittlungen immer noch kein positives Ergebnis gezeitigt. In der Hoffnung, zusätzliche Hinweise auf den Täter zu finden, wurden die Tatbriefe nochmals analysiert. Anschließend wurden weitere Maßnahmen festgelegt und alte präzisiert. Die Fahndung uferte immer weiter aus:

»1. In der KMK [Kreismeldekartei] werden alle Personen auf Besitz einer SM [Schreibmaschine] überprüft, die bis zum Januar 1963 bei den bewaffneten Organen tätig waren und das Alter von 35 Jahren überschritten haben.

2. In den Arbeitsstellen der erfassten Personen werden Ermittlungen geführt, ob hier die Tatmaschine vorhanden ist, bzw. von ihnen benutzt werden kann.

3. Sollten die bisher durchgeführten Fahndungsmaßnahmen keinen Erfolg bringen, so wird im Wohngebiet der erfassten Personen nach der Tatmaschine gefahndet.
(Quellen: ABV [Abschnittsbevollmächtigter], Hausvertrauensleute, Informatoren der Abt. VIII)«[76]

Am 28. Januar 1966, also knapp zwei Monate später, war die Überprüfung des NVA-Personenkreises in der Kreismeldekartei abgeschlossen. Kislat hatte die Idee gehabt, daß die Anträge auf Ausstellung eines Personalausweises von den Antragstellern mit Schreibmaschine geschrieben würden und deshalb als Schriftproben dienen könnten. Diese Überprüfung war ebenfalls ein Schlag ins Wasser. Sie ergab, daß die Tatmaschine jedenfalls zum Ausfüllen der Anträge für einen Personalausweis nicht benutzt wurde.[77]

Die Überprüfung der FDJ-Mitglieder war auch noch nicht vorangekommen. Die mit dem Operativ-Vorgang befaßten Personen dachten sich nun neue »Maßnahmen« aus. Aus unerfindlichen Gründen starteten sie einen aufwendigen »Test«, um den Briefkasten ausfindig zu machen, in welchen die »Hetzbriefe« eingeworfen wurden. Dazu warfen drei Mitarbeiter insgesamt 10 Briefe in verschiedene, über das gesamte Stadtgebiet von Magdeburg verteilte Briefkästen. Über einen Vergleich des Poststempels wollten sie das gewünschte Ergebnis erreichen. Doch auch dies mißlang. Sie erfuhren nur, was sie durch einen Anruf bei der Post einfacher hätten erfahren können, daß alle im Stadtgebiet eingeworfenen Briefe »im Bahnpostamt 7 abgestempelt werden.«[78]

Aus den Fehlschlägen zog die Stasi immer den gleichen Schluß: die Fahndung zu erweitern. So gerieten nach den bereits ergebnislos überprüften Volkskorrespondenten nun die festangestellten Mitarbeiter der *Volksstimme* in den Kreis der Verdächtigen. Begründet wurde dies einzig mit der Annahme, daß drei »Hetzbriefe« in den Hausbriefkasten der *Volksstimme* eingeworfen worden waren. Kislat entwickelte zusammen mit dem Abteilungsleiter Hauptmann Beuche einen Plan, sämtliche hauptamtlichen Mitarbeiter der Zeitung, zu überprüfen. Ferner sollten die »Kaderakten« gesichtet werden, um festzustellen, ob sich darin Schriftstücke befänden, die mit der »Tatmaschine« geschrieben wurden. Desweiteren wollten sie Schriftproben von sämtlichen Schreibmaschinen der *Volksstimme* besorgen und die Leserbriefe an die *Volksstimme* durchsehen.[79]

Spitzel und Denunziation

Diese Ermittlungen nahmen viel Zeit in Anspruch. Die negativen Ergebnisse häuften sich weiter. Schon erfolgte Überprüfungen, wie z.B. bei den Volkskorrespondenten, wurden erfolglos wiederholt.[80] Immer neue Maßnahmepläne wurden erstellt. Die Stasi-Ermittler kamen trotzdem nicht voran. Sie begannen nun ihre Geheimwaffe einzusetzen: Spitzel. Der Leiter der Fahndungsabteilung Hauptmann Zörner selbst schaltete sich operativ ein. Er wollte externe Kompetenz hinzuziehen, d.h. ein Fachmann sollte die Briefe nochmals analysieren und eventuell neue »Anhaltspunkte für die weitere Fahndungstätigkeit« liefern. Dazu schien ihm der GI »Hans Mader«, der in seinem bürgerlichen Beruf Journalist in herausgehobener Stellung war, besonders befähigt zu sein. »Mader« erwies sich laut dreiseitigem, eng beschriebenen Treffbericht nicht nur als journalistischer Fachmann, sondern als Denunziant erster Güte.*

»Mader« vermutete, daß es sich bei »dem noch unbekannten Täter« mit »angrenzender hoher Wahrscheinlichkeit« um einen Kollegen, d.h. einen »ehemaligen oder noch tätigen Journalisten« handeln müsse. Er listete zur Begründung die bereits von der Stasi erkannten Merkmale wie Intelligenz, Schreibfähigkeit usw. auf. Neu war, daß »Mader« meinte, der Täter müsse über 50 Jahre alt sein, weil er den Begriff »Schriftleitung« verwende. Dieser Begriff stamme aus der Nazizeit, wurde jedenfalls nach 1945 nicht mehr gebraucht und dürfte deshalb jungen Menschen unbekannt sein. »Mader« spekulierte weiter, daß der Täter entweder beruflich mit jüngeren Menschen zusammen kommen oder in seiner Familie selbst »größere Kinder« haben müsse. Nach seiner Meinung hätte der Täter engen Kontakt zu Journalisten und kenne »den Redakteur Klaus Kleine aller Wahrscheinlichkeit nach persönlich.«

Bei dieser Analyse ließ es »Mader« nicht bewenden. Er gab seinem »Führungsoffizier« Zörner einen namentlichen Hinweis, wer seiner Meinung nach der Täter sein könnte. Diese Person entsprach genau jenen Merkmalen, die »Mader« vorher aus den Texten der Leserbriefe für den anonymen Schreiber abgeleitet haben wollte. Da es sich hier um eine besonders widerwärtige Denunziation handelt, sei der Bericht ausführlicher zitiert:

»Der GI sprach die Vermutung aus, daß als Täter ein gewisser W.[81] infrage kommen kann. W. ist in Magdeburg, (geschwärzt) wohnhaft. Bis 1938 war er als Journalist in Stettin tätig. Von 1949 bis 1953 arbeitete W. in der Bezirksredaktion des *ND*. Auf Grund bestimmter Kontroversen wurde er 1952 entlassen. Seit dieser Zeit ist er als freischaffender Journalist tätig. Er arbeitet heute im wesentlichen für den *Neuen Weg*, die *Mitteldeutschen*

* Der GI »Hans Mader«, mit bürgerlichen Namen (»Klarnamen«) Joachim Kirmis, war Bezirksredakteur der LDZ und hat Arbeitsakten mit Hunderten von Spitzelberichten hinterlassen. Besonders perfide ist, daß ein Chefredakteur seine eigenen journalistischen Mitarbeiter denunzierte.
Im allgemeinen sind Spitzelberichte, soweit ich dies überprüfen konnte, häufig eine Mischung aus Dichtung und Wahrheit. Falsche, ungenaue und haltlos erfundene Angaben ergeben eine trübes Informationsgebräu. Da die Stasi besonders interessiert war, aus dem privaten und persönlichen Bereich Informationen zu bekommen, bevorzugt über Beziehungen und Liebschaften, erfanden die Spitzel solche Geschichten, um sich hervorzutun. Diese Berichte sind mit äußerster Vorsicht zu genießen.

BStU
000036

Abteilung XX — Magdeburg, den 9. März 1966
Zö/Sie

<u>Ergebnis des Treffs mit dem GI "Hans Mader" am 7. März 1966</u>

Im Interesse der weiteren zielstrebigen Bearbeitung des Operativvorganges "Redaktion" wurde mit dem obengenannten GI eine teilweise Auswertung einiger Tatmaterialien des genannten Vorganges durchgeführt.

Im Mittelpunkt dabei stand vom GI als Journalist eine sachkundige Einschätzung und evtl. Anhaltspunkte für die weitere Fahndungstätigkeit zu erhalten.

Nach gewissenhafter Kenntnisnahme der ihm vorgelegten Materialien schätzte der wie folgt ein:

Bei dem noch unbekannten Täter kann es sich mit angrenzender hoher Wahrscheinlichkeit um einen ehemaligen oder noch tätigen Journalisten handeln. Der Täter betreibt eine exakte Nachrichtenverfolgung, analysiert dieselben und baut dann entsprechend seine Kommentare auf. Ein Außenstehender wird kaum so stark die Presse verfolgen und auswerten. Besonders schließt der GI das daraus, weil hier solche Formulierungen wie "die TASS", was ja üblicherweise nur als "Tass" geschrieben wird. Besonders starkes Interesse liegt für außer- und innerpolitischer Fragen vor. Der Täter muß selbst stark im politischen Leben stehen, verfügt über einen hohen Grad an Intelligenz, ist ein ausgezeichneter Stilist und beherrscht fast fehlerfrei die Orthographie und Grammatik.
Auch die Analysierung gegebener Zeitungsmeldungen wird von den üblichen Lesern wohl nicht durchgeführt. Darüber hinaus ist der Täter ein perfekter Schreibmaschinenschreiber. Auf der anderen Seite muß es sich nach Meinung des GI um eine Person handeln, die mindestens 50 Jahre alt sein muß. Diese Schlußfolgerungen zieht er aus bestimmten Formulierungen und Kenntnissen.

Der Begriff "Schriftleitung" stammt nach Wissen des GI aus der Nazizeit. Damals bestand in Leipzig die Reichsschrifttum-Kammer und der Chefredakteur einer Zeitung wurde als Hauptschriftleiter und die einzelnen Redakteure als Schriftleiter bezeichnet. Die Redaktion war demzufolge die Schriftleitung.

Dieser Begriff wird nach 1945 nicht mehr gebraucht und dürfte für junge Menschen nicht bekannt sein. Weiterhin muß der Täter mit jungen Menschen infolge seines Berufes zusammen kommen oder selbst in der Familie größere Kinder haben. Nach Meinung des GI hat der Täter engen Kontakt zu Journalisten und kennt den Redakteur [illegible] aller Wahrscheinlichkeit nach persönlich. [illegible] ist innerhalb der Volksstimme Nachrichtenredakteur und kommt demzufolge äußerst wenig mit der breiten Öffentlichkeit in Verbindung.

Spitzelbericht »Mader«, 1. Seite

Neuesten Nachrichten, die *LDZ*, für *ADN* und *NZ* und den Sportteil der *Volksstimme*.

W. hat zwei Schreibmaschinen in seinem Privatbesitz. Sämtliche Manuskripte werden von ihm jedoch nur auf einer Maschine gefertigt. Hierbei muß es sich nach Wissen des GI um eine große ältere Maschine handeln, die aber für die Fertigung der Tatbriefe nicht infrage kommt.

Die 2. Maschine des W. ist dem GI nicht bekannt. Er weiß aber mit Bestimmtheit von der Existenz einer 2. Maschine, … W. verwendet auch in seinem Wort- und Schriftstil solche Begriffe wie ›etc.‹. Weiterhin kürzt er beziehungsweise nicht mit bzw. ab, sondern schreibt grundsätzlich bezw., wie es auch in den Tatbriefen vorkommt. Auch solche Durchstreichung wie in dem Brief an die Schriftleitung der *Volksstimme* Magdeburg im Wort allein (doppelte Durchstreichung) ist dem W. eigen.

... W. ist Mitglied der SED, aber durchaus nicht politisch-ideologisch mit der Partei verbunden ... Seine Ehefrau schreibt für ihn sehr viele Manuskripte und gilt als die bessere Stilistin. Ein Bruder oder Schwager des W. ist bei der Handelsmarine der DDR, Kapitän zur See. W. hat zwei Kinder. Eine Tochter von ihm wurde anfangs nicht zum Studium zugelassen, studiert aber seit geraumer Zeit jetzt Medizin an der Medizinischen Akademie Magdeburg. Sein Sohn ist Student an der Theologischen Universität Greifswald. Die Frau des W. ist politisch äußerst aggressiv ... W. ist 64 Jahre alt ...

Weiterhin wäre zu prüfen, welche Journalisten in den letzten 5 Jahren aus der *Volksstimme* ausgeschieden sind. Darüber hinaus sind die Betriebszeitungsredakteure von Interesse. Hier nannte er besonderes einen gewissen (Name geschwärzt), Betriebszeitungsredakteur im Karl-Marx-Werk Magdeburg.«

Von besonderer Bedeutung sollte der Hinweis werden, W. verfüge »über starke Westverbindungen«. Dies deckte sich auch mit der vorangegangenen Analyse der Leserbriefe. Abschließend erklärte sich »Mader« bereit, »bei der Aufklärung des anonymen Schreibers weiterhin aktive Unterstützung zu geben.«[82]

Die Denunziation des GI »Hans Mader« hatte Folgen. Kislat nahm nun die denunzierte Person W. ins Visier. Er wollte folgendermaßen vorgehen:

»1. Die Kaderakte der Tochter des W. einsehen.
2. Anträge auf Reisen in das soz. Ausland einsehen.
3. In den Redaktionen *MNN, Neuer Weg, LDZ, ADN, MZ*[83] und der *Volksstimme* Sportberichte nachprüfen, ob Schriftmaterial vom (geschwärzt) vorhanden ist.
4. Vom Rat des Bezirkes Mgd. Abt. Finanzen (Steuern der Werktätigen) ist die Steuerakte der Familie W. einsehen.
5. Bei der Vereinigung deutscher Journalisten ist der Aufnahmeantrag des W. zu überprüfen.«[84]

Zwei Tage später, am 16. März 1966 schob er Ergänzungen nach. So sollte bei der FDJ-Bezirksleitung ermittelt werden, ob die Tochter am Deutschlandtreffen in Berlin teilgenommen hatte. Einige Wochen später wurde auch sein Sohn, der in Greifswald studierte, unter die Lupe genommen. Die MfS-Kollegen in Rostock wurden gebeten, die Personalakte nach Magdeburg zu übersenden und zu überprüfen, ob der Sohn in Greifswald eine Schreibmaschine besitzt. Für die Übersendung einer Schriftprobe bedankte man sich im voraus.[85]

Vor allem ging es jedoch darum, Schriftproben von W. zu erhalten. Dazu sollte eventuell vorliegender Schriftverkehr mit seinem Hauseigentümer und Vergleichsmaterial in den genannten Zeitungsredaktionen besorgt werden. Standardmäßig wurde ebenfalls die Personalakte eingesehen. Darüber hinaus wollte man beim Journalistenverband alle Journalisten und Redakteure, die in Magdeburg wohnhaft waren, überprüfen. Ebenfalls am 16. März wurde vereinbart, daß »Mader« Schriftmaterial von »der Person W., z.Zt. freiberuflicher Journalist« beschaffen solle.[86]

Besonders übel war die Idee, den Journalisten Klaus Kleine von der *Volksstimme* als agent provocateur einzusetzen. Kleine solle einen Artikel veröffentlichen, »der den anonymen Schreiber zum Handeln provoziert.« Beuche und Kislat schlugen vor, daß dieser Artikel mehrere Probleme enthalten sollte, mit denen sich der »Hetzbriefschreiber« schon in der Vergangenheit auseinandergesetzt hatte. Namentlich nannten sie den innerdeutschen Reiseverkehr und die Maßnahmen zum 13. August 1961.[87]

Am 29. März 1966 suchte Kislat die »Stadtleitung der SED Abt. Sicherheit« auf, um den Aufnahmeantrag in die SED und Lebenslauf von W. einzusehen. Enttäuscht mußte er feststellen, daß beides nur handschriftlich vorlag. Am 18. April setzte sich Kislat erneut mit seinen Kollegen Zörner und Beuche zusammen, um über weitere Maßnahmen zu befinden. Die Vorschläge von »Mader« fanden weiter exakte Berücksichtigung. So sollte auch noch in den Redaktionen der Betriebszeitungen und beim FDGB nach Schriftproben gefahndet werden. Die anderen MfS-Bezirksverwaltungen wurden um Amtshilfe gebeten. Sie erhielten Kopien der Briefe um nachzusehen, ob der Täter bei ihnen aufgefallen sei.

Auch die Mitarbeiter der *Volksstimme* wurden weiter ausgeforscht. Jetzt wurde speziell nach der Person gesucht, die täglich aufgrund ihrer Funktion die *Volksstimme* lesen mußte.[88] Damit wurde der Hinweis aus dem Leserbrief vom 26. Mai 1964 aufgegriffen.

Gut eine Woche später – noch immer hatte man nichts gefunden – reisten Hauptmann Beuche und Oberfeldwebel Kislat höchstpersönlich nach Halle, um in den Hauptredaktionen der *LDZ* und *Der Neue Weg* nachzusehen, ob Leserzuschriften aus dem Bezirk Magdeburg bei ihnen eingegangen waren. Auch besuchten sie ihre MfS-Kollegen in der Bezirksverwaltung Halle und ließen sich die dort angefallenen Briefe und Schreiben zeigen. Dies alles blieb erfolglos.[89] Auch der eifrige Spitzel »Mader« kam nicht voran. Am 21. Mai berichtete er, daß sein Versuch, von W. unter einem Vorwand die zweite Schreibmaschine zu bekommen, mißlungen sei. W. habe die Ausleihe abgelehnt mit dem Argument, daß nur seine Ehefrau »für den Sohn und die Tochter« darauf schreibe.

Mit »Mader« wurde vereinbart, daß er seinen Kollegen im Auge behalten solle. Er bekam den Auftrag, Manuskripte von W. zu sammeln. Diese wollte man »beim nächsten Treff« nochmals mit den Tatbriefen vergleichen.[90] Kislat wurde langsam ungeduldig. Mehr als neun Monate waren seit Beginn der Fahndung vergangen. Als vermeintlich heiße Spur, war nur die dezidierte Denunziation des GI »Mader« geblieben. Diese verfolgte Kislat hartnäckig weiter. Er war besessen von der Idee, die zweite Schreibmaschine der Familie W. würde den Schlüssel zum Erfolg liefern. Da »Mader« es bislang nicht vermocht hatte, eine Schriftprobe zu beschaffen, beschloß Kislat Anfang Juni, eine Postkontrolle einzuleiten. Gemeint war damit nicht die ohnehin übliche Postkontrolle durch die Stasi, sondern eine Postkontrolle mit gleichzeitigem arbeitsaufwendigen Schriftvergleich[91].

Die Abteilung M überprüfte nun täglich die »Westpost, die mit SM geschrieben« und aus Magdeburg abgesandt wurde, das hieß, sie mußte alle mit Schreibmaschine geschriebenen Briefe mit den ermittelten Auffällig-

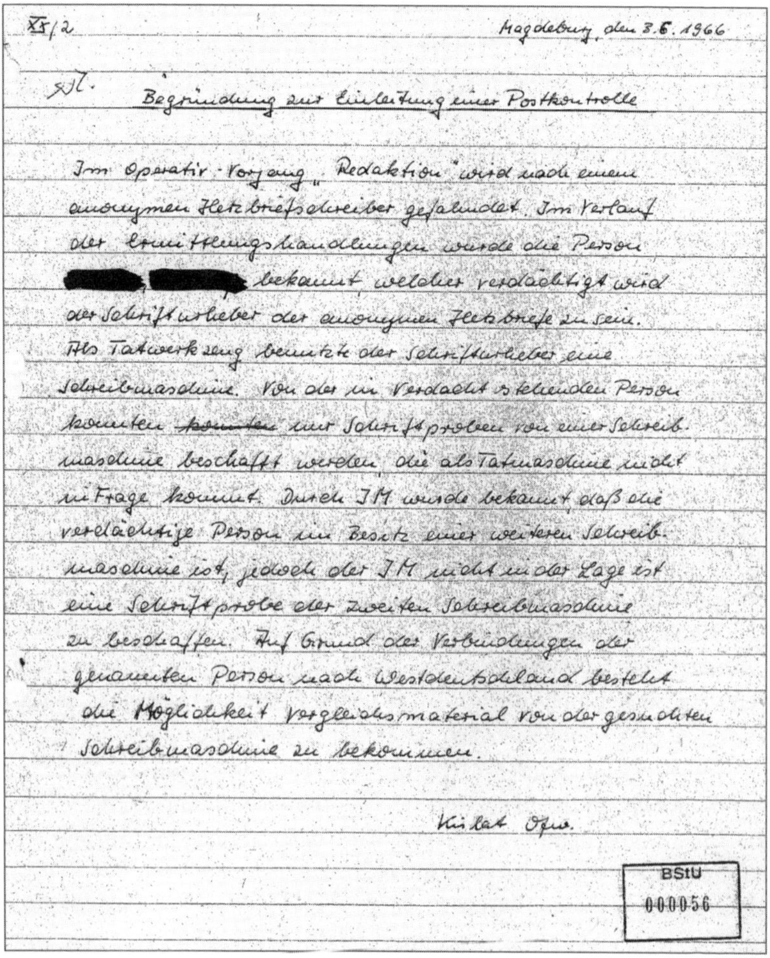

XV/2 Magdeburg, den 3.6.1966

Begründung zur Einleitung einer Postkontrolle

Im Operativ-Vorgang „Redaktion" wird nach einem anonymen Hetzbriefschreiber gefahndet. Im Verlauf der Ermittlungshandlungen wurde die Person [geschwärzt] bekannt, welcher verdächtigt wird der Schrifturheber der anonymen Hetzbriefe zu sein. Als Tatwerkzeug benutzte der Schrifturheber eine Schreibmaschine. Von der in Verdacht stehenden Person konnten ~~konnten~~ nur Schriftproben von einer Schreibmaschine beschafft werden, die als Tatmaschine nicht in Frage kommt. Durch IM wurde bekannt, daß die verdächtige Person im Besitz einer weiteren Schreibmaschine ist, jedoch der IM nicht in der Lage ist eine Schriftprobe der zweiten Schreibmaschine zu beschaffen. Auf Grund der Verbindungen der genannten Person nach Westdeutschland besteht die Möglichkeit Vergleichsmaterial von der gesuchten Schreibmaschine zu bekommen.

Kislat Oltn.

BStU 000056

keiten der Schrift der »Hetzbriefe« vergleichen. Am 11. Juni 1967 – nach gut 5 Wochen vergeblicher Suche – fiel ihr ein Geschäftsbrief der Firma Heinrichshofen, adressiert an die »Firma C. Bechstein« in Berlin in die Hände. Im Briefkopf stand als Absender die Piano-Abteilung. Unterschrieben hatte den Brief Rudolph Winkler.[92] Der Schriftprobenvergleich war positiv.

Die Postkontrolle informierte sogleich Kislat. Aufatmend hielt dieser in einem Vermerk fest: »Am heutigen Tage konnte durch diese Fahndungsmaßnahme die vermeintliche Tatmaschine, nach der im Op. Vorgang ›Redaktion‹ (gefahndet) wird, ermittelt werden. Der bisher unbekannte Hetzbriefschreiber benutzte zur Fertigung der Hetzbriefe eine SM, welche in den Räumen der KG Heinrichshofen zu finden ist.«[93]

»Tatwaffe« und »Täter«

Die Ermittler standen nun vor einer vergleichsweise einfachen Aufgabe. Die Schreibmaschine bzw. Schriftproben mußten beschafft und die Person – oder die Personen –, die diese Maschine benutzten, ausfindig gemacht werden. Mit dem Verfasser des abgefangenen Briefes, dem Leiter der Piano-Abteilung Winkler, hatten sie auch schon einen ersten personalen Anknüpfungspunkt. Das flächendeckende Netz von Spitzeln, das die Stasi über die Gesellschaft geworfen hatte, und die Beziehungen im Partei- und Gewerkschaftsapparat machten es auch im Falle Heinrichshofen leicht, Informationen über die Firma und ihre Beschäftigten zu besorgen.

Bereits einen Tag, nachdem die Firma Heinrichshofen ins Fadenkreuz der Ermittler gerückt war, wurde der GI »Peter-Peter« über »evtl. Verbindungen von Personen zur KG Heinrichshofen (Buchhandlung)« befragt. Dieser erklärte zwar, daß er zu Heinrichshofen keinerlei persönliche Beziehungen habe und im Grunde auch nichts über die dort Beschäftigten sagen könne, jedoch plauderte er munter drauflos, teilweise völlig falsch, vor haltlosen Verdächtigungen nicht zurückschreckend und fast vollständig an der Sache vorbei. Dieser Bericht zeigt konkret, wie das informelle Spitzelwesen der Stasi funktionierte und wie die SED im DDR-Alltag ein Klima der Bedrohung und Einschüchterung schuf, das jedes öffentliche Leben erstickte:

»Bei der Heinrichshofen KG handelt es sich auch um eine evangelische Buchhandlung. Es wäre deshalb möglich, daß nachstehende Personen als ehem. Mitgl. der evangelischen ›Jungen Gemeinde‹ irgendwelche Verbindungen zu dieser Buchhandlung haben.

Im Jahre 1949 oder 1950 gab es in der 12. Klasse Humboldt-Oberschule politische Auseinandersetzungen mit einigen reaktionär eingestellten Schülern, die der ›Jungen Gemeinde‹ angehörten. Im Ergebnis dieser Auseinandersetzungen, an denen der GI als Mitschüler und Initiator in seiner Eigenschaft als kom. FDJ-Gruppenleiter erheblichen Anteil hatte, wurden eine Reihe Oberschüler nicht zum Abitur zugelassen und teilweise der Schule verwiesen. Hierbei handelt es sich z.B. um den Sohn des Konsistorialrats (Name geschwärzt), den Sohn des Uniformgeschäftsinh. (Name geschwärzt), um einen Schüler namens (Name geschwärzt), dessen Vater CDU-Funktionär und Briefmarkenhändler war, sowie um den Sohn des Kohlenhändlers (Name geschwärzt) sowie einige weitere Kinder von Pfarrern oder kirchlich gebundenen Eltern.

Der GI war damals durch sein konsequentes politisches Auftreten im Kreise der genannten Jugendlichen verhaßt.

Desweiteren wurde aus dieser Schule ein Lehrer Dr. (Name geschwärzt) wegen seines negativen Auftretens im Unterricht sowie seinen Verbindungen zur ›Jungen Gemeinde‹ aus dem Schuldienst entlassen. In diesem Zusammenhang schrieb der GI als damaliger Leiter eines Volkskorrespondenten-Kollektivs für die ›Volksstimme‹ einen Artikel mit dem Titel ›Agenten an der Humboldt-Oberschule entlarvt.‹ Dieser Artikel wurde in der *Volksstimme* veröffentlicht. Es besteht durchaus die Möglichkeit, daß die genannten Personen noch heute haßerfüllt zum GI stehen.«[94]

Dieser Spitzelbericht verweist auf die frühen Versuche der SED, den Einfluß der evangelischen Kirche mit politischen, bürokratischen, und polizeilichen Maßnahmen zurückzudrängen. Besonders gegen die evangelische Jugend wurde dabei vorgegangen. Mitglieder der Jungen Gemeinde wurden nicht nur mißtrauisch beäugt, weil neben der FDJ keine andere Jugendorganisation zugelassen war, sondern ihnen wurde auch »staatsfeindliche Tätigkeit« vorgeworfen. Dies führte zu Verhaftungen, Relegationen und beruflichen Benachteiligungen. Der Spitzel »Peter-Peter« brüstete sich im Treffbericht seiner Taten, die 16 Jahre zurücklagen.

Der genannte Artikel war in der *Volksstimme* unter dem Titel »Was geht in der Humboldt-Schule vor? Das VK-Aktiv enttarnt amerikanische Agenten« im März 1950 erschienen. Aufschlußreich ist, daß der im Spitzelbericht genannte wahre Grund, Mitglieder der Jungen Gemeinde zu verfolgen, im Artikel selbst nicht genannt wurde, sondern es werden Schüler und Lehrer wegen »reaktionären Bewußtseins« namentlich denunziert. So habe es Horst Giebel abgelehnt, die Grußbotschaft der FDJ an »Generalissimus Stalin« zu unterschreiben und FDJ-Mitglied Damerau habe erklärt, daß Verfassung und Wirklichkeit der FDJ nicht übereinstimmten.

Besonders heftig wurden die Lehrer Dr. Keil und Studienrat Wellhausen kritisiert. Diese seien den reaktionären Vorstellungen von Schülern nicht entschlossen entgegengetreten, sondern hätten diese sogar unterstützt. So habe Keil erklärt, er könne sich mit der »Oder-Neiße-Grenze« nicht einverstanden erklären und Wellhausen, »daß für ihn eine Freundschaft mit der Sowjetunion nicht in Frage käme. Man müsse erst mit Amerika gleiche freundschaftliche Bande knüpfen.« Daraus leitete der Volkskorrespondent und GI »Peter-Peter« die Anklage ab: »Keil und Wellhausen haben sich damit offen als amerikanische Agenten, als Anhänger der Imperialisten und Kriegstreiber zu erkennen gegeben.«[95]

Dieser Artikel war der Startschuß für eine Kampagne gegen Schüler und Lehrer, die der SED unliebsam waren. In der Folge erschienen *Volksstimme*-Artikel mit den Überschriften »Reinen Tisch in der Humboldtschule«, »Hier fehlt das Bewußtsein«, »An den Oberschulen muß aufgeräumt werden. Magdeburgs Jugend erhebt Protest gegen reaktionäre Machenschaften.«[96]

Die Konsequenzen für die Betroffenen sind im Spitzelbericht selbst genannt. Wenn sie zutreffend beschrieben sind, dann wären die Betroffenen noch glimpflich davongekommen. Mit Menschen, die als »amerikanische Agenten« verdächtigt wurden, waren die SED und die sowjetische Besatzungsmacht zu dieser Zeit normalerweise brutaler verfahren.

Am 20. Juli 1966 legten die Stasi-Ermittler fest, wie man bei Heinrichshofen weiter vorgehen wollte. Als erstes wurde eine Postkontrolle angeordnet, um weiteres Vergleichsmaterial zu bekommen. Zum gleichen Zweck wollte Kislat auch die Steuerakte und die Bankunterlagen der Firma sichten. Aus dem Archiv wurde gemeldet, daß es ältere Spitzelberichte vom GI »Egon Liebers« über die Einschätzung der Angestellten der KG Heinrichshofen gäbe. Eine aktuelle Aufstellung der Beschäftigten sollte aus der Personalabteilung besorgt werden. Weitere Informationen hoffte man von dem »Gen. Mothes« zu erhalten, der nebenberuflich die Buchhaltung der KG Heinrichshofen führte. Mothes sollte über den Vorgang aufgeklärt und zur operativen Bearbeitung »mit einbezogen« werden.[97] Der Fall bot so nebenbei auch die Gelegenheit, einen neuen Spitzel anzuwerben.

Kislat nahm sich vor, Kontakt mit Mothes aufzunehmen. Dazu mußte zuerst ein internes Verfahren durchlaufen werden. Neue Mitarbeiter konnten nicht einfach angeheuert werden. Zuvor mußte eine »F 10-Überprüfung« stattfinden. Was immer dies bedeuten mochte, Kislat erfuhr, daß Mothes schon überprüft worden sei und »für die Op. Gruppe der Abteilung K« erfaßt war. Auch sollte er schon einmal als IM angeworben werden, doch sei aufgrund eines Arbeitsplatzwechsels davon Abstand genommen worden.[98] Kislat erhielt grünes Licht. Er durfte Mothes aufklären und ihn »mit in die weitere operative Bearbeitung zu der Ermittlung des Täters« einbeziehen. Weitere Recherchen zur »Zuverlässigkeit und Tauglichkeit« von Mothes ergaben, daß er »bei Erhalt von irgendwelchen Aufträgen diese gewissenhaft erledigen und auch darüber schweigen (würde).«[99]

Zunächst half ein archivierter Spitzelbericht von GI »Egon Liebers« der Stasi aus der Verlegenheit. »Liebers« war seit 21. Oktober 1958 bei der Firma Heinrichshofen als Vertreter beschäftigt gewesen. Mit Datum vom 30. Juni 1959 hatte er folgende Einschätzung zu den Mitarbeitern der Firma Heinrichshofen abgegeben: »Der Personalbestand beträgt ca. 32 Personen. Davon arbeiten in der Musik- und Buchabteilung ausschließlich des Heinrichshofen 17 Angestellte. Bis auf Kollegen Franke, der BGL-Vorsitzender ist und dem Zentralvorstand des FDGB angehört sowie der Kollegin (Name geschwärzt), die ebenfalls der BGL angehört, ist der Mitarbeiterkreis stark konfessionell (evangel.) eingestellt. Besonders wirkt sich dies bei den jüngeren Kolleginnen aus, die auch dem Domchor angehören. Besonders machte sich dies auch kürzlich bei der Gründung einer FDJ-Betriebsgruppe in negativem Sinne bemerkbar.

Die Geschäftsführung liegt in den Händen des Herrn Heinrichshofen. Die Mutter des H. wird als Angestellte geführt. Außerdem ist noch als Prokurist ein gewisser Winkler dort, der ebenfalls negativ zu unserem Staat eingestellt ist. Die Schwester des H. ist bei München mit einem Verleger verheiratet. Dort hielt sich auch die Mutter des H. in letzter Zeit oft auf ...«[100]

Mit diesen veralteten Informationen gab sich die Stasi nicht zufrieden. Kislat setzte auf Mothes. »Am 26.7.66 um 8.00 Uhr, wurde der M... in seiner Wohnung aufgesucht, um ihn zur weiteren Bearbeitung am Operativvorgang ›Redaktion‹ mit einzubeziehen.« Mothes übergab den beiden Stasi-Leuten eine Auflistung aller vorhandenen Schreibmaschinen in der Firma, mit Nennung des Fabrikats und des Standortes. U.a. konnte er eine »Rheinmetall, 1947 angeschafft« benennen, die in der »Abt. Piano, Winkler, Rudolf« stand. Die Schlinge um Winkler wurde enger.

Mothes erhielt den Auftrag, Schriftproben von den einzelnen Maschinen zu beschaffen, besonders von der »Rheinmetall«. Um den unersättlichen Wissensdurst der Stasi zu stillen, sollte er weiter herausfinden, wohin die Firma Heinrichshofen ihre Schreibmaschinen zur Reparatur brachte, mit welchen Firmen sie Schriftverkehr hatte, wer von den Beschäftigten privat eine Schreibmaschine besaß, wer Verbindungen nach Westdeutschland hatte, wessen Kinder studierten, wer eine Sekretärin hatte und wie die Urlaubseinteilung 1964 geregelt war.[101]

Am 29. Juli 1966 erhielt Kieslat von Mothes die gewünschten Schriftproben. Über Winkler wußte er einiges zu berichten: So solle dieser seine Geschäftspost selbst schreiben, da die Abteilung Piano keine Schreibkraft bzw. Sekretärin besitze. In der Abteilung seien drei Personen beschäftigt, von denen allerdings nur Winkler als Abteilungsleiter auf der Schreibmaschine schreiben könne. Desweiteren konnte Mothes mitteilen, daß Winkler eine Tochter habe, »die 1958 die DDR illegal verlassen hat« und in Westdeutschland studiere.

Jetzt richtete Kislat die Postkontrolle der Firma Heinrichshofen gezielt auf Winkler aus, »welcher verdächtigt wird, der Schrifturheber der anonymen Hetzbriefe zu sein.«[102] Kislat wußte mittlerweile, daß Winkler mit Vornamen Rudolph hieß, am 3. November 1902 in Frankenstein/Schlesien geboren wurde, von Beruf Industriekaufmann war und in der Olvenstedter Chaussee 14 in Magdeburg wohnte. Er suchte nach weiteren Informationen und erkundigte sich im eigenen Hause, ob bereits »Material« über Winkler vorhanden sei. Diese Nachfrage ergab, daß die Spionageabwehr im Jahre 1964 einen Ermittlungsbericht über Winkler und seine Ehefrau angefordert hatte.[103]

Die Stasi hielt nun den Zeitpunkt für gekommen, offener aufzutreten. Am 9. August suchten Kislat und Hauptmann Beuche die Firma Heinrichshofen auf, um mit Borstel, einem der beiden Mitarbeiter Winklers, eine Befragung durchzuführen. Borstel bestätigte, daß nur Winkler auf der Schreibmaschine schreibe, die in der Abteilung steht. Er gab weiter an, daß er Winkler seit 1954, seit dem Beginn seiner Tätigkeit in der Abteilung kenne, aber keine persönlichen Beziehungen zu ihm habe. Zwischen ihm, seinem Kollegen und Winkler bestünde ein »kollegiales Verhältnis«, politische Gespräche würden sie nicht führen, »negative Äußerungen über Partei und Regierung sowie über Mißstände in der DDR« habe Winkler jedenfalls ihm gegenüber nicht gemacht. Gespräche mit Winkler beträfen nur die »unmittelbare Arbeit«. Borstel berichtete weiter, daß Winkler die *Volksstimme* abonniert habe und diese im Geschäft lese. Er und sein Kollege hätten eine Arbeitszeit von 7.00 bis 16.00 Uhr, Winkler würde jedoch täglich, außer Samstags, bis 18.00 Uhr arbeiten.

Kislat und Beuche vereinbarten mit Borstel, die Schreibmaschine der Abteilung Piano für zwei Tage auszuleihen, um Schriftproben für die Technische Untersuchungsstelle zu fertigen, zum Zwecke der Anfertigung eines Gutachtens. Abschließend nahmen sie Borstel »eine Schweigeverpflichtung« ab.[104]

Am 10. August 1966 sandte Referatsleiter Beuche »8 mit Schreibmaschine gefertigte Briefe als Tatmaterial sowie eine Schreibmaschinenschriftprobe der Schreibmaschine ›Rheinmetall‹ Nr. 119 396« zu einem Schreibmaschinenschriftenvergleich nach Berlin.[105]

Am 15. August erhielt Kieslat von der Abteilung VIII (Observierung, Ermittlungen) einen Ermittlungsbericht über Winkler. Hier werden erstaunlich viele Informationen über die Familie Winkler ausgebreitet – oft mit Berufung auf Aussagen von »Befragten« und »Quellen«: Winkler sei »ein sehr zielstrebiger und tüchtiger Arbeiter«, einer Partei gehöre er nicht an, und seine politische Einstellung werde als »nicht gut« beurteilt. Letzteres drücke sich darin aus, »daß er bisher alle an ihn herangetretenen Personen, welche mit ihm über eine gesellschaftliche Tätigkeit sprechen wollten, aus dem Hause verwies.« Politische Diskussionen führe er nicht, Veranstaltungen der Nationalen Front besuche er auch nicht, und bei Spendensammlungen gebe er nichts. Er sei »sehr stark nach dem Westen orientiert« und bringe »für unsere Verhältnisse« kein Verständnis auf. Zusammenfassend wurde vermutet, daß er »seine Informationen von den Westsendern« empfange.

Über die Familie Winkler konnte folgendes in Erfahrung gebracht werden: »Die Ehefrau arbeitete stundenweise im gleichen Betrieb. Zur Zeit ist sie nicht berufstätig bzw. konnte diese von den Befragten nicht genau angegeben werden. (sic!) Sie gehört ebenfalls keiner Partei an und wird in politischer Hinsicht noch schlechter als der Genannte beurteilt. Sie versucht stets, gegenüber den Hausbewohnern unsere Verhältnisse zu verleumden, wobei sie eine positive Meinung zu den Verhältnissen in Westdeutschland zum Ausdruck bringt.

Beide Personen traten jedoch bisher nur so auf, daß von einer besonders negativen evtl. feindlichen Handlung nicht gesprochen werden kann. Zu besonderen Anlässen werden die Fenster der Wohnung nicht geschmückt, obwohl sie bereits in der Vergangenheit mehrmals abgesprochen wurden.

Beide Personen haben in ihrem Wohngebiet keinen guten Leumund. Sie leben sehr zurückgezogen und vermeiden jeden näheren Kontakt zu den Bewohnern. Eine Quelle gab an, daß auf Grund des Verhaltens der Familie die Hausbewohner selbst nicht daran interessiert sind, mit ihnen ein engeres Verhältnis einzugehen.«

Der Bericht vermerkte ferner, daß die familiären Verhältnisse geordnet und die Ehe gut seien. Familiäre Auseinandersetzungen konnten nicht festgestellt werden. Die finanzielle Lage der Familie sei »sehr gut«, sie besitze einen Trabi-Kombi mit Kennzeichen HM 84-47, »mit welchem sie des öfteren Fahrten unternehmen« – mit unbekanntem Ziel. Sie bewohnten eine 3 ½-Zimmerwohnung, »welche gut und modern eingerichtet ist«, Winkler müsse ein »sehr gutes Gehalt beziehen«, beide gingen »ständig sehr gut und modern gekleidet« und trügen »teilweise Kleidung westlicher Herkunft« – die vermutlich aus den Paketsendungen ihrer Tochter kämen. »Aus der Ehe gingen die Kinder Winkler, Wolfgang, geb. am 17.6.1940 in Magdeburg und Winkler, Christine, geb. am 15.6.37 in Magdeburg hervor.« Die Tochter Christine sei am 3. Januar 1956 »illegal nach Westdeutschland« verzogen – was der Vater »erst« am 3. März 1956 polizeilich gemeldet habe. Angeblich sei sie zu ihrem Verlobten gefahren, sie wohne bei ihrer Tante, der genaue Aufenthalt sei nicht bekannt. Sie war Oberschülerin an der Humbold-Oberschule (sic!) in Magdeburg und Mitglied der FDJ, wo ihre politische Einstellung »bereits damals als undurchsichtig bezeichnet wurde.«

Unter der Überschrift »Westverbindungen« konnte der Bericht vermelden, daß diese zur Tochter und zur Schwester der Ehefrau bestünden. Die Stasi wußte, daß »des öfteren Pakete aus Westdeutschland eintreffen« – oft von der Schwester, und auch aus West-Berlin, »welche von der Tochter abgeschickt wurden.« Mit Berufung auf eine Recherche in der Kreismeldekartei listete der Bericht die Westbesuche von Winkler und seiner Ehefrau auf, und die Besuche, die sie aus dem Westen erhalten hatten. Ausdrücklich wurde festgehalten: »In der Berlinfahrerkartei sind sie nicht erfaßt.«[106]

Hauptmann Beuche und Oberfeldwebel Kislat glaubten genug zu wissen, um einen »Vorschlag zum Abschluß des Operativvorganges ›Redaktion‹, Reg.-Nr. VII/897/65« formulieren zu können. Inzwischen hatten sie auch das Ergebnis des Schriftprobenvergleichs erhalten. Dort wurde bestätigt: »Die Übereinstimmungen reichen zu einer kategorischen Festlegung aus ... Die vorliegenden umstrittenen Schriften ... wurden mit der Schreibmaschine Marke Rheinmetall, Fabr. Nr.: 119 396, geschrieben.«[107] Sie konnten abschließend formulieren: Fest stehe, daß diese Schreibmaschine sich am Arbeitsplatz von Rudolf Winkler befinde. Glaubwürdig sei die Aussage des Arbeitskollegen, daß nur Winkler auf dieser Maschine geschrieben habe. Es sei mithin nur ein Schluß möglich, Winkler stünde im »dringenden Verdacht«, »Schrifturheber der anonymen Hetzbriefe zu sein.«

Über die bereits genannten Charakterisierungen hinaus folgten noch weitere Anmerkungen zur Person Rudolph Winkler, u.a. daß er trotz seines Alters von 64 Jahren »im Vollbesitz seiner geistigen und physischen Kräfte« sei, daß er als ein »sehr zielstrebiger und tüchtiger Arbeiter geschildert« werde, daß er laut Vermerk der Abteilung II vor 1945 Mitglied der NSDAP gewesen sein solle (diese Vermutung war falsch), nach 1945 jedoch keiner Partei mehr angehört habe. Beuche und Kislat sahen den Tatbestand der »staatsfeindlichen Hetze« erfüllt und schlugen aus diesem Grunde vor, den Operativvorgang mit der Einleitung »eines EV (Ermittlungsverfahrens) nach § 19, Absatz 1, Ziffer 2 und Absatz 2 StEG abzuschließen und den W. zu inhaftieren.«*

* Ermittlungsverfahren, Untersuchungsbericht vom 15.8.1966, Bl. 168-70, Vorschlag vom 8.9.1966, Bl. 112-116.
Absatz 1/2 und 2 StEG lauteten: »(Wer) gegen die Arbeiter- und Bauernmacht hetzt, gegen ihre Organe, gesellschaftliche Organisationen oder gegen einen Bürger wegen seiner staatlichen oder gesellschaftlichen Tätigkeit oder seiner Zugehörigkeit zu einer staatlichen Einrichtung oder gesellschaftlichen Organisation hetzt, Tätlichkeiten begeht oder sie mit Gewalttätigkeiten bedroht, wird mit Gefängnis nicht unter 3 Monaten bestraft. Der Versuch ist strafbar.
(2) Ebenso wird bestraft, wer Schriften oder andere Gegenstände mit einem derartigen Inhalt herstellt oder mit dem Ziele der Hetze einführt oder verbreitet.« Zit. n.: Karl Wilhelm Fricke, Politik und Justiz in der DDR. Zur Geschichte der politischen Verfolgung 1945-1968. Bericht und Dokumentation, Köln 1979.

Verhaftung und erste Verhöre
»Hetzbriefe« als »politisch-ideologische Diversion des Feindes«

Nachdem Beuche und Kislat am 8. September den Vorschlag formuliert hatten, Rudolph Winkler zu inhaftieren, prüften zunächst ihre Vorgesetzten den operativen Ermittlungsbericht. Sie befanden ihn für überzeugend, und am 19. September 1966 unterzeichnet der Leiter der Abteilung XX der MfS-Bezirksverwaltung Magdeburg den »Haftbeschluß« gegen Winkler: »Der beschuldigte Winkler, Rudolph ist dringend verdächtig, seit 1963 staatsgefährdende Propaganda und Hetze betrieben zu haben … Strafbar gemäß: § 19 StEG Abs. 1, Ziff. 2 und Abs. 2.«[108]

Jetzt war ein erstaunlich schneller bürokratischer Bewegungs- und Verfahrensablauf zu beobachten: Gleichzeitig mit dem Haftbeschluß wurde – ebenfalls vom MfS – die förmliche Verfügung erlassen, ein Ermittlungsverfahren gegen den Beschuldigten gemäß § 106 der Strafprozessordnung einzuleiten.[109] Ferner wurde der Staatsanwalt des Bezirkes Magdeburg gebe-

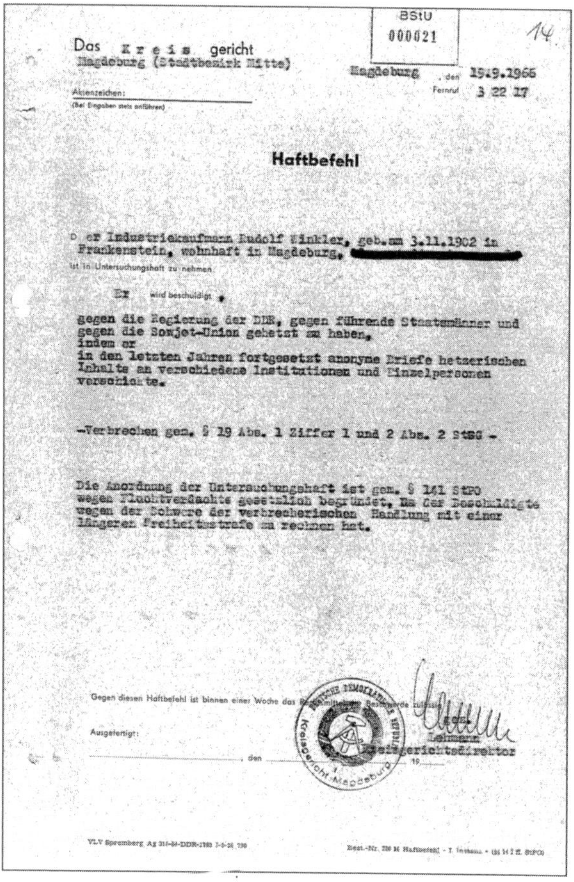
BStU 000021 14

Das Kreis gericht
Magdeburg (Stadtbezirk Mitte)

Magdeburg, den 19.9.1966
Fernruf 3 22 17

Aktenzeichen:
(Bei Eingaben stets anführen)

Haftbefehl

Der Industriekaufmann Rudolf Winkler, geb. am 3.11.1902 in Frankenstein, wohnhaft in Magdeburg, [geschwärzt]
ist in Untersuchungshaft zu nehmen.

Er wird beschuldigt,

gegen die Regierung der DDR, gegen führende Staatsmänner und gegen die Sowjet-Union gehetzt zu haben,
indem er
in den letzten Jahren fortgesetzt anonyme Briefe hetzerischen Inhalts an verschiedene Institutionen und Einzelpersonen verschickte.

-Verbrechen gem. § 19 Abs. 1 Ziffer 1 und 2 Abs. 2 StEG -

Die Anordnung der Untersuchungshaft ist gem. § 141 StPO wegen Fluchtverdachts gesetzlich begründet, da der Beschuldigte wegen der Schwere der verbrecherischen Handlung mit einer längeren Freiheitsstrafe zu rechnen hat.

Gegen diesen Haftbefehl ist binnen einer Woche das Rechtsmittel der Beschwerde zulässig.

Ausgefertigt:
............, den .... 19...

gez. Lehmann
Kreisgerichtsdirektor

(Stempel: Deutsche Demokratische Republik – Kreisgericht Magdeburg)

VLV Spremberg Ag 311-64-DDR-1783 [illegible]
Best.-Nr. 2 [illegible] Haftbefehl - I. Instanz - [illegible] StPO)

Geschäftshaus Sternstraße 9, Rudolph Winkler im Büro mit Sekretärin, 1951

ten, den Erlaß eines richterlichen Haftbefehls gegen den Beschuldigten zu beantragen.[110] Noch am gleichen Tage erhielt das »Kreisgericht Mitte« von der Staatsanwaltschaft den Antrag auf Ausstellung eines Haftbefehls.[111] Das Gericht stellte noch am gleichen Tage den richterlichen Haftbefehl gegen Winkler aus.[112] Ebenfalls am 19. September ordnete Staatsanwalt Sauerbiel die Durchsuchung der Wohn- und Nebenräume des Beschuldigten an, »gemäß § 115, 136 STPO«, sowie die Beschlagnahmung von Sachen und Gegenständen, »die als Beweismittel für weitere Untersuchungen von Bedeutung sein können.«[113]

Am 20. September 1966 um 7 Uhr griff die Stasi zu: Rudolph Winkler wurde morgens in seiner Wohnung verhaftet.[114] Nähere Umstände der Verhaftung sind nicht überliefert. Die Wohnung lag zirka 10 Autominuten von der Untersuchungshaftanstalt des MfS in Magdeburg-Neustadt entfernt. Um 7.50 Uhr wurde Winkler in die UHA eingeliefert.[115] Im Abschlußbericht zum Operativvorgang »Redaktion« hieß es: »Nach längerem Leugnen gestand Winkler, die Hetzbriefe persönlich geschrieben zu haben.«[116]

In der UHA mußte Rudolph Winkler die erkennungsdienstliche Prozedur über sich ergehen lassen. Dazu gehörte eine Leibesvisitation. Aus der »Effektenaufstellung« geht hervor, daß ihm die Kleider abgenommen wurden und er Anstaltskleidung bekam. Außerdem mußte er u.a. seinen Personalausweis, den Ehering, eine Armbanduhr sowie einen Geldbetrag von 562,10 MDN der Haftanstalt zur Aufbewahrung übergeben.[117] Am Tage seiner Verhaftung wurden auch seine Wohnung und sein Arbeitsplatz durchsucht. In der Wohnung wurden im Beisein seiner Ehefrau Ursula Winkler u.a. folgende Sachen für interessant befunden und beschlagnahmt: »1 Zahlungskarte zum Schließfach 1787; 2 Schreibhefte DIN A6 mit Adressen beschrieben; 1 Taschenkalender 1961 beschrieben; 1 Notizbuch mit Adressen beschrieben; 3 Blatt Durchschlagpapier; 9 Blatt Kohle- und Blaupapier; 2

Blatt Fernsehaufzeichnungen (Westfernsehen); 78 Zeitschriften West; 14 Bücher vor 1945; 11 Bücher aus WD.« Außerdem wurde vermerkt, daß das Rundfunkgerät »auf Westfunk eingestellt« war. Sich selbst bescheinigten die Untersucher, daß während der Untersuchung »nichts beschädigt, gewaltsam geöffnet und keine Unordnung hinterlassen (wurde).«[118]

Am Arbeitsplatz von Winkler wurden u.a. gefunden und beschlagnahmt: »3 Geschäftsbücher von 1961-63; 1 Notizbuch beschrieben; 12 Bogen Kohlepapier Blau beschrieben; 1 Schreibheft DIN A5 beschrieben; Zeitungen West.«[119]

Die Zeitungen, Zeitschriften und einige Bücher wurden fotografiert und als »Bildbericht« an die Staatsanwaltschaft weitergegeben mit dem Vermerk, die Fotos zeigten die beim Beschuldigten vorgefundene »westliche Hetz- und Schundliteratur«. Zu sehen waren auf den Fotos die Titelseiten von *Stern, Die Zeit, Bildzeitung* und *Readers Digest*.[120]

Am 22. September 1966, also zwei Tage nach den erfolgten Durchsuchungen, beantragte die Staatsanwaltschaft beim Kreisgericht, die Durchsuchungen und Beschlagnahmungen »richterlich zu bestätigen.«[121] Wie nicht anders zu erwarten, bestätigte das Gericht der Staatsanwaltschaft mit Beschluß vom 27. September, daß die Maßnahmen »zu Recht« erfolgt seien.[122]

Erste Vernehmung

Unmittelbar nach Einlieferung in das Untersuchungsgefängnis wurde Rudolph Winkler laut Vernehmungsprotokoll 7 Stunden lang verhört. Nach seiner eigenen Angabe wurde die Vernehmung am nächsten Tag weitergeführt. Doch darüber gibt es keine Unterlagen. Zu den Vernehmungsprotokollen, wie sie zustande kamen, wie sie gefertigt wurden, wie die darin enthaltenen Aussagen zu verstehen und zu werten sind, wird noch einiges zu sagen sein. Um einen Eindruck zu bekommen, welche Sprache und welche Begriffe verwandt wurden und wie das Frage- und Antwortspiel festgehalten wurde, sei das erste Protokoll vollständig zitiert. Es gibt die Vernehmung wie folgt wieder:

»*Frage*: Wie ist Ihre Einstellung zu den gesellschaftlichen Verhältnissen in der DDR?

Antwort: Hierzu möchte ich erklären, daß ich keine ausgesprochen feindliche Einstellung zu den gesellschaftlichen Verhältnissen in der DDR besitze. Jedoch gibt es einige Maßnahmen in der DDR, mit denen ich nicht einverstanden bin und denen ich aus Überzeugung ablehnend gegenüberstehe. Zu diesen Maßnahmen und Verhältnissen habe ich eine ablehnende Einstellung, da diese mir nicht zusagen und ich mich mit diesen gesellschaftlichen Verhältnissen nicht abfinden kann. Ich betrachte diese Verhältnisse für nicht dem Volke dienlich und lehne sie deshalb ab.

Frage: Worin kommt Ihre ablehnende Einstellung zu den gesellschaftlichen Verhältnissen in der DDR zum Ausdruck?
Antwort: Meine ablehnende Einstellung zu den gesellschaftlichen Verhältnissen in der DDR kommt darin zum Ausdruck, daß ich die in der DDR betriebene Politik nicht in vollem Umfang billige. So bin ich ein Gegner der von der DDR eingeleiteten Schutz- und Sicherheitsmaßnahmen vom 13.8. 1961 und billige diese Maßnahmen nicht. Ich betrachte diese Maßnahmen als einen Eingriff in die persönliche Freiheit der Bürger der DDR und für mich ist dieser angebliche Schutzwall einfach eine Mauer, die Deutsche von Deutschen trennt. Auch bin ich der Auffassung, daß an der Herstellung dieser Mauer nur die Regierung der DDR Schuld trägt und daß dadurch nicht der Einheit Deutschlands gedient ist. Ich vertrete die Auffassung, daß dadurch die Spaltung Deutschlands vertieft wird und daß dafür die Verhältnisse in der DDR die Schuld tragen, da die westdeutsche Seite diese Mauer nicht wollte. Außerdem bin ich der Auffassung, daß durch die Errichtung der Mauer man sich in der DDR wie in einem Zuchthaus fühlt, da man dadurch von der Außenwelt abgeschlossen ist. Auch bin ich der Auffassung, daß dadurch der freie Reiseverkehr behindert wird, und daß es deshalb in der DDR mit der Freiheit nicht so ist, wie es immer geschrieben und gesagt wird. Weiterhin gefällt es mir nicht, daß bei uns in der DDR immer der Westen schlecht gemacht wird, während man die hiesigen Verhältnisse immer als gut hinstellt. Ich bin der Ansicht, daß die von der DDR gegenüber Westdeutschland betriebene Politik nicht richtig ist. Auch hinsichtlich unseres Verhältnisses zur Sowjetunion vertrete ich eine andere Auffassung. Ich bin der Auffassung, daß es uns heute schon hätte wirtschaftlich besser gehen können, wenn die Freundschaft unsererseits zur Sowjetunion nicht übertrieben worden wäre. Ich war der Meinung, daß dieses Verhältnis geändert werden muß, da uns die Sowjetunion schon lange genug ausgebeutet hat. Aus diesen Feststellungen resultiert auch meine ablehnende Einstellung zu den angeführten gesellschaftlichen Verhältnissen in der DDR.
Frage: Welches sind die Ursachen Ihrer ablehnenden Einstellung zu den gesellschaftlichen Verhältnissen in der DDR?
Antwort: Die Ursachen meiner ablehnenden Einstellung liegen in meiner Unzufriedenheit über eine Reihe von Maßnahmen, die in der DDR durchgeführt wurden und die nicht meine Zustimmung fanden. In diesem Zusammenhang möchte ich noch hinzufügen, daß ich mich in der DDR nicht frei fühlte und kein Verständnis für die hiesige Wirtschaft habe. Ich kann mich nicht damit abfinden, daß es hier keine freie Wirtschaft gibt, sondern daß alles von oben vorgeschrieben wird. Ich bin für eine freie Wirtschaft und für die Entfaltung der Privatindustrie. Alle diese Umstände waren dann schließlich die Ursache für meine Einstellung und für meine spätere Handlungsweise.

Frage: Auf welche Weise haben Sie bisher diese Ihre ablehnende Einstellung zum Ausdruck gebracht?
Antwort: Wie bereits ausgesagt, stand ich einer Reihe von Maßnahmen in der DDR ablehnend gegenüber. Hinzu kommt weiterhin, daß in unserer Presse oft Veröffentlichungen erschienen, die mir unobjektiv erschienen und nicht meine Zustimmung fanden. Da diese Darlegungen zu Maßnahmen in der DDR nicht meine Zustimmung fanden, ging ich dann seit etwa 1962 dazu über, meine Ablehnung und meine Ansichten zu diesen Veröffentlichungen zum Ausdruck zu bringen. Da von mir hauptsächlich die ›Volksstimme‹ gelesen wurde, begann ich in bestimmten Abständen und bei besonderen Veröffentlichungen, die nicht meine Zustimmung fanden, seit dieser Zeit an die Redaktion der ›Volksstimme‹ in Magdeburg und auch an den Redakteur (geschwärzt) Briefe zu versenden, in denen ich meine gegenteilige Auffassung darlegte und in denen ich auch in hetzerischer Weise meine Ablehnung zu den gesellschaftlichen Verhältnissen in der DDR zum Ausdruck brachte. Da ich mir jedoch klar war, daß meine verfaßten Briefe Hetze gegen die DDR beinhalteten und ich dafür zur Verantwortung gezogen werden könnte, habe ich aus Sicherheitsgründen diese Briefe anonym zur Absendung gebracht. Ich wollte dadurch verhindern, daß ich als der Briefschreiber bekannt werden könnte. Auf diese Weise habe ich also versucht, meine ablehnende Einstellung zur DDR zum Ausdruck zu bringen.
Frage: Welche Schriften mit hetzerischem Inhalt haben Sie bisher zur Absendung gebracht?
Antwort: Soweit mir noch in Erinnerung ist, habe ich seit etwa 1962 bis etwa 1965 etwa fünf bis sechs derartige Hetzbriefe an die ›Volksstimme‹ Magdeburg und an deren Redakteure zur Absendung gebracht. Diese Briefe habe ich persönlich nach Feierabend auf der Schreibmaschine auf meiner Arbeitsstelle verfaßt und geschrieben. Jedoch bin ich heute nicht mehr in der Lage, konkret anzugeben, zu welchen Zeitpunkten ich welche Briefe zur Absendung brachte. Nach der Fertigstellung dieser Briefe habe ich diese dann teils auf postalischem Wege, teils auch durch persönliches Hineinwerfen in den an der ›Volksstimme‹ angebrachten Postkasten zur Absendung gebracht. In diesen von mir verfaßten Briefen habe ich in hetzerischer Weise meine bereits dargelegte ablehnende Einstellung zu den Maßnahmen von Partei und Regierung dargelegt. So hetzte ich in diesen Briefen gegen die ›Mauer‹ in Berlin und bezeichnete deren Errichtung als einen Eingriff in die persönliche Freiheit der Bürger der DDR. Ich fand diese ›Mauer‹ in persönlicher Hinsicht als ungerecht, und bezeichnete sie in den Briefen als Zuchthaus. Desweiteren sprach ich mich in diesen Briefen gegen die Freundschaft mit der Sowjetunion aus und bezeichnete diese als Ausbeuter, der nur die Wirtschaft der DDR ausnutzt. Außerdem nahm ich in mei-

nen Briefen zu Veröffentlichungen von Redakteuren der ›Volksstimme‹ Stellung, da ich deren Veröffentlichungen als nicht objektiv fand, wobei ich diese als Lügner und Hetzer beschimpfte. Insgesamt einschätzend muß ich sagen, daß diese von mir verfaßten Hetzbriefe meine ablehnende Einstellung zu den gesellschaftlichen Verhältnissen zum Inhalt hatten, so wie ich es bereits eingangs der Vernehmung dargelegt habe.
Frage: Aus welchem Grunde und mit welcher Zielsetzung haben Sie derartige Hetzbriefe versandt?
Antwort: Diese von mir verfaßten Hetzbriefe habe ich deshalb an die ›Volksstimme‹ zur Absendung gebracht, weil mir die bereits dargelegten Verhältnisse in der DDR nicht gefielen und weil ich mit den Veröffentlichungen in der ›Volksstimme‹, die mir inobjektiv erschienen, nicht einverstanden war. Durch meine Briefe wollte ich den Redakteuren der ›Volksstimme‹ beweisen, daß es in der DDR noch Bürger gibt, die sich mit diesen Veröffentlichungen nicht einverstanden erklären und gegen die von der Regierung getroffenen Maßnahmen sind. Ich wollte weiter nachweisen, daß es Bürger gibt, die nicht alles, was diese Zeitung veröffentlicht, widerspruchslos hinnimmt.(sic!) Meine Absicht war es auch, dadurch zum Ausdruck zu bringen, daß es Bürger gibt, die die Verhältnisse in der DDR ablehnen.
Frage: Welche Personen haben von dieser durch Sie betriebenen Hetze Kenntnis?
Antwort: Von der Abfassung und Versendung der bereits genannten Hetzbriefe hat keine weitere Person Kenntnis. Wie ich bereits aussagte, habe ich aus Sicherheitsgründen diese Hetzbriefe nach Feierabend auf meiner Arbeitsstelle geschrieben, da ich vermeiden wollte, daß davon irgendeine Person Kenntnis erhält. Alle Briefe habe ich selbst verfaßt und geschrieben, ohne dabei von irgendeiner Person eine Unterstützung erhalten zu haben. Hinzufügen möchte ich noch, daß auch meine Familienangehörigen von der Herstellung und Versendung dieser Hetzbriefe keine Kenntnis haben.«[123]

Das Protokoll vermittelt den Eindruck, als sei Winkler in dieser Vernehmung ungemein ehrlich und mutig aufgetreten. Der Hinweis von Kislat in seinem Abschlußbericht, Winkler hätte erst »nach längerem Leugnen« gestanden, wird durch das Protokoll nicht bestätigt. Von diesem Leugnen findet sich keine Spur. Wir wissen nicht, wie lange Winkler sich gewehrt hatte, zuzugeben, daß er der Briefschreiber war. Wir wissen nicht, ob und wie er von den Vernehmern unter Druck gesetzt wurde. Wir wissen nicht, ob er sein Leugnen aufgegeben hat, weil ihm die Indizien der Stasi erdrükkend erschienen und weil es ihm aussichtslos erschien, diese zu entkräften. Wir wissen nicht, wie groß der Schock der Verhaftung gewesen ist, und wie dieser sich ausgewirkt hat. Das läßt sich nur erahnen. Als die Stasi am 20. September vor der Türe stand, waren seit seinem letzten Leserbrief Anfang

Dezember 1965 fast 10 Monate ins Land gegangen. Alles war ruhig geblieben. Er konnte sich sicher wähnen, daß die Staatsgewalt ihm nicht auf die Schliche gekommen war. Von all dem erfährt man aus dem Protokoll nichts.

Dieses Protokoll wie auch alle anderen Vernehmungsprotokolle lesen sich wie Wortprotokolle. Sie können dies jedoch schon allein vom Umfang her nicht sein. Die Vernehmungen begannen in der Regel zwischen 8.30 und 9.30 Uhr und endeten zwischen 16 und 17 Uhr – mit einer halbstündigen Mittagspause, sie dauerten also zwischen 7 und 8 Stunden. Die Protokolle haben in der Regel jedoch nur einen Umfang von zwei bis zweieinhalb Schreibmaschinenseiten. Sie sind primär Kompositionen des Vernehmers. Die Aussagen des Beschuldigten sind hier verdichtet und zum Vorteil der Stasi manipuliert.

Meistens war der Beschuldigte mit dem Vernehmer allein. Dieser ging wohlvorbereitet – siehe Untersuchungsplan weiter unten – in die Vernehmung. Während der Vernehmung machte er sich Notizen und diktierte oder fertigte selbst anschließend das Protokoll. Dieses Protokoll wurde Winkler im Abstand von einigen Tagen zur Unterschrift vorgelegt. Wie genau seine Aussagen dort wiedergegeben wurden, ist schwer festzustellen. Das Verfahren sah vor, daß der Beschuldigte jede Seite des Protokolls mit seiner Unterschrift bestätigen mußte. Formal hätte Winkler die Unterschrift verweigern und Korrekturen verlangen können. Welche Möglichkeit hatte er jedoch tatsächlich, Formulierungen durchzusetzen, die seine Aussagen adäquat wiedergaben?

In den Unterlagen findet man auf diese Frage keine Antwort. Am ehesten lassen sich in den vielen autobiographischen oder anderen literarischen Verarbeitungen von politischen Häftlingen Angaben finden. Klaus Kordon läßt seinen Helden Manfred Lenz, der wegen versuchter Republikflucht in die Fänge der Stasi geraten war, folgende Überlegung anstellen: »Sie (er und seine ebenfalls inhaftierte Frau) hatten keine Chance! Die (Stasi-Leute) würden sie bestrafen, wie sie wollten; keiner der ihnen dreinreden, niemand, der Hannah und ihm helfen konnte. Deshalb hatte er am Schluß der Vernehmung auch dieses Protokoll unterzeichnet, zehn oder zwölf DIN-A4-Seiten, alle vom Leutnant mit der Hand geschrieben. Wenn ihm vom vielen Mitschreiben seine Pfote wehtat, hatte er sie neben dem Schreibtisch ausgeschüttelt. Er aber hatte dieses Scheißprotokoll unterschrieben, obwohl vieles, was sich im Gespräch ganz harmlos angehört hatte, im Stasi-Deutsch zum kriminellen Tatbestand wurde. Nur anfangs hatte er dagegen protestiert, daß ihm Worte in den Mund gelegt wurden, die er gar nicht gesagt hatte. Später hatte er es aufgegeben, um jede zweite, dritte Formulierung, die ja an der Sachlage nichts änderte, zu feilschen. Sollten sie seine Aussagen doch manipulieren, sollten sie ihn zu einem mit kriminellen Energien aufgeladenen Ungetüm aufblasen, was bedeutete das schon gegen die Androhung, die Behörden könnten die Kinder wegnehmen … Vielleicht ja nur ein Versuch, ihn endgültig zu demoralisieren, aber was, wenn nicht?«[124]

Festgestellt werden kann in jedem Fall, daß die Sprache des Protokolls nicht die Sprache Rudolph Winklers ist. Es ist nicht die Sprache des Beschuldigten, es ist die Sprache der Stasi, es ist ihr Duktus und ihre Gestelztheit. Unübersehbar ist vor allem, daß der Vernehmer die Aussagen Winklers dort, wo es der Stasi vorteilhaft schien, in die Begrifflichkeit der Stasi übersetzte. So wird von seinen Briefen durchgängig als von »Hetzbriefen« gesprochen. Die manipulative Verwendung bestimmter Begriffe wird auch an einem eher harmlos scheinenden Beispiel deutlich. Winkler soll auf die Frage des Vernehmers: »Welchen sozialen Verhältnissen entstammen Sie?« mit den Worten geantwortet haben: »Ich entstamme bürgerlichen Verhältnissen.« Selbst wenn er diese Antwort so gegeben haben sollte, wäre die Bedeutung des Adjektivs »bürgerlich« für ihn eine ganz andere gewesen, als für die Stasi. In den Augen der Anhänger des »Arbeiter- und Bauernstaats« hatte der Begriff »bürgerlich« eine negative Konnotation. Für Kommunisten kennzeichnete die Herkunft aus dieser Klasse einen erheblichen Makel. Marxisten hielten es für geboten, von der sozialen Herkunft auf das Bewußtsein zu schließen. Aus bürgerlichen Verhältnissen wurde mühelos reaktionäres bzw. konterrevolutionäres Denken und Verhalten abgeleitet. »Bürgerlich« lag sehr nahe bei dem Begriff Bourgeoisie und dieser beschrieb für Kommunisten das allgemeine Feindbild schlechthin. Die bloße Zuordnung in die soziale Kategorie »bürgerlich« konnte in der DDR bedeuten, solange es dort noch bürgerliche Familien gab, daß Kinder aus diesen Familien keinen Studienplatz erhielten, obwohl ihre Leistungen hervorragend waren. Dies entsprach der eigenen Erfahrung von Winkler.

Die soziale Einordnung als Kriterium für Diskriminierung und Privilegierung wird in den Romanen von Uwe Johnson (Jahrestage) und Brigitte Reimann eindrucksvoll beschrieben. Reimann beschreibt die Wirkung der sozialen Stigmatisierung auf bürgerliche Jugendliche, die sich sogar zur Sache des Sozialismus bekennen wollten: »Beim Abitur füllten wir Fragebogen aus; für die Rubrik Klassenzugehörigkeit gab es drei Buchstaben, A, B, und S, Arbeiter, Bauern und Sonstige. Du siehst, ich habe diese Bagatelle bis heute behalten, das verdammte S muß mich schrecklich gekränkt haben … du bist auserwählt oder du bist es nicht, eine höhere Macht hat längst über dich entschieden, bevor du den ersten Schrei getan hast: Himmel und Hölle. Genau so fühlten wir uns, etikettiert: einmal ein Bürger, immer ein Bürger. Ich kann dir nicht sagen, wie wir unter diesem Argwohn gelitten haben.«[125]

Das war vergleichsweise harmlos. Im gar nicht so fernen Hoch-Stalinismus in der Sowjetunion führte das bloße Kriterium der sozialen Herkunft, der »Klassenzugehörigkeit«, sei es zum Bürgertum, sei es zum Kulakentum, zu millionenfachen Mord und Todschlag.

Nach der 1. Vernehmung am Tage der Verhaftung folgte einen Tag später, am 22. September 1966, die Vorführung beim Vernehmungsrichter. Winkler bestätigte vor dem Richter, daß seine Aussagen vom Vortage der Wahrheit entsprächen. Er habe die Briefe an die *Volksstimme* geschrieben und er fügte hinzu, daß er dies aus einer Erregung und Verärgerung »über bestimmte Ereignisse« heraus getan habe. Überraschend – weil sich dafür in dem ersten Vernehmungsprotokoll keine Anzeichen finden – macht er dann das Geständnis: »Ich habe eingesehen, daß mein Verhalten falsch war.« Das Protokoll der kurzen Vorführung vermerkt weiter, daß Winkler auf das »Beschwerderecht« hingewiesen wurde.

Erst am 30. September wurden die Vernehmungen fortgeführt. Der Grund für diese Verzögerung lag darin, daß die mit der Vernehmung und Untersuchung beauftragten Stasi-Mitarbeiter damit beschäftigt waren, sich mittels Erstellen eines Untersuchungsplanes intensiv vorzubereiten.[126]

Untersuchungsplan

Sinn und Zweck eines solchen Untersuchungsplans war die genaue Vorbereitung der Vernehmungen. Das Ziel wurde definiert, die einzelnen Themen- und Fragenkomplexe bestimmt, eine Struktur und Systematik sowie die Taktik festgelegt. Allerdings verwundert es, daß ein enormes Programm an weiteren Vernehmungen erstellt wurde, obwohl das Hauptziel, ein Geständnis zu erlangen, bereits in der ersten Vernehmung erreicht worden war. Der Stasi genügte das Geständnis nicht. Sie wollte erfahren, warum Winkler anonyme Leserbriefe geschrieben hatte, und sie wollte wissen, ob er ein Einzeltäter war oder ob er noch mit anderen »Feinden« der DDR im Bunde stand.

Mit den Vernehmungsprotokollen produzierte die Stasi Beweismaterial für ihre Anschuldigung. Sie wollte den Schein eines rechtsförmigen Verfahrens wahren und dazu benötigte sie Aussagen, die eine Anklage und Verurteilung nach § 19 StEG rechtfertigten. Dies vor allem nach innen, gegenüber den eigenen Kontrollinstanzen. Die Willkür der politischen Strafverfolgung gegen Andersdenkende hatte 1966 durchaus System und Methode. Nach einer anfänglich chaotischen und viel zu häufigen Anwendung dieses Paragraphen sahen sich die Justizministerin Benjamin und der Generalstaatsanwalt Melsheimer zu einer Klarstellung veranlaßt. Sie verfaßten eine »Gemeinsame Anleitung zur Verbesserung der Arbeit der Staatsanwaltschaft und der Gerichte bei der Bekämpfung von Hetze und Staatsverleumdung«. Sie befürchteten, daß die bisherige Praxis nur vermeidbaren Unmut bei der Bevölkerung hervorrufen könnte. Es ging ihnen darum, Hinweise zur richtigen Subsumtion von politischen Straftaten nach § 19 zu geben. Sie stellten klar, daß der gleiche Sachverhalt, zum Beispiel die Beschimpfung »Arbeiterverräter«, sehr unterschiedlich gewertet werden müsse, je nachdem, von wem und mit welcher Absicht der Ausdruck geäußert würde. Es komme auf den Zusammenhang an. »Aus diesem Grunde muß sich die Ermittlungstätigkeit auf das ganze bisherige Leben des Angeklagten vor und nach der Tat, auf die Situation, in der der Beschuldigte die Äußerung machte, auf die Ursachen, die ihn dazu gebracht haben, und auf die Wirkungen seines Verhaltens, beziehen.«[127]

Der Untersuchungsplan umfaßte 21 Doppel-DIN-A4-Seiten. Am Ende der ungewöhnlich langen, fast neunmonatigen Untersuchungshaft hatte Winkler mindestens 23 meist ganztägige Vernehmungen über sich ergehen lassen müssen. Für 20 von ihnen haben sich Protokolle in den Akten erhalten. Im Kern ging es der Stasi jedoch noch um etwas anderes. Es ist im Untersuchungsplan im Abschnitt: »Einschätzung der Bedeutung des Vorganges und die Zielstellung der Untersuchungen« formuliert. Die Stasi sah das Handeln von Winkler in einem größeren Zusammenhang, von ihr als »PiD des Feindes« beschrieben. Dieses seltsame und bedrohlich klingende Kürzel stand für »Politisch-ideologische Diversion«.[128] Die Stasi verstand darunter ein vom »Feind« seit Jahren bevorzugtes »Kampfmittel gegen die DDR und besonders gegen die pol. marx. Einheit des Volkes«. Als charakteristisch für dieses Kampfmittel hatte sie folgende Merkmale ausgemacht: Die PiD »beinhaltet Lügen und Entstellungen, die geeignet sind, bei Bürgern der DDR eine feindliche Einstellung hervorzurufen, Widersprüche zwischen den Maßnahmen des Staates und der Bevölkerung zu erzeugen, und hat zum Ziel, Revolutionslagen zu schaffen. Der durch die PiD erzeugte latente Hintergrund offenbart sich stets zur gegebenen Zeit in den verschiedensten Variationen. Insbesondere kommt dieses in Form der staatsgefährdenden Propaganda und Hetze zum Ausdruck.«

Die Stasi-Vernehmer setzten sich ein Untersuchungsziel, dem eine abstruse Verschwörungstheorie zugrunde lag:

»1) Aufklärung des Zusammenhanges zwischen der differenzierten PiD des Feindes und den Handlungen des Besch. sowie der möglichen feindlichen Verbindungen zu anderen Personen oder Zentralen der PiD.

2) Aufklärung des Prozesses der Entwicklung der feindlichen Einstellung des Besch., seiner feindlichen Konzeption (§§ 14 und 21 StEG prüfen)[129] und des planmäßigen Charakters seines Tätigwerdens.

3) Detaillierte Ermittlungen der einzelnen durchgeführten Aktionen und die sich aus diesen ergebenden Hinweisen auf weitere Handlungen sowie daraus entstandene Kenntnisse über weitere feindlich tätige Personen.«

Zu dem Verdacht, Winkler sei im Rahmen der »PiD des Feindes« tätig geworden, paßte sehr gut die Annahme, daß Winklers »Einstellung sich unmittelbar unter dem Einfluß der westlichen Propaganda aufbaute und verstärkte.« Es hat den Anschein, als ob alleine das Sehen und Hören westlicher Sendungen genügte, um eine gezielte Verbindung zum westlichen Klassenfeind zu unterstellen und deshalb für die Leserbriefe eine »PiD des Feindes« anzunehmen.

Der Untersuchungsplan enthielt ausgefeilte Überlegungen, mit welcher Taktik die Vernehmungen geführt werden sollten. Bei Winkler wollte es sich die Stasi zunutze machen, daß er als »freundlich, höflich und zuvorkommend, aber hochmütig« beschrieben wurde, und daß er in »seinem Wesen nervös wirken« würde. Sie zog daraus für ihr Vorgehen folgenden Schluß: »Sein Alter respektierend, sowie seine Freundlichkeit und Höflichkeit mit distanzierender Ruhe erwidernd, soll Winkler nicht überzeugt, sondern vielmehr sein Alter zum Anlaß genommen werden, schnellstens die Wahrheit zu sagen, um dadurch seine Lage zu verbessern. Seine feindliche Einstellung dagegen soll durch gut durchdachte Argumentationen abgebaut werden. Dieser Prozeß muß durch Gewährung von Vergünstigungen zur richtigen Zeit und im richtigen Verhältnis unterstützt werden.« (sic!) Ausserdem wollte man seine Aussagebereitschaft in der weiteren Untersuchung »durch im richtigen Zeitpunkt vorgehaltene Beweise« aktivieren.

Der eigentliche Plan zur Durchführung der Vernehmungen folgte einem Schema von 5 Kriterien: »Versionen«, »durchzuführende U-Handlungen«, »Ergebnis der Untersuchung«, »U-Komplex – tatbestandsmäßige Schwerpunkte«, »vorhandenes op. und anderweitiges Material«. Für jedes Kriterium wurde eine Spalte angelegt.

In der Spalte »Versionen« – gemeint waren damit Arbeitshypothesen, bzw. Leitfragen – finden sich Eintragungen wie: »Seine Arbeitsbedingungen sind Ausdruck seiner materiellen Befriedigung, nicht aber seiner Einstellung zur DDR.« Oder: »Er nutzt seine Arbeit aus, um Verbindungen zu den Freunden und den verschiedenen Personen zu erhalten, um Spionage betreiben zu können.« Oder: »Die Verbindung nach WD kann feindlichen Charakter haben und seine Ehefrau dazu ausgenutzt werden.« Es werden Fragen gestellt wie: »Wollte der Besch. mit seinen Briefen erreichen, daß die Bürger ihre Tätigkeit aufgeben? Wollte er, daß die Bürger die DDR verlassen?« Herausgefunden werden sollte, ob der Beschuldigte auch schon früher »Hetzbriefe« verbreitet und neben der schriftlichen auch mündliche »Hetze« betrieben hat. Die Vernehmer wollten wissen, ob er aus eigener Erkenntnis, durch Beeinflussung anderer Personen, durch westliche Rundfunk- und Fernsehanstalten oder eventuell im Auftrag gehandelt hat. Sie interessierte, ob er für seine Briefe vorher Entwürfe fertigte oder ob er »aus seinem großen Haß heraus« sofort in die Maschine geschrieben hat. Sie wollten herausfinden, ob er die Briefe nur innerhalb von Magdeburg verschickt und ob er auch andere Schreibmaschinen benutzt hat. Sie wollten der Vermutung »Fasch. Vergangenheit« nachgehen.

In der Rubrik »durchzuführende U-Handlungen« steht als erstes der Eintrag »Zeugenvernehmung der Ehefrau des Beschuldigten«, dann folgt die Erkundung der Situation im Betrieb. Dazu soll eine »kollektive Aussprache« mit den Beschäftigten und Arbeitskollegen stattfinden. Diese Aussprache soll gleichzeitig »dem Ziel der Erhöhung der pol. Aktivität und Wachsamkeit« der Belegschaft dienen. Als weitere Untersuchungsmaßnahmen werden die Bearbeitung der gefundenen Beweismaterialien aufgelistet – gemeint sind die beschlagnahmten Gegenstände der Hausdurchsuchung und des Arbeitsplatzes – und die Erkundung seiner Verbindungen nach West-Berlin und Westdeutschland. Besonders interessierte die Stasi, welche Verbindungen Winkler zu den »Freunden« hatte. Daß diese Verbindungen existierten, wußte sie aus dem zwei Jahre zurückliegenden Ermittlungsvorgang. Sie hoffte nun über die von Winkler abgeschlossenen Kaufverträge für Pianos Licht in dieses Dunkel zu bringen.

Die Spalte »U-Komplex – tatbestandsmäßige Schwerpunkte« enthält einen Katalog all dessen, was die Stasi über die »Täterpersönlichkeit des Beschuldigten« wissen, erkunden und erfahren wollte. Sie interessierte sich für seine soziale Herkunft, die schulische und berufliche Entwicklung und Tätigkeit, seine erreichten Leistungen, seine Einstellung zur Arbeit, seine »gesellschaftliche Betätigung, Organisationen, persönliche Neigungen und Interessen sowie charakterliche Besonderheiten.« Sie möchte wissen, wie sich seine politische Auffassung herausgebildet hat, und herausfinden, welches »die besonderen einflußnehmenden Quellen bezw. (sic!) Personen« waren, die Winklers »Bewußtseinsentwicklung« beeinflußt hatten. Sie wollte in Erfahrung bringen, wie sich seine »staatsfeindliche Einstellung« entwickelt hat, welche Ziele und Absichten er verfolgte, und herausfinden, welche Personen von »den Straftaten des Besch.« Kenntnis hatten, bzw. »gemeinschaftlich oder selbständig feindliche Handlungen gegen die DDR begingen«.

Die Spalte zu den Ergebnissen der Untersuchung enthält keine Eintragungen und die Spalte operatives Material nur allgemein bekannte Feststellungen.

Rudolph Winkler in Stasi-Haft

Zur Person

Nachdem die Stasi ihren Untersuchungsplan ausgearbeitet hatte, also ziemlich genau wußte, was sie von Rudolph Winkler erfahren und welche Aussagen sie von ihm hören wollte, konnte mit der Untersuchung begonnen werden. Als erstes stand am 30. September die Vernehmung zur Person auf dem Programm. Für seine hier gemachten Aussagen gelten die generellen Vorbehalte gegenüber dem Wahrheitsgehalt der Vernehmungsprotokolle. Ähnliches gilt für die Angaben, die er im handschriftlichen Lebenslauf machte, den er für den Personalbogen der STVA Magdeburg-Sudenburg verfaßte. Hier war ihm zumindest die eigene Sprache nicht genommen. Auffällig an der Vernehmung zur Person ist, daß sich die Fragen zur Kindheit und zur schulischen und beruflichen Entwicklung mit knappen Angaben begnügten, hingegen das Thema politische Einstellung einen relativ breiten Raum einnahm.

Rudolph Winkler wurde in Frankenstein/Schlesien (heute Zabkowice Slaskie) als drittes Kind von insgesamt vier Kindern geboren. Sein Vater, Emil Winkler, war Beamter und als Telegrafeninspekteur im Telegrafenamt Liegnitz tätig, seine Mutter, Gertrud Winkler, geborene Kluge, war Hausfrau. Winkler ist im Elternhaus aufgewachsen. Seine Eltern waren bestrebt, ihn und seine Geschwister »zu rechtschaffenen und strebsamen Menschen zu erziehen – im religiösen als auch im nationalistischen Sinne, wie es für das sogenannte Deutschtum des damaligen Kaiserreiches in bürgerlichen Kreisen üblich war.«[130]

Schulische und berufliche Entwicklung: Rudolph Winkler wurde 1909 in die Volksschule Liegnitz eingeschult und wechselte nach 4 Jahren auf das Königliche Gymnasium in Liegnitz. Nach der Obersekunda schloß er die Schule am 31. März 1920 mit dem »Einjährigen« ab. Im Kaiserreich ermöglichte der erfolgreiche Abschluß der Obersekunda, die spätere Mittlere Reife, die Verkürzung des Wehrdienstes von drei Jahren auf ein Jahr, mit dem im Bürgertum besonders begehrten Abgang als Reserve-Leutnant. Dies dürfte jedoch 1920 kaum mehr eine Motivation für Winklers Abgang vom Gymnasium gewesen sein. Sehr viel wahrscheinlicher ist, daß seine Eltern einen längeren Schulbesuch nicht mehr finanzieren konnten oder wollten. In den letzten Wochen seiner Schulzeit »ereignete« sich der Kapp-Putsch. Nach

* Die Technische Nothilfe wurde 1919 als militärische Einrichtung eines Freikorps gegründet und sollte Notstandsarbeiten in lebenswichtigen Betrieben verrichten (Gas-, Wasser-, Elektrizitätswerke, Reichsbahn usw.). Sie war gegen Streiks, vor allem gegen politische Streiks, gerichtet und wurde deshalb von sozialdemokratischen Gewerkschaften und der politischen Linken bekämpft. Ab 1920 wurde sie in die Zuständigkeit des Reichsinnenministeriums überführt.

Winklers Ausführung war durch den Generalstreik »alles lebensnotwendige zum Erliegen« gekommen. Deshalb wurde die Technische Nothilfe* – »seinerzeit eine Organisation, die Abwehrmaßnahmen bei eintretenden Katastrophen durchzuführen hatte« – eingesetzt. Er wurde mit anderen Schülern verpflichtet, zur »Aufrechterhaltung lebensnotwendiger Maßnahmen mitzuwirken.« Bis der Putsch gescheitert war – nach vier bis fünf Tagen –, war er als »Hilfsheizer« bei der Reichsbahn« eingesetzt.

Winkler begann nach Abschluß der Schule eine dreijährige kaufmännische Lehre bei der Pianofortefabrik Eduard Seiler. Neben der Lehre besuchte er eine Weiterbildung für »kaufmännische Lehrlinge mit höherer Schulbildung« bei der Industrie- und Handelskammer Liegnitz. Dieser Lehrgang dauerte ein Jahr.

Nach der Lehre, in der er »eine gründliche Ausbildung in allen Arbeiten des Kontorbetriebes (erhielt)«,[131] ging er zur Diskonto-Gesellschaft. »Das war im tollsten Inflationsjahr 1923 sehr einträglich. Alle Kollegen spekulierten und ich mit ... Die Situation änderte sich schlagartig mit der plötzlichen Einführung der Renten-Mark. Das bisherige Geld war wertlos. Für eine Billion Reichsmark gab es *eine* Rentenmark. Unzählige, auch Kollegen, hatten auf Pump spekuliert, mußten nun ihre Schulden abdecken, was sie nicht konnten. Die Gehälter schrumpften zusammen, wie Butter in der Sonne. Ab 1.1.24 wurde mein Gehalt bei der Bank auf monatlich 67 Renten- oder Goldmark festgesetzt. Gerettet hatte ich von meinen Papieren einen Betrag von 120 Goldmark, war damit sogar gut bedient.«[132] Die Liegnitzer Filiale der Diskonto-Gesellschaft reduzierte ihre Belegschaft innerhalb eines Jahres von 92 auf 12 Mann. Winkler ahnte, daß er als »nicht gelernter Bankbeamter« wenig Chancen im Bankgewerbe haben würde und machte sich »vorher aus dem Staube«.[133]

Winkler war ein Jahr in der Bank beschäftigt und wechselte dann als Verkäufer zum »Pianohaus Max Redlich« im damaligen Chemnitz. 1925 wechselte er zur Firma Heinrichshofen, einer »Buch-, Kunst-, Musikalien-, Pianoforte-, Sprechmaschinen-, Lehrmittel- und Rundfunkhandlung« in Magdeburg, und wurde dort im August als Leiter der Piano-Abteilung eingestellt. Es folgte ein vierjähriges Intermezzo bei der Firma »Popper & Co. G.m.b.H., Leipzig – Fabrik Pneumatischer Musikwerke«, Winkler begründete seinen Wechsel am 1. April 1927 zur Firma Popper damit, daß er sich ein »größeres Betätigungsfeld« wünschte, und deshalb den »Posten als Reisevertreter für ganz Deutschland« angenommen habe. Die Zeit der »Kunstspielpianos, simpel als elektrische Klaviere bezeichnet« war jedoch schon fast vorbei. Das Radio war erfunden und begann sich zu einem Massenkonsumartikel zu entwickeln, elektrische Schallplatten (Aufnahme- und Abspieltechnik) und überhaupt die Möglichkeiten der »mechanischen Musikwiedergabe« vervielfältigten sich. Auf der Leipziger Messe für Gastronomie-Bedarf 1927 verkaufte die Firma 35 Instrumente, zwei Jahre später auf der Messe in Köln wurde kein einziges Instrument mehr verkauft. Im Sommer 1931 ging die Firma Popper Pleite. Alle Beschäftigten wurden entlassen. »Lediglich wegen Stillegung unseres Betriebes sind wir gezwungen, uns von Herrn Winkler zu trennen«, heißt es in seinem Zeugnis der Firma Popper[134].

Rudolph Winkler hatte Glück. Er konnte zu seiner alten Firma Heinrichshofen zurück. Er hatte also »im schlimmsten Jahr der Arbeitslosigkeit und Wirtschaftskrise sofort wieder Stellung.« Der Beginn seiner Tätigkeit in Magdeburg fiel in die Zeit des größten Bankenkraches, die »Darmstädter und Nationalbank Bank« ging im Juli 1931 Bankrott. Diese Bank war die zweitgrößte Bank in Deutschland. Ihre Zahlungsunfähigkeit löste ein Finanzbeben aus. Der Diskontsatz der Reichsbank stieg von 5 Prozent auf 20. Wirtschaftlich ging auch die Firma Heinrichshofen schweren Zeiten entgegen. Schon 3 Monate nach Beginn seiner Arbeitsaufnahme starb der Inhaber Theodor Heinrichshofen. Seine Ehefrau übernahm die Leitung und die minderjährigen Kinder (Ernst-Ludwig Heinrichshofen, geb. am 29. Januar 1923 und Charlotte Heinrichshofen, geb. am 7. Dezember 1924) wurden als Erben eingesetzt.[135] »Es mußte scharf gerechnet werden. Dazu kam die Brüningsche Notverordnung, Abbau aller Gehälter ab 1.1.1932 um 15 Prozent. Dazu die allgemeine wirtschaftliche Misere, und dann kam 1933 Hitler. Gab es nun für manche Branchen einen gewissen Aufschwung, denn es wurde ja gebaut, aufgerüstet etc., für die Klavierbranche wurde es nun erst recht schlecht. Die Juden in Deutschland, schätzungsweise 600.000, waren meist musikalisch interessiert, begabt, Musik ausübend. In diesen Haushalten standen viele gute und beste Instrumente, zum größten Teil nicht alt. Diese Instrumente wurden nun meist spottbillig abgestoßen infolge Notlage der jüdischen Familien, Verhaftungen, Auswanderungen etc. Das beeinträchtigte den Verkauf neuer Instrumente derart, daß ca. 70% der Pianofabriken eingingen und nur gut fundierte Firmen sich unter großen Verlusten halten konnten.«[136] Bei Heinrichshofen machte er Karriere. 1942 erhielt er die Prokura.

Schon am 1. Februar 1940 war seine Einberufung zum SHD (Sicherheits- und Hilfsdienst) erfolgt. Dieser Dienst scheint nicht mit einer Kasernierung verbunden gewesen zu sein, da Winkler weiter bei Heinrichshofen arbeiten konnte. Ob er sich freiwillig gemeldet hatte, um einer Einberufung als Soldat zu entgehen, ließ sich nicht feststellen. Der SHD war im Rahmen des Luftschutzes tätig und unterstand zunächst der Polizei, später – ab 1942 – der Luftwaffe. Damit wurde Winkler auch regulärer Luftwaffensoldat und »brachte es bis zum Ende des Krieges über die Dienstgrade Unteroffizier, Feldwebel bis zum Leutnant.« An Fronteinsätzen bzw. Kampfhandlungen hat er nicht teilgenommen. Er war bei einer motorisierten Luftschutzeinheit, die nach Großangriffen eingesetzt wurde. Ihre Aufgaben bestanden »lediglich in der Bekämpfung von Bränden, die durch Fliegerangriffe hervorgerufen wurden.« Er war in Stettin, Anklam, Berlin, Leipzig, Dessau Braunschweig und Magdeburg im Einsatz.

Ende des Krieges geriet er in englische Kriegsgefangenschaft und mußte in Meldorf/Heide in der Landwirtschaft arbeiten. Bereits im September 1945 wurde er entlassen und kehrte nach Magdeburg zu Familie und Firma zurück. Er nahm seine Tätigkeit als Prokurist und Leiter der Pianoabteilung bei Heinrichshofen wieder auf. Dort arbeitete er seit 1962 nur noch als Leiter der Piano-Abteilung. Wie schon erwähnt, wurde ihm nach der Republikflucht von Heinrichshofen sein Kollege und SED-Mitglied Franke als Chef vor die Nase gesetzt.[137]

Politische Tätigkeit und Einstellung: Besonderes Interesse zeigte die Stasi an der politischen Einstellung Winklers. Ihr hätte der Nachweis, bei Winkler handelte es sich um einen unverbesserlichen Nationalisten oder gar »Faschisten«, sehr gut ins Konzept gepaßt. Sie hätte seine ablehnende Haltung zur DDR und zur SED dadurch viel schlüssiger erklären können. Auf die Idee, die Ursache für seine Haltung in den Verhältnissen der DDR und der Politik der SED zu suchen, kam sie selbstverständlich nicht. Sie bemühte sich nach Kräften, Winkler in eine rechte politische Ecke zu rücken. Geholfen hat ihr dabei ein Zufallsfund bei der Hausdurchsuchung: Ihr war ein von Winkler im Jahre 1940 gefertigter Lebenslauf in die Hände gefallen, in dem er angab, sich 1922 dem »Bismarckbund« und dem »Heimatschutzverband Schlesien« angeschlossen zu haben.

Rudolph Winkler wußte sicherlich, daß diese Verbände in der Weimarer Republik einen ausgesprochen reaktionären Ruf hatten, da sie teilweise mit den Freikorps verbunden und überwiegend monarchistisch und antirepublikanisch eingestellt waren – auch wenn Sozialdemokraten und Gewerkschafter sich daran beteiligten.* In der Vernehmung versuchte er, die Bedeutung seiner Mitgliedschaft herunterzuspielen. Erstens sei er nur kurz Mitglied gewesen, weil er 1923 aus beruflichen Gründen nach Chemnitz verzogen sei, und zweitens wären die Ziele dieser Organisationen nicht na-

* Oberschlesien wurde nach dem Ersten Weltkrieg fast vollständig von Polen beansprucht. Kleinere Teile waren ihm schon durch den Versailler Vertrag vom 28.6.1919 zugesprochen worden. Über den Gesamtanspruch sollte die betroffene oberschlesische Bevölkerung abstimmen und entscheiden. Polnische Freischärlertruppen versuchten schon vorher, oberschlesische Gebiete mit Gewalt dem neuen polnischen Staat einzuverleiben. Am 20.3.1921 stimmten fast 60 Prozent für den Verbleib Oberschlesiens im Deutschen Reich. In der Folge kam es zu schweren Kämpfen zwischen polnischen und deutschen Freischar-/Freikorpsverbänden. Die Siegermächte entschieden schließlich, Oberschlesien gemäß der Mehrheitsentscheidung in den einzelnen Abstimmungskreisen zu teilen (20.10.1921). Der größere Teil verblieb bei Deutschland, der besonders industriell wichtige Teil um Kattowitz wurde Polen zugeschlagen.

tionalistisch gewesen, sondern es ging dort um »die Aufrechterhaltung der Traditionen im Sinne ›vaterländischen Geistes‹ und der ›Erhaltung heimatlicher Bräuche‹«.

In der Hauptverhandlung vor dem I. Strafsenat des Bezirksgerichts Magdeburg am 13. Juni 1967 erklärte er – auch in deutlicher Distanzierung zur Formulierung im Vernehmungsprotokoll, wo von einer »nationalistischen« Erziehung die Rede ist: »Ich stehe zu Deutschland. Ich war niemals nationalistisch erzogen worden, sondern auf nationaler Basis.«[138] Versuchte Rudolph Winkler seine Mitgliedschaft in diesen Vereinen möglichst harmlos erscheinen zu lassen, so hatte die Stasi das umgekehrte Interesse. Sie betrieb einigen – erfolglosen – Aufwand, um genauere Informationen über das Treiben der genannten Verbände zu erhalten.

Rudolph Winkler war kein Nazi gewesen. Er war auch kein aktiver Anti-Nazi. Auf die Frage nach seiner politischen Tätigkeit während der Nazizeit antwortete er: »Ich bekannte mich auch nicht zur Politik des 3. Reiches und verhielt mich passiv zu allen politischen Problemen dieser Zeit.« An anderer Stelle wurde er genauer: »In der Zeit nach 1933 habe ich trotz vielfachem Druck immer wieder abgelehnt, in die Partei oder SA einzutreten und die ganze Zeit finanzielle Nachteile in Kauf genommen, da die Fa. Heinrichshofen als ›nichtarisches‹ Unternehmen galt und demzufolge von Behörden, Schulen, Organisationen etc. boykottiert wurde.«[139]

Seine ablehnende Haltung gegenüber den Nazis – und sein Leichtsinn – wird auch aus einem Rede-Manuskript deutlich, das sich im Nachlaß erhalten hat. In dem kabarettistischen Vortrag für eine private Faschingsfeier 1937 schrieb er: »4 Jahre Winterhilfswerk, trotzdem kein richtiger Winter … Steigwachs und Stockhilfe brauchen wir beim Anstieg unserer Wirtschaft. Jöring müsse fast ausschließlich dem Staate reserviert bleiben … An den einzigen, nur noch sonnigen Partei-Abhängen, die überdies des Bräunens halber zu dicht besetzt seien … Auch an sonstigen rauhen Lüften ist kein Mangel. Im Gegenteil: stürmerischer streichert der Nordische Wind in den jüngsten unerfreulichen Jahreszeiten über die Bande … Einmütige Erklärung. Der Reichstag beschließt: Der Buß- und Bettag war ein Tag der *inneren* Sammlung; er kann daher nicht mehr als zeitgemäß angesehen werden und ist durch Straßensammlungen zu ersetzen. Die Hellseher werden immer weniger und vor allem die Wahr=sagerei ist infolge der einschlägigen Gesetze fast völlig unterbunden worden … Druckfehlerberichtigung: Im Saal waren nicht die Spitzel, sondern die Spitzen der Behörden anwesend … Maskenscherz: Gestern kam ein Mann in eine Wirtschaft unter der Maske eines harmlosen Biedermannes. Es entwickelte sich eine fröhliche Stimmung, in deren Verlauf 2 Gäste sofort nach Dachau abgeholt wurden.«

Und weiter: »Das Rotkäppchen. Es war einmal vor vielen, vielen Jahren in Deutschland ein Wald, den der Arbeitsdienst noch nicht gerodet hatte, und in diesem Walde lebte ein Wolf. An einem schönen Sonntag nun, es war Erntedankfest, da ging ein kleines BDM-Mädchen[140] durch den Wald. Es hatte ein rotes Käppchen auf und wollte seine arische Großmutter besuchen, die in einem Mütterheim der NSV[141] untergebracht war ... Da begegnete ihm der böse Wolf. Er hatte ein ganz braunes Fell, damit niemand gleich von Anbeginn seine rassefremden Absichten merken sollte. Rotkäppchen dachte auch nichts Böses, weil es ja wußte, daß alle Volksschädlinge im Konzentrationslager säßen, und glaubte, einen ganz gewöhnlichen bürgerlichen Hund vor sich zu haben. Heil, Rotkäppchen! sagte der Wolf ...« Natürlich fraß der böse braune Wolf die Großmutter und das Rotkäppchen – und wurde dann erschossen. Rotkäppchen und Großmutter hingegen wurden gerettet. Mit dem Ausruf: »War das eine Freude!«[142] schloß der Vortrag.

Winkler hatte vor 1933 und während der Nazi-Zeit keiner Partei angehört. Auch nach 1945 schloß er sich keiner politischen Partei an, obwohl er von Bekannten sowohl für die LDPD als auch für die CDU angesprochen worden war. Er begründete dies einerseits damit, daß er sich nicht politisch binden wollte, andererseits damit, daß beide Parteien am »Aufbau des Sozialismus mitwirkten.« Mitglied bei der SED zu werden, lag ihm dermaßen fern, daß er glaubte, dies nicht eigens begründen zu müssen.

Immerhin war er nach 1946 dem Kulturbund beigetreten und seit 1948 war er Mitglied im FDGB. Auf die Frage des Vernehmers, wie er zu den »bestehenden gesellschaftlichen Verhältnissen in der DDR« stehe, antwortete er: »Allgemein stehe ich den gesellschaftlichen Verhältnissen nicht ablehnend gegenüber, aber durch verschiedene Maßnahmen der Partei und Regierung der DDR und Vorkommnisse, die mich persönlich betrafen, entwickelte ich eine negative Einstellung, die durch mein Orientieren nach westlichen Rundfunk- und Fernsehstationen noch bestärkt wurde.«[143]

Versuch einer Erklärung: Wenige Tage vor der Hauptverhandlung formulierte Rudolph Winkler eine handschriftliche Einlassung, die er am 8. Juni 1967 der Untersuchungsbehörde übergab.[144] Im Unterschied zu den in der Vernehmung und im Lebenslauf gemachten Angaben zur Person, versuchte er hier vor allem jene persönlichen Faktoren aufzulisten, von denen er annahm, sie würden ihm vor Gericht helfen, seine »negative Einstellung« gegenüber der DDR verständlich zu machen.

Er sei aus der Kriegsgefangenschaft zurückgekehrt, »dankbar, Krieg- und Nazizeit gesund überstanden zu haben und in der Erwartung, daß alle politisch bedingten Benachteiligungen für die Fa. nun wegfallen« würden. Diese Erwartung habe sich nicht erfüllt. Leider sei er »durch zahlreiche Vorkommnisse, Willkürakte, unverständliche Entscheidungen und persönlichen Benachteiligungen« immer mehr enttäuscht worden.

Die Kette der Enttäuschungen begann mit einem Einzelfall. Winkler hatte während seiner Mitgliedschaft im Kulturbund einen Vortrag von Dr. Biemüller zum Thema »Sozialismus-Marxismus« gehört. Biemüller war Ausbilder der Jungen Volkslehrer und habe »voller Überzeugung« gesprochen. Wenig später sei er jedoch »nach Westdeutschland abgedampft.« Für Winkler hatte dieser Vorfall Bedeutung über die Person hinaus. Für ihn war damit die Glaubwürdigkeit der neuen kommunistischen Herren erschüttert.

Als ein zweites Beispiel führt er an, daß 1947 Heinrichshofen zum 150-jährigen Jubiläum die Genehmigung zum Ausbau eines neuen Geschäftshauses vom Rat der Stadt erhalten hatte. Dieses Haus sei 1948 fast fertig gewesen, als es Heinrichshofen durch die gleiche Verwaltung »ohne jeglichen Bescheid« weggenommen wurde. Genutzt wurde das Gebäude für den ersten HO-Lebensmittelladen in Magdeburg. Die erheblichen Investitionen, die Heinrichshofen getätigt hatte, wurden nicht erstattet.

Heinrichshofen veranstaltete Konzerte – manche zusammen mit dem Kulturbund. Da nur noch alte, unzulängliche Konzertflügel vorhanden waren, versuchte Heinrichshofen, einen neuen Flügel zu bekommen. Dieser sollte allen Magdeburger Veranstaltern zur Verfügung stehen. Ein neuer Blüthner-Konzertflügel wäre vorhanden gewesen. Für einen Kauf war jedoch eine Genehmigung vom Ministerium in Berlin erforderlich. Heinrichshofen bemühte sich um lokale Unterstützung und Winkler wurde »mit stärksten Befürwortungen« von Kulturbund, Volksbühne, Städt. Bühnen, Kulturdienst etc. auf die Reise nach Berlin geschickt. Hier stieß er auf völlige Verständnislosigkeit. Der Antrag wurde abgelehnt, obwohl die Genehmigung im Interesse aller Magdeburger gelegen hätte. Winkler litt darunter, daß Künstler, Kritiker und Publikum über die schlechte Qualität der Instrumente klagten, und dachte wehmütig an die Zeit vor dem Kriege, als Magdeburg »8 neuwertige Konzertflügel« besaß.

Rudolph Winkler vermutete, daß durch seine, vor allem an die Redaktion der *Volksstimme* gerichteten Briefe, der Eindruck entstehen konnte, er habe eine »grundsätzliche Animosität« gegen diese Zeitung. Diesem Eindruck wollte er entgegentreten. Als Beleg für seine durchaus unbefangene Haltung gegenüber dieser SED-Zeitung führte er an, daß er als Prokurist die Festschrift zum 150-jährigen Jubiläum seiner Firma bei der *Volksstimme* habe drucken lassen. Außerdem habe er zur Einweihung des neuen Kultursaales einen fast neuwertigen Bechsteinflügel – »Neuwert 10.000 DM« – beschafft, obwohl dafür nur 3000 Mark zur Verfügung standen. Allerdings habe er die Erfahrung machen müssen, daß diese Unterstützung nicht anerkannt wurde. So habe er im sehr kalten Winter »um 1960 herum« einen Artikel »Achtung Klavierbesitzer« geschrieben, in dem er Hinweise gab, wie man Schäden an Flügeln und Klavieren bei zu großer Trockenheit der

Luft vermeiden könnte. »Das geschah ohne jeden persönlichen Nutzen, ohne Hinweis auf die Firma, lediglich im gesellschaftlichen Interesse, um wertvolles Volksgut vor Schaden zu bewahren.« Diesen Artikel habe er an alle Magdeburger Zeitungen gesandt. Von drei Magdeburgern Zeitungen wurde der Artikel dankend gebracht, nur die *Volksstimme* lehnte eine Veröffentlichung ab. Befragt nach den Gründen, sei erklärt worden, Klavierbesitzer kämen meist aus bürgerlichen Kreisen und »diese lesen die *Volksstimme* sowieso nicht.«[145]

Wirtschaftliche und berufliche Erfahrung: Es waren jedoch nicht nur unverständliche Willkürakte im Einzelfalle, die Rudolph Winkler mißfielen, sondern auch die allgemeinen wirtschaftlichen Rahmenbedingungen. Deren Unzulänglichkeiten konnten zunehmend weniger aus der außerordentlichen Notlage nach dem Ende des Krieges erklärt werden. Immer deutlicher wurde, daß die ökonomische Misere den verfehlten wirtschaftspolitischen Entscheidungen der SED geschuldet waren, besonders nachdem die Weichen zum »beschleunigten Aufbau des Sozialismus« im Juli 1952 gestellt waren.[146] Heinrichshofen – als Privatbetrieb – bekam keine neuen Instrumente mehr. Früher hatte die Pianohandlung einen direkten Bezug zum Piano-Fabrikanten, jetzt bekam Heinrichshofen eine »Zuteilung durch die GHG Möbel- und Kulturwaren, Klingenthal. Diese bestimmte, wieviel Instrumente und welche Fabrikate wir pro Jahr bekommen.« Winkler kämpfte mit dieser Firma seit »Jahren vergeblich um eine höhere Zuteilung.«

Die Pianoabteilung lebte hauptsächlich von Gelegenheitskäufen gebrauchter Instrumente. Diese wurden aufgearbeitet, repariert und dann verkauft oder vermietet. Im Gegensatz zum Angebot war die Nachfrage nach neuen Instrumenten außerordentlich hoch. »Überall fehlten Instrumente, an den Schulen, in Kulturhäusern, FDGB-Heimen, und den Kulturräumen der Betriebe etc. und meist waren nur beschränkte Geldmittel vorhanden oder gar keine.«

Rudolph Winkler beschrieb die Mühe des Geschäfts im Alltag: »Nun war es aber nicht so, daß ich die benötigten Instrumente am Lager hatte und sie nur zu liefern brauchte, sondern die Interessenten kamen, gaben ihre Wünsche auf, nannten die vorhandenen Geldmittel und dann mußte ich die passenden Instrumente beschaffen, und dies lediglich aus Privathand. Es galt also, so manchen brauchbaren Flügel aus verstaubten Salons auszugraben und ihn der Allgemeinheit zur Verwendung in Schulen, Kulturhäusern etc. zuzuführen.« Über 200 Instrumente habe er so im Laufe der Jahre an Schulen und andere Einrichtungen geliefert. Nie stand der finanzielle Nutzen dabei im Vordergrund, sondern die Genugtuung, das Richtige gefunden und geliefert zu haben. Die privat angebotenen Instrumente waren dabei häufig nicht brauchbar. Oft habe es Monate gedauert, bis er ein passendes Instrument für einen bestimmten Zweck gefunden hatte. In der Werkstatt von Heinrichshofen wurden die Instrumente dann generalüberholt. Sie waren anschließend »fehlerfrei, konstruktiv modern, und vollwertig, kosteten nur einen Bruchteil des Neupreises und machten außerdem die somit nicht benötigten neuen Instrumente für den Export frei.«

Zum Zeitpunkt, als Rudolph Winkler verhaftet wurde, hatte er noch zwei Mitarbeiter, Borstel als Techniker, der auch die Klaviertransporte durchführte, und den Polierer Wilke. Außerdem gab es noch einen »betriebsfremden blinden Klavierstimmer.« In Magdeburg selbst, wo es früher zirka 20 bis 25 »geschulte Klavierstimmer« gegeben hatte, gab es – so Winkler – zu dieser Zeit keinen einzigen mehr. Verschärft wurde die personelle Mangelsituation durch Materialschwierigkeiten am »laufenden Band: Lacke, Furniere, Schellack, Schleifmaterial, Klavierschlüssel, Klavierteile, Klaviersessel, usw.! Jeder Transport ein Problem, da Fachträger fehlten.« Unter diesen Umständen wurden einfache Vorgänge zu »aufregenden Angelegenheiten und brachten einen solchen Mehraufwand an Arbeit und Nervenverschleiß mit sich, daß ich manchmal nicht mehr wußte, wie es weitergehen sollte und nur noch schwarz sah.«

Rudolph Winkler zeigte Verständnis dafür, daß den Planern der SED viele andere Wirtschaftszweige wichtiger waren »als die Pianoindustrie und in diesem Fall der Piano-Fachhandel, und dementsprechend vorrangig behandelt werden.« Aber er wollte umgekehrt, daß auch ihm Verständnis entgegengebracht werde, wenn »man langsam unzufrieden wird, wenn man immer älter wird und man bleibt das Stiefkind der Wirtschaft.« Er sah den Piano-Fachhandel in einem »katastrophalen Rückstand« gegenüber anderen Branchen wie Rundfunk und Textil. Durch die unzureichende Zuteilung kam seine Piano-Abteilung zu keiner Lagerhaltung. Das bedeutete: »Der Käufer, der normalerweise Gelegenheit haben müßte, verschiedene Fabrikate und Modelle auf Spielart, Toncharakter und Klangfarbe zu prüfen und miteinander vergleichen zu können, abgesehen von der äußeren Ausführung in Holz, Politur, Stilart, Größe etc., muß bei uns sein Instrument ungesehen und nicht gehört bestellen und kann sich nur auf unsere Beratung verlassen.«

Rudolph Winkler fand diesen Zustand zum Verzweifeln und beklagte den Widerspruch zwischen der Wirklichkeit und der offiziellen Propaganda: »Und wenn man dann in der Zeitung immer wieder derartige Formulierungen von Weltniveau und erhöhter Verkaufskultur liest und man vergleicht damit die triste Wirklichkeit auf unserem Gebiet, so wirkt dies natürlich sehr aufreizend.« Besonders unerträglich wurde es für ihn dann, wenn er auf der Leipziger Messe ehemalige Bekannte aus der gleichen Branche, die längst aus der DDR geflüchtet waren, wiedertraf und von ihnen erfuhr, »wie sie als Flüchtlinge all das längst geschafft haben, was wir als alte Firma hier am Platze nicht erreichen können«. Seine Pein wurde noch dadurch gesteigert, daß er mit ansehen mußte, wie »die Aufträge dieser Herren« auf der Messe alle bereitwilligst angenommen und ausgeführt wurden, während sie bei Heinrichshofen von Jahr zu Jahr auf eine bessere Zuteilung hofften. Winkler nahm hier Bezug auf die durchgängige Praxis der DDR-Wirtschaftspolitik, Produkte, die im Westen abgesetzt werden konnten, dort auch abzusetzen gegen Devisen, selbst wenn dadurch ein Mangel auf dem heimischen Markt entstand.

Rudolph Winkler im sozialistischen Betrieb: Nach seiner Absetzung als Prokurist und Versetzung in die Haeckelstraße scheint es zwischen ihm und seinem neuen Chef, dem ehemaligen Kollegen Franke, zu erheblichen Differenzen gekommen zu sein. Davon ist auch im erwähnten Spitzelbericht von GM »Günter Nehrlich« die Rede. Neben kleinlichen Reibereien gab es auch grundsätzlichere Schwierigkeiten, die im mangelnden Sachverstand des neuen Geschäftsführers begründet waren. Winkler schrieb an Franke: »Ich betone nochmals, daß ich zu einer loyalen Mitarbeit bereit bin ... Ich muß es aber ablehnen, daß über mich hinweg einschneidende Maßnahmen für die Pianoabteilung getroffen werden, die den Erfordernissen der Abteilung in keiner Weise gerecht werden. Ich kann verstehen, daß eine verständnisvolle und gerechte Beurteilung einer Ihnen völlig fremden Materie für Sie schwierig ist. Um so weniger ist es aber angängig, daß Sie über meine Tätigkeit selbständig und ohne vorherige Rücksprache irgendwelche Entscheidungen treffen.« Kränkend war für ihn nicht nur dieses autoritäre Verhalten, sondern die Mißachtung seiner fachlichen Leistung: »Wenn Sie z.B. behaupten, daß der Gewinn der Piano-Abteilung nur durch die eingehenden Mieten entsteht, so ist das doch entweder eine böswillige Verdrehung der wirklichen Sachlage oder eine von keinerlei Sachkenntnis getrübte Beurteilung ... Bei Mieten handelt es sich doch um keine automatisch hereinkommenden Beträge ... Vielmehr ist doch ein ständiger Wechsel der Mieter da und ein erheblicher Aufwand erforderlich, um das Mietgeschäft aufrecht zu erhalten. Im letzten Jahr waren es 60 Veränderungen, also Kündigungen und Neuvermietungen mit allen dazu gehörigen Arbeiten: Besichtigung der zurückgekommenen Instrumente und Prüfung auf Schäden, technische Durchsicht, notfalls Überholung und Stimmung vor Neuvermietung, Vorführen der Instrumente, Ausfertigung der Verträge, Organisation der Transporte (ein Kapitel für sich), Eintragungen in Kartei, Lagerbücher etc. Hinzu kommen natürlich auch die Arbeiten an laufenden Verträgen, wie Kontrolle, Mahnungen, Stimmungen u.a.M.«[147]

Daß Rudolph Winkler sich sehr schwer tat, seinen neuen Chef und die veränderten Verhältnisse zu akzeptieren, geht auch aus den Äußerungen seiner Kollegen hervor, die sie zur »Erarbeitung einer kollektiven Beurteilung« zu Protokoll gaben: Der Direktor der HO-Industriewaren Magdeburg schätzte ein, daß Winkler sich nicht damit abfinden konnte, »daß er, der entscheidenden Anteil beim Wiederaufbau des Betriebes nach '45 hatte, nicht mehr als Prokurist und nicht als Leiter des Betriebs eingesetzt wurde.« Als weitere Ursache für die »Hetzbriefe« von Winkler nannte er, daß Winkler sich nicht von der Familie Heinrichshofen habe lösen können »und sicherlich mit der Familie weiterhin in Kontakt stand.« Letzterem widersprach allerdings die Verkaufstellenleiterin »Kollegin Zenker«: »Ich weiß sicher, daß Herr Winkler zur Familie Heinrichshofen die Brücke abgebrochen hat, weil er von der Republikflucht des Herrn Heinrichshofen zu enttäuscht war, da er der Familie Heinrichshofen zuliebe in der Republik geblieben ist.« Aus Sicht des Buchhalters der Firma erklärte Kollege Mothes, »daß die Einführung von Neuerungen von Herrn Winkler zunächst auf Widerstand stießen. Schließlich wurden die Anordnungen gewissenhaft befolgt. Es ist jedoch fraglich, ob er mit den Worten ›Sie haben Recht‹ auch seine Meinung änderte.«[148]

Franke selbst äußerte sich positiver und betonte, daß Winkler trotz der Gehaltseinbuße, der Einschränkung seiner Verfügungsgewalt und der Umsetzung in die Verkaufsstelle Haeckelstraße »gute fachliche und ökonomische Ergebnisse, die von Jahr zu Jahr überboten wurden« erzielte. Er sei deshalb als »Aktivist« ausgezeichnet worden (1964). In der Hauptverhandlung erklärte er als Zeuge und »Kollektivvertreter«, daß Winkler nach anfänglichen Schwierigkeiten »dann präziser und planmäßiger« arbeitete. »Bei ihm gab es keine negativen Äußerungen. Er sah alles ein und stand auch dahinter. Die Verkaufsstelle, die er leitet, hat sich verdoppelt. Es wurde mit 15% übererfüllt. Für Oktober 1966 war die Auszeichnung des Aktivist vorgesehen. Es liegen uns auch Anerkennungsschreiben vor von den Städtischen Bühnen usw. Auch Anerkennungen von hohen Offizieren und vom Mietgeschäft gab es mündlich. Wir fanden nicht, daß er ärgerlich war, daß er zurückgestuft wurde. So schätzt es auch das Kollektiv ein. Er ist auch kameradschaftlich und half den Lehrlingen. Bis vor einem Jahr war noch die Mutter von Herrn Heinrichshofen im Betrieb. Es traten Spannungen auf und der Angeklagte stand auf der Seite der Geschäftsleitung.«[149]

Die hohen fachlichen Fähigkeiten von Winkler werden von allen Arbeitskollegen gewürdigt, ebenso sein korrektes, freundliches und verbindliches Auftreten. »Besonders Jugendlichen gegenüber war er stets Vorbild und gab Anleitungen in der Kundenbedienung usw.«

In dem vom BGL-Vorsitzenden Fischer (Nachfolger von Franke in dieser Funktion) und dem Geschäftsführer Franke der Firma Heinrichshofen gemeinsam erstellten Arbeitszeugnis, d.h. einer gemeinsamen »Beurteilung des Kollegen Winkler« vom 21. September 1966 heißt es: »Trotz der schwierigen Umstellung [wesentlich geringeres Einkommen, Einschränkung der Leitungstätigkeit usw., M.S.] verstand es der Kollege Winkler ausgezeichnet, sich den neuen Verhältnissen – auch im Unterstellungsverhältnis – anzupassen. Er setzte seine ganz Kraft für die Lösung der ihm übertragenen Aufgaben ein und leistete eine gewissenhafte Arbeit. Besonders zeichnete er sich dabei durch Zusatzeinkäufe und Bereitstellung von Instrumenten für wichtige Staatsvorhaben aus, wie Hotel International, Stadthalle, Kulturhäuser usw. Als Pianofachmann wird er in der gesamten Republik geschätzt und zu Beratungen und Erfahrungsaustauschen und als Gutachter hinzugezogen. Auch im Dienstleistungssektor, Vermietung von Instrumenten und Überarbeitung, setzte er sich selbstlos ein und war maßgeblich am Gelingen zahlreicher Großveranstaltungen beteiligt.

Um die Angehörigen der zeitweilig in der DDR stationierten Streitkräfte besser bedienen zu können, erwarb der Koll. Winkler russische Sprachkenntnisse. Die gute Arbeit und Betreuung durch unsere Pianohandlung ist bei unseren sowjetischen Freunden weitaus bekannt. Durch hervorragende Leistungen beim sozialistischen Wettbewerb wurde der Kollege 1964 als Aktivist ausgezeichnet. Auch in den folgenden Jahren zeigte er sehr gute ökonomische und fachliche Leistungen … Sein kameradschaftliches Verhalten zu seinen Mitarbeitern und seine aktive Mitarbeit in Handelsberatungen usw. sind besonders hervorzuheben.«[150]

Der Hausmitbewohner, Herr Rogge, erklärte: »Ich kenne Herrn Winkler seit etwa 4-5 Jahren als Nachbarn, indem wir uns im Treppenhaus bzw. auf dem Flur begrüßten. Damit erschöpft sich unsere Bekanntschaft. Aus kurzen allgemeinen Gesprächen schätze ich Herrn Winkler als sehr intelligenten Menschen, aber schlechten Politiker ein. Sonst trat er mir gegenüber immer höflich, freundlich und korrekt gegenüber.«[151]

Kein Studienplatz für Bürgerkinder: Zu den persönlichen, beruflichen und wirtschaftlichen Widrigkeiten kamen private hinzu: 1950 beendete seine Tochter Christine als beste Schülerin – »mit Auszeichnung, alle Fächer 1« – die Grundschule. Ein Übergang zur Oberschule schien damit problemlos möglich, doch wurde Christine Winkler »ohne Begründung« abgelehnt. Der Schulleiter selbst hatte dafür keine Erklärung. Der Vater machte eine Eingabe und sprach persönlich beim Schulrat vor, »alles erfolglos.« Er erhielt nur die Auskunft, daß die »Kommission« so entschieden hätte. Schließlich wandte er sich an einen ihm – durch den Kulturbund – bekannten Stadtrat, und auf dessen Vermittlung hin konnte die Tochter doch noch auf die Oberschule wechseln – »nach wochenlangen Aufregungen«. Nach erfolgreichem Abitur wurde Christine Winkler von ihrer Schule, der Humboldt-Oberschule, zum Studium vorgeschlagen und erhielt von der Humboldt-Universität in Berlin eine Zusage. Dieser folgte dann eine »plötzliche« Absage. Der Schulleiter legte am 30. Juli 1955 Beschwerde gegen diesen Bescheid ein, und Rudolph Winkler fuhr nach Berlin, um mit dem Prorektor zu sprechen. Dieser zeigte sich »völlig uninteressiert«. Winkler wurde vertröstet auf einen neuen Bescheid, der aber nicht kam. Er fragte nochmals nach, telefonierte, telegraphierte und erhielt schließlich die Nachricht, der Bescheid wäre schon bei der Schule eingegangen. Das Semester hatte inzwischen angefangen. Er fand heraus, daß die Ablehnung eines Studienplatzes bereits »seit Wochen« im Schreibtisch der Schulverwaltung lag, die Benachrichtigung der Familie aber »vergessen« worden war.

Im ablehnenden Bescheid des »Prorektors für Studentenangelegenheiten« der Humboldt-Universität hieß es zur Begründung: »Obwohl die fachlichen Leistungen gute waren, während die gesellschaftlichen Leistungen sich durch größere Aktivität und Initiative anstelle der stark individualistischen Haltung auszeichnen könnten, war es der Zulassungskommission in Hinblick auf die große Zahl von guten Bewerbern nicht möglich, eine Zulassung auszusprechen.«[152]

Diese Begründung legt nahe, daß ihr nicht nur wegen einer »bürgerlichen« Herkunft ein Studienplatz verweigert wurde. Der eigentliche Grund dürfte gewesen sein, daß sie eine »stark individualistische Haltung« zeigte. Im Klartext gesprochen: sie durfte nicht studieren, weil sie nicht der FDJ angehörte, oder falls sie Mitglied gewesen war, eine »undurchsichtige« Rolle dort gespielt hatte – wie es im Ermittlungsbericht der Stasi vom 15. August 1966 hieß.[153] Weitere Versuche, einen Studienplatz zu erhalten, blieben erfolglos. Schweren Herzens ließ die Familie die Tochter 1956 zum Studium nach West-Berlin ziehen. Sie durfte jahrelang ihre Eltern nicht mehr besuchen, obwohl erst nach ihrer Übersiedlung der Straftatbestand »Republikflucht« geschaffen wurde.

Heinrichshofen – die Geschichte einer kulturellen Institution und ihr Ende in der DDR

Die Firma Heinrichshofen war ein alteingesessener Magdeburger Betrieb. Gegründet wurde er 1797 als eine Verlagsbuchhandlung. Bekannte Namen wie Ernst Moritz Arndt, Friedrich Schleiermacher, Denis Diderot finden sich im Verlagsprogramm. 1848 werden hier Eckermanns »Gespräche mit Goethe in den letzten Jahren seines Lebens. Dritter Teil« – veröffentlicht. Eckermann hatte sich mit Brockhaus überworfen, in dessen Verlag die Teile I und II erschienen waren und keinen Gewinn abgeworfen hatten. Houben berichtet in »Goethes Eckermann« zur Vorgeschichte folgendes: »So kommt das Manuskript endlich in die Hände des Verlegers Heinrichshofen in Magdeburg … Heinrichshofen ist ebensolch ein Eigenbrötler wie Eckermann, das Manuskript begeistert ihn, und in kurzem wird man sich einig. … Hält Heinrichshofen sein Versprechen, dann ist der Abschluß mit ihm noch günstiger als der mit dem alten Verleger. Der schon fast Ertrinkende sieht Land. Satz und Druck beginnen sofort. Heinrichshofen erweist sich als Ehrenmann, wird Berater und Freund, nimmt sich über seine Verpflichtungen hinaus der Notlage des Verfassers an und bewahrt seinem Werk die Neigung auch dann noch, als der geschäftliche Erfolg auch diesmal ›unter aller Kritik‹ ist.[154]

In einem verschämten Jubiläumsartikel in der *Liberal-Demokratischen Zeitung (LDZ)* zu »175 Jahre Heinrichshofen« im November 1972 wurde auch daran erinnert, daß bei Heinrichshofen während der Befreiungskriege Flugschriften und Bücher von Körner, Schill, Lützow und Nettelbeck erschienen waren. Dem Verfasser war es vor allem wichtig hervorzuheben, daß der spätere Verleger von Karl Marx, Otto Meißner, seine Lehrjahre bei Heinrichshofen absolvierte.[155]

1821 organisierte Wilhelm von Heinrichshofen zusammen mit seinem Bruder Friedrich das »Große Deutsche Musikfest« in Magdeburg. Daraus entstand die Konzertleitung Heinrichshofen. Wenige Jahre später gründete Heinrichshofen zusammen mit dem Oberbürgermeister Francke die »Neue Stadttheater AG«. 1834 wurde Richard Wagner als Musikdirektor/Kapellmeister nach Magdeburg verpflichtet. Er und andere Musiker wie Franz Liszt, Robert Schumann, Clara Wieck und Niccolò Paganini wurden von Heinrichshofen nicht nur betreut, sondern waren auch Gäste in seinem Hause. In den Mittelpunkt rückte nun die Produktion und der Vertrieb von Musikalien. Ab 1856 kamen als eigener Geschäftszweig Notenstich und Musikaliendruck dazu. 1860 wurde der Betrieb um eine Kunsthandlung, eine Gemäldegalerie sowie eine Musikalien-Leihanstalt erweitert. 1890 wurde zusätzlich eine Pianofortehandlung eröffnet. 1914 erhielt Heinrichshofen die Goldene Medaille auf der »Bugra«, der »Internationalen

Geschäft Heinrichshofen, Magdeburg, Breiter Weg – vor …

Ausstellung für Buchgewerbe und Graphik« in Leipzig. 1920 – inzwischen war der Urenkel Theodor ins Unternehmen eingetreten – nahm der Betrieb »Sprechmaschinen«[156] und Schallplatten ins Sortiment und baute eine Lehrmittel-Abteilung auf. 1923 wurde das Unternehmen geteilt. Der Musikverlag verblieb beim Vater Adalbert Heinrichshofen, die übrigen Betriebsbereiche, insbesondere der Sortimenthandel und die Konzertleitung, führte sein Sohn Theodor weiter.

Beide Betriebe gingen nun getrennte Wege. Der Musikverlag hatte unter der Nazi-Herrschaft zu leiden, da diese »die Aktivitäten des vom Verlag geförderten Schaffens vieler damals unliebsamer Komponisten« wie u.a. Arnold Schönberg und Karl Wiener verbot. Nach 1946 wurde das wenig beschädigte Verlagsgebäude beschlagnahmt und der Betrieb zog um in die Zweigniederlassung nach Leipzig. Hier bekam er durch die Verweigerung von Drucklizenzen neue Hindernisse in den Weg gelegt – diesmal von Seiten der SED. Die Firmenleitung sah für ihren Betrieb keine Zukunft mehr unter sozialistischer Herrschaft. »Die großen zeitbedingten Probleme brachten es mit sich, daß ein Umzug in die Westzonen ratsam schien.« Mit dieser vielleicht versöhnlich gemeinten Formulierung umschrieb der Verlag zum Firmenjubiläum 1997 seinen »Umzug« nach Wilhelmshaven 1948.[157]

Theodor Heinrichshofen hingegen, der den Sortimenthandel und die Konzertleitung weiterführte, vollbrachte unternehmerische Pionierleistungen. Er gründete 1923 in Magdeburg den ersten Rundfunksender mit einer Leistung von 600 Watt. Er brachte überwiegend Unterhaltungssendungen mit bekannten Künstlern. Allerdings mußte er zwei Jahre später den Sender wegen Lizenzstreitigkeiten aufgeben, oder genauer gesagt wegen der Bemühungen der Reichsregierung, ein staatliches Rundfunkmonopol durchzusetzen. Drei Monate, nachdem Winkler 1931 seine Tätigkeit bei

… und nach dem Krieg

Heinrichshofen begonnen hatte, starb Theodor Heinrichshofen im Alter von 46 Jahren. Die »Heinrichshofen'sche Buch-, Kunst-, Musikalien- und Pianofortehandlung« wurde nun von seiner Ehefrau weitergeführt. Der Betrieb schrieb zu dieser Zeit »rote Zahlen«.

Auch dieses Unternehmer mußte unter der Nazi-Herrschaft um seine Existenz bangen. Frau Heinrichshofen war in den Augen der Nazis, entsprechend den Nürnberger Rassegesetzen von 1935, »Halbjüdin«. Das Unternehmen Heinrichshofen galt ihnen als »nichtarischer« Betrieb und wurde deshalb, wie den Einlassungen Rudolph Winklers zu entnehmen ist, boykottiert. In der Festschrift von 1947 findet sich der Eintrag: »1936 – Harter Kampf um den Fortbestand der Firma.« In einem undatierten Manuskript, das als Vorlage für diese Festschrift gedient hatte, steht dazu Genaueres: »… die Schwierigkeiten, besonders nach 1933 waren nicht gering, und wenn sich die Firma gegen alle Angriffe der Partei und der Arbeitsfront behauptet und auch den Boykott durch fast alle Behörden überstand, so ist der Grund hierfür lediglich in der Leistungsfähigkeit und Stellung der Firma im wirtschaftlichen Sektor sowie der Bedeutung des Hauses Heinrichshofen für das kulturelle Leben der Stadt seit eineinhalb Jahrhunderten zu suchen. Besonders war es die Konzertleitung, die von der Organisation KdF* als lästiger Rivale empfunden und mit allen Schikanen bekämpft wurde.«[158]

* Kraft durch Freude, NS-Gemeinschaft innerhalb der Deutschen Arbeitsfront. Diese Organisation war zuständig für Freizeitgestaltung und Erholung sowie Volksbildung. Sie wurde vor allem dadurch bekannt, auch für Arbeiter erschwingliche Seereisen nach Norwegen und Madeira anzubieten. Neuerdings wieder durch Günter Grass in Erinnerung gerufen, der den Untergang des KdF-Schiffes Wilhelm Gustloff zu einem Roman verarbeitete. Die Leistungen der KdF wurden als vorbildlicher »Ausdruck des deutschen Sozialismus« anerkannt, heißt es im Brockhaus von 1937.

Heinrichshofen hatte seit Gründung der Konzertleitung 1821 ständig Veranstaltungen künstlerisch hochwertiger Konzerte durchgeführt »(Lieder-Abende, Klavier-Abende, Kammermusikalische Veranstaltungen, Symphonie-Konzerte, Vortrags-Abende usw.), Förderung des musikalischen Nachwuchses.«[159] Es scheint so, als ob Heinrichshofen die Konzertleitung an die Nazis abgeben mußte, denn im Manuskript heißt es weiter: »die Konzertleitung Heinrichshofen hatte bis 1933 den Theater-Vorverkauf, sowie den Vorverkauf sämtl. Städtischer Symphonie-Konzerte, war Mittler fast aller musikalischen Veranstaltungen und betreute alle hiesigen Musikvereinigungen.«

Frau Heinrichshofen durfte das Geschäft offiziell nicht mehr führen, sie blieb aber die heimliche Chefin des Unternehmens. Weitere Schikanen der Nazis gegen sie sind nicht überliefert. Was es für sie bedeutet hat, unter der permanenten Bedrohung durch die Nazis den Betrieb weiter zu führen, läßt sich nur erahnen. Nach Einschätzung ihres Sohnes, hatte »jemand die Hand über sie gebreitet.«[160]

Auch wurden taktische Entscheidungen gefällt. So wurde dem BeschäftigtenJosef Sander, der seit 1929 strammes Parteimitglied der NSDAP war, die Gesamtprokura erteilt.[161] Er war nun der »geschäftsführende Prokurist« – und ließ sogleich an der Eingangstüre des Geschäftes ein Schild anbringen mit der Aufschrift: »Juden unerwünscht«. In der Festschrift zum 140-jährigen Jubiläum der Firma 1937 wurde zwar aufdringliche Nazi-Propaganda vermieden, jedoch hervorgehoben, daß der 1931 verstorbene Theodor Heinrichshofen 16 Jahre lang Berufsoffizier und »hochdekorierter« Kampfflieger im Ersten Weltkrieg gewesen sei.[162] Sander ließ sich Unregelmäßigkeiten zu schulden kommen und mußte die Firma in »fairem« Einvernehmen verlassen. An seiner Stelle erhielt Winkler 1942 die Gesamtprokura, d.h. er war zusammen mit dem anderen Gesamtprokuristen Alois Rusz, dem Leiter der Musikalienhandlung, zur Vertretung der Geschäftsführung berechtigt.

Nach 1945 mußte das Unternehmen wieder mühsam aufgebaut werden. Der Zustand der Firma Heinrichshofen war beklagenswert: »Mit der Zerstörung Magdeburgs in der Nacht vom 16. Januar 1945 sinkt auch das altbekannte Geschäftshaus im Breiten Weg in Schutt und Asche.«[163] Das Gebäude war vollständig zerstört, das gesamte Instrumentenlager und die meisten Instrumente waren vernichtet. In einem Brief an Frau Heinrichshofen erinnerte sich Rudolph Winkler anläßlich des 20. Jahrestages an dieses Ereignis: »16. Januar! Sicher haben auch Sie heute viel an Magdeburg gedacht. Wir haben hier mittags eine Gedenk-Schweigeminute eingehalten, dann ging es weiter, wie es ja immer irgendwie weitergeht. Auch damals, obwohl man nicht wußte wie, sich auch kaum damit befaßte, weil man das Geschehen ja erst verkraften mußte. Und dann fing man doch wie-

Geschäft Heinrichshofen, Magdeburg, Sternstraße

der an, und ich denke noch daran, wie wir den noch stark erhitzten Keller ausräumten und dann mit Eitel auf den Trümmern saßen und den verplanten Sieges-Champagner tranken. Das ist nun schon 20 Jahre her! – 20 Jahre voller Entbehrungen, Hoffnungen, Illusionen und Enttäuschungen.«[164]

Wenige Wochen später fand Heinrichshofen eine behelfsmäßige Bleibe in der Sternstraße 29.[165] Die Räumlichkeiten hier reichten mal gerade, um die Buchhandlung und die Musikabteilung unterzubringen. Hinzu kamen noch 4 weitere, über die zerstörte Stadt verstreute Gewerberäume, darunter die Haeckelstraße 9, in der die Pianoabteilung und die Otto-von-Guericke-Straße 55a, in der die Kunstabteilung und die Konzertkasse untergebracht wurden. Heinrichshofen setzte »der allgemeinen Mutlosigkeit und Verzweiflung ein ›Dennoch‹ entgegen«. 1947 zählte der Betrieb bereits wieder 30 Mitarbeiter. Heinrichshofen begann wieder mit seinen Zyklen »Heinrichshofen – Meisterkonzerte«. In der Saison 1948/49 ist dem Programm zu entnehmen, daß 7 Konzerte angeboten wurden, darunter eines mit Dietrich Fischer-Dieskau. Jetzt drohten aber bereits andere Gefahren: »für uns erhob sich die Frage, ob eine Fortsetzung des Zyklus der Meisterkonzerte überhaupt noch möglich sein würde. Die durch die Währungsreform veränderten Verhältnisse und die besonderen Schwierigkeiten im Konzertwesen zwangen uns zu ernsthaften Erwägungen.«[166]

Es sei das Verdienst Winklers gewesen – so ist einem Zwischenzeugnis vom 10. April 1961 zu entnehmen – »die Pianohandlung bald wieder neu erstehen zu lassen. Erwähnt seien hierbei der Wiederaufbau des Mietinstrumentenlagers, die Neueinrichtung einer Werkstatt und eines Verkaufsraumes, die Heranziehung der benötigten Fachkräfte, Wiederaufnahme der alten Verbindungen und Anknüpfung neuer Beziehungen zu den noch verbliebenen Pianofirmen in der DDR u.a.m.«[167] Winkler war weiter Prokurist, ihm wurde 1953 sogar Einzelprokura erteilt.

Heinrichshofen als halbstaatlicher Betrieb: Am 1. Januar 1960 wurde das Unternehmen Heinrichshofen, das die Rechtsform einer Offenen Handelsgesellschaft hatte, in eine Kommanditgesellschaft (KG) mit staatlicher Beteiligung umgewandelt. Im Handelregister werden als Kommanditist die »HO Industriewaren Magdeburg mit einer Kommanditeinlage von 50.000 DM, i.B. Fünfzigtausend Deutsche Mark der Deutschen Notenbank« (sic!) eingetragen. Das sollen maximal 30 Prozent des geschätzten Betriebsvermögens gewesen sein. Die bisherigen Eigentümer, die Geschwister Heinrichshofen, firmieren nun als Komplementäre, d.h. sie werden als persönlich haftende Gesellschafter geführt. Die Schwester von Ernst-Ludwig Heinrichshofen, Charlotte, hatte zu diesem Zeitpunkt längst die DDR verlassen und lebte in Söcking bei Starnberg. Das Amtsgericht verfügte, daß ihre Vertretungsberechtigung ruht und ihre Kapitalsanteile »gem. § 6 der VO v. 17.7.52 von der Deutschen Investitionsbank Berlin – Filiale Magdeburg – verwaltet« werden. Ihr Bruder, der »Kaufmann Ernst Ludwig Heinrichshofen ist mit Rechtsverkehr allein vertretungsberechtigt.«

Diese Umwandlung der privaten Firma Heinrichshofen mit zirka 25 Beschäftigten in eine Kommanditgesellschaft mit staatlicher Beteiligung stand im Zusammenhang der allgemeinen Mittelstandspolitik der SED. Die SED hatte 1956 damit begonnen, die noch überwiegend privaten mittelständischen Handwerks- und Industriebetriebe zu »überreden«, ihre »rückständige« private Eigentumsform aufzugeben und sich auf den Weg zum »fortschrittlichen« sozialistischen Eigentum zu machen. Hintergrund dieses neuerlichen Versuchs, Privateigentümer zu bekehren, war nicht ein naheliegendes ökonomisches Kalkül, die Produktivität in den mittelständischen Betrieben zu steigern, um die immer prekärer werdende Versorgungslage der Bevölkerung zu beheben. Die Fachökonomen der SED, besonders in der SPK (Staatliche Plankommission) wußten, daß eine Sozialisierung der mittelständischen Betriebe sogar zu einer Verschärfung der Versorgungskrise führen würde und rieten deshalb davon ab. Ökonomisch gesehen war die Umwandlung dieser privaten Betriebe daher ohne Sinn und Verstand. Die Kampagne hatte hauptsächlich politisch-ideologische Gründe – und Gründe, die in der innerparteilichen Auseinandersetzung der SED zu suchen sind.

Im vulgärmarxistischen Verständnis war das Privateigentum – vor allem das Privateigentum an Produktionsmitteln – für alles Elend der Welt verantwortlich. Seine Zerschlagung und Abschaffung waren das spezielle Kennzeichen von gläubigen Kommunisten. Marx und Engels hatten im Kommunistischen Manifest ihre Analyse auf diesen einen Punkt »Aufhebung des Privateigentums« zugespitzt. Das lag zwar schon einige Zeit zurück, und was unter »Aufhebung« zu verstehen sei, hatten sie nie klar gesagt. Für deutsche Kommunisten jedoch, die sich dem stalinistischen

Modell der Sowjetunion verschrieben hatten, bedeutete Aufhebung des Privateigentums seine Verstaatlichung. Viele in der SED glaubten zu diesem Zeitpunkt vielleicht auch noch, daß die zentrale Planwirtschaft produktiver sein würde als das kapitalistische Wirtschaftssystem in der Bundesrepublik. Wie auch immer: Eine zwangsweise Verstaatlichung der Klein- und Mittelbetriebe erschien nicht opportun, da ein solches Vorgehen 1952/53 schon einmal katastrophal gescheitert war. Die SED versuchte es daher – zumindest offiziell – mit Freiwilligkeit. Sie bot den mittelständischen Betrieben eine staatliche Beteiligung (BSB) an und den privaten Handwerksbetrieben einen Zusammenschluß zu Produktionsgenossenschaften des Handwerks (PGH). Sie lockte die selbständigen Unternehmer mit dem positiven Versprechen, daß die halbstaatlichen Betriebe den staatlichen, »volkseigenen«, gleichgestellt würden. Das bedeutete, die Diskriminierung der Privatbetriebe bei Kreditaufnahme, Steuerprogression und vor allem bei der Rohstoff- und Material-Belieferung und -Zuteilung würde beendet werden. Gleichzeitig bedrohte man die Unternehmer, daß bei Ablehnung des »Angebots« genau an diesen Stellschrauben weiter gedreht werden würde. Den Verlockungen der SED mißtrauten die Mittelständler. Die Gefahr, ihre selbständige Existenz habe im Sozialismus keine Zukunft, schien ihnen viel realistischer – zu Recht, wie sich zeigen würde. Nur wenige konnten überzeugt werden, freiwillig ihren Betrieb in einen halbstaatlichen umzuwandeln oder eine PGH zu gründen. Die SED antwortete auf die mangelnde Begeisterung der Mittelständler ab Mai 1958 wieder mit einer verschärften Sozialisierungskampagne. Diese war gekennzeichnet durch Repressionen und Benachteiligungen. Viele Unternehmer entschieden sich, ihre Betriebe aufzugeben und immer mehr machten sich auf den Weg nach Westen. Die Fluchtbewegung selbständiger Handwerker und Privatunternehmer lag in den ersten 4 Monaten 1960 um über 44 Prozent höher als im Vorjahreszeitraum. Insgesamt 1.033 Handwerker und Unternehmer sowie 839 andere Gewerbetreibende suchten ihr Glück im Kapitalismus. Die Versorgung der Bevölkerung mit Waren und Dienstleistungen des alltäglichen Bedarfs wurde immer prekärer. Verschärfend kam hinzu, daß die parallele Kollektivierungskampagne in der Landwirtschaft die vorhandene Versorgungskrise im Lebensmittelbereich zusätzlich anheizte. Die Situation wurde unhaltbar. Im Herbst 1960 gab Ulbricht den »Befehl zur Beendigung der Sozialisierungskampagne«.[168]

Das Ende einer Institution: Die Kampagne für halbstaatliche Betriebe und Produktionsgenossenschaften war in erster Linie auf den produzierenden Sektor gerichtet. Den noch vielen kleinen und mittelständischen privaten Geschäften des Handels wurde zu diesem Zeitpunkt noch keine Aufmerksamkeit zu teil. Der Handel befand sich ohnehin in größter Abhängigkeit von staatlicher Belieferung und Zuteilung durch die »Volkseigenen Betriebe« (VEB). In Zeiten der Mangelwirtschaft war die bevorzugte Belieferung der staatlichen HO-Läden ein entscheidender Wettbewerbsnachteil für die privaten Geschäfte. Heinrichshofen gehörte zu jenen Mittelständlern, die von sich aus eine staatliche Beteiligung anstrebten, um mit den staatlichen Betrieben gleichgestellt zu werden. Ihm ging es vor allem darum, die Zeit bis zum Ende der SED-Herrschaft, d.h. der noch immer erhofften Wiedervereinigung Deutschlands, überstehen zu können. Tatsächlich besserte sich die wirtschaftliche Situation des Betriebes durch die staatliche Beteiligung spürbar. Auch scheint die Selbständigkeit des Unternehmens durch die staatliche Beteiligung nicht eingeschränkt worden zu sein.

Eineinhalb Jahre später, am 30. Juli 1961 flüchtete Ernst-Ludwig Heinrichshofen in »den Westen«. Zwar hatte sich die wirtschaftliche Situation seines Betriebes gebessert, doch die Unwägbarkeiten der SED-Politik blieben bestehen. Er empfand, daß nicht nur ein, sondern gleich mehrere Damokles-Schwerter über seinem Unternehmen hingen. Hinzu kam politisch-ideologischer Druck. Der staatliche Anteilseigner verlangte von Heinrichshofen und seinen leitenden Angestellten, diese sollten an einem Lehrgang in sozialistischer Ökonomie und Betriebsführung teilnehmen. Diese verordnete Weiterbildung wurde als Zumutung empfunden. Zudem mehrten sich die Anzeichen, daß die Grenze »dicht« gemacht werden würde. Die Hoffnung auf ein wiedervereinigtes Deutschland – in absehbarer Zeit jedenfalls – mußte fallen gelassen werden. Als er Mitte Juli erfuhr, daß alle Bestände an Stacheldraht aus dem Bezirk Magdeburg nach Berlin geschafft würden, war dies für ihn ein letztes alarmierendes Zeichen. Er entschied sich mit seiner Familie zur Flucht. Die Mutter Eva-Maria Heinrichshofen, die als angestellte »Hauptkassiererin« mit 525 MDN im eigenen Betrieb arbeitete,[169] blieb bis zu ihrer Verrentung und legalen Übersiedlung in die Bundesrepublik (1964) weiter bei der Heinrichshofen KG beschäftigt.

Mit der »Republikflucht« des Komplementärs Heinrichshofen am 30. Juli 1961 war dem Betrieb der private Eigentümer und geschäftsleitende Komplementär abhanden gekommen. Am 7. Dezember 1961 wurde die HO-Industriewaren Magdeburg zum Treuhänder über den Kapitalanteil des Gesellschafters Heinrichshofen eingesetzt. »Alle Verfügungs- und Vertretungsbefugnisse des Gesellschafters Ernst Ludwig Heinrichshofen ruhen während der Treuhandschaft.«[170]

Erich Honecker – der inzwischen Walter Ulbricht abgelöst hatte – nahm 1970 den Klassenkampf gegen das noch vorhandene Privatkapital in der DDR erneut auf. Mit seiner Kampagne für die Verstaatlichung der privaten und besonders der halbstaatlichen Betriebe wurde dem Mittelstand in der DDR entgültig der Garaus gemacht. Es fiel kaum auf, daß es nebenbei auch um die entschädigungslose Enteignung der privaten Eigentümer ging, die sich mittlerweile in die Bundesrepublik abgesetzt hatten. Mit der vollständigen Vernichtung des auf selbständige Klein- und Mittelbetriebe gestützten Bürgertums, »der Ausrottung der Bourgeoisie«, glaubte die SED – in ideologischer Verblendung –, ein zukunftweisendes Werk zu tun. Tatsächlich vertrieb sie damit vor allem den Citoyen, den städtischen Bürger, der um das Wohl und Wehe der Stadt bemüht war, der sich politisch, kulturell und ökonomisch für sein Gemeinwesen engagierte. Die dadurch vernichteten Arbeitsplätze sind ungezählt. Von diesem Aderlaß an politischem Engagement, ökonomischem und unternehmerischem Sachverstand und innovativem Potential haben sich die Länder (Bezirke) der ehemaligen DDR bis heute nicht erholt.

Am 16. März 1972 findet sich ein letzter Eintrag zur Firma Heinrichshofen im Handelsregister: »Der Gesellschafter Ernst Ludwig Heinrichshofen (Komplementär) – vertreten durch die Handelsorganisation – Industriewaren Magdeburg gemäß § 1 der AO Nr. 2 vom 20.8.1958 – scheidet mit Wirkung vom 1. Mai 1971 aus der Gesellschaft aus. Mit gleicher Wirkung wird das Volkseigentum gemäß VO vom 11.12.1968 – Rechtsträger Industrie- und Handelsbank der DDR – Filiale Magdeburg – Gesellschafter der Firma. Es nimmt die Rechtsstellung eines Komplementärs ein ... Mit der alleinigen Vertretung der Gesellschaft wird die Handels-Organisation – Industriewaren Magdeburg – als Kommanditist betraut ...«[171]

Der Firmenname blieb zunächst weiter erhalten. In der Würdigung zum 175. Jubiläum versuchte die *LDZ* dem Traditionsunternehmen Heinrichshofen etwas Gutes zu tun, indem sie hervorhob, daß es »als eine der ersten Handelsorganisationen der DDR« staatliche Beteiligung aufgenommen habe. Es scheint so, als ob die Miteigentümerin, Charlotte Heinrichshofen, die bereits 1945 Magdeburg verlassen hatte, also lange bevor es eine DDR gab und dies als Republikflucht kriminalisiert werden konnte, ihre Anteile behalten durfte. Im Handelsregister findet sich kein Hinweis, daß sie ebenfalls aus der Gesellschaft »ausgeschieden« sei. Sie und ihre Mutter sollen auch nach der Flucht von Ernst-Ludwig Heinrichshofen und der Übersiedlung von Frau Heinrichshofen in die Bundesrepublik an Gesellschafterversammlungen teilgenommen haben. »Sie hat uns immer Seife mitgebracht«, erinnert sich eine ehemalige Beschäftigte noch heute an die Besuche von Eva Maria Heinrichshofen. Der Betrieb wurde unter dem alten Namen »Heinrichshofen KG – GEGR. 1797 – Betrieb mit staatlicher Beteiligung« bis zum 31. Dezember 1982 weitergeführt. Dann wurde er von der Blockpartei CDU unter dem Namen »Wort und Werk« übernommen. Als Hinweis auf die Rechtsform stand das Kürzel VOB (Vereinigung organisationseigener Betriebe). Damit verschwand der Name Heinrichshofen aus dem Stadtbild. Die Traditionsfirma Heinrichshofen, eine kulturelle Institution in Magdeburg, hatte aufgehört zu existieren.

Im Stasi-Gefängnis – weitere Vernehmungen zur Sache

Motivation und Absicht: Nach der Einvernahme zur Person wurden die Vernehmungen am 3. Oktober 1967 fortgesetzt. Jetzt ging es zur Sache. Der Regieanweisung des Untersuchungsplans folgend, wollte die Stasi zunächst die näheren Umstände und die Motive erkunden, die Winkler zum Briefeschreiben veranlaßt hatten. Die erste Frage des Vernehmers lautete: »Wann faßten Sie den Entschluß, in Form von Hetzbriefen gegen Maßnahmen der Partei und Regierung der DDR aufzutreten und was waren Ihre Beweggründe dazu?« Rudolph Winkler antwortete ausweichend – vorausgesetzt, daß das Protokoll seine Aussage annähernd richtig wiedergibt. Er habe Ende 1962 oder Anfang 1963 den ersten Brief geschrieben. Der Anlaß sei ein Presseartikel gewesen, an den er sich heute – »trotz reiflicher Überlegungen« – nicht mehr erinnern könne. Diesem Artikel habe er »keinen Glauben« geschenkt, weil er »über die westdeutschen Rundfunk- und Fernsehstationen« anders informiert gewesen sei. Sein Ziel sei gewesen, dem Verfasser des Artikels zu beweisen, »daß es in der DDR noch Bürger gibt, die mit solchen Artikeln und den darin niedergeschriebenen Ansichten nicht einverstanden sind.« Insgesamt habe er »zirka 5 bis 7 Hetzbriefe« geschrieben.

Die Stasi war zu diesem Zeitpunkt im Besitz von 8 Briefen. Sie ging vorsichtig mit ihrem überlegenen Wissen um. Der Vernehmungsoffizier Benecke ließ sich nichts anmerken. Er blieb hartnäckig und fragte nach: »Welche Artikel nahmen Sie zum Anlaß, um dagegen in hetzerischer Form aufzutreten?« Winkler begann sich nun zu erinnern. Es sei eine solche Meldung, »wie über das damalige Bergwerksunglück in Lengede« gewesen, die ihn zum Briefeschreiben veranlaßt habe. »Ich war der Ansicht, daß unsere Presse ihre Leser ›falsch‹ darüber informierte und vor allem dagegen, daß die Schuldfrage bei den Konzernherren zu suchen sei. Außerdem nahm ich die Maßnahmen der Regierung der DDR vom 13.8.61 und die darüber gemachten Erklärungen in der Presse über die Notwendigkeit zum Anlaß, dagegen Stellung zu nehmen. Ich selbst sah darin eine Trennung zu meinen nächsten Verwandten, die sich auf Jahre hinziehen könnte und habe mich deswegen dagegen gestellt. Außerdem war ich der Ansicht, daß diese Maßnahme der Regierung der DDR ›falsch‹ ist und die Presseorgane der DDR durch ihre einseitige Berichterstattung diese ›falsche‹ Maßnahme noch unterstützt und somit ihre Leser nicht richtig informiert.« Er habe die *Volksstimme* und die Verfasser der Artikel »zu einer objektiven Berichterstattung« auffordern wollen, an Einzelheiten könne er sich aber nicht mehr erinnern. Er gab noch an, daß er die »Hetzbriefe« an die Redaktion der *Volksstimme*, den Redakteur, Herrn Kleine, an die Bezirksleitung der FDJ und »wahrscheinlich auch einmal an das CDU-Presseorgan *Neuer Weg* gesandt« habe.[172]

Klavier-Verkauf: Am 11. Oktober, also eine Woche später, folgte die nächste Vernehmung, diesmal zum Thema des An- und Verkaufs von Pianos. Es könnte sein, daß das eigentliche Thema die Aufklärung der Verbindungen zu den sowjetischen Offizieren war. Davon ist jedoch im Protokoll selbst nichts zu finden. Auch sind in den Unterlagen keine Hinweise mehr enthalten, daß die Stasi – wie noch im Untersuchungsplan vorgesehen – dem Spionage-Verdacht nachgegangen wäre.

Eine andere Möglichkeit ist, daß Rudolph Winkler selbst Anlaß zu dieser speziellen Vernehmung gab: Er hatte vier Tage nach seiner Verhaftung an den Geschäftsführer seiner Firma, Günther Franke, einen achtseitigen Brief geschrieben, in dem er penibel und detailliert Auskunft über die von ihm betreuten laufenden Geschäfte des Klavierverkaufs gab. Diesen Brief hatte die Stasi aufmerksam gelesen. Winkler beschrieb dort Unverfängliches wie die Fundorte seiner Ablage (Geschäftsbücher, Lagerbuch, etc.) und gab Hinweise, wie offene handwerkliche Aufträge und Fragen zu regeln seien. Er gab genaue Anweisungen für seine Mitarbeiter, den Techniker und den Polierer, welche Reparaturen noch durchgeführt werden müssen. So sollte u.a. am Bechsteinflügel – vermietet an Musikdirektor Dietrich – der Vorderdeckel eingebaut, der Flügel gereinigt und die Mechanik durchgesehen werden, sowie der Hammeranschlag abgezogen und im Diskant einzelne Töne durch Stechen[173] weicher gemacht werden. Er vergaß auch nicht, Franke zu bitten, den beiden Mitarbeitern eine zugesagte Extraprämie »5% = 20.-« für den Verkauf eines alten Klaviers auszuzahlen. Und er fragte nach, ob die »rechtzeitige Stimmung am Dienstag oder Mittwoch in der Stadthalle geklappt« habe, denn er wollte ursprünglich am Tage seiner Verhaftung mit dem Stimmer und seinem Techniker den Flügel der Stadthalle überprüfen.

Rudolph Winkler machte Vorschläge zur weiteren Abwicklung von bereits eingeleiteten Verkaufsverhandlungen. Insgesamt listete er 22 Einzelposten auf. Er wollte jedoch vor allem die »offenen finanziellen Dinge regeln.« Dabei ging es neben Kleinstbeträgen auch um größere Summen. So hatte er noch am Tage vor seiner Verhaftung, ein gebrauchtes Klavier »an eine Russin aus Altengrabow« (»Preis maximal bei 1300/1350.-«) und ein neues Klavier – »Geyer Piano, Mod. Goethe (Classic)« – für 2336.- an einen russischen Offizier, Oberstleutnant Berlow, verkauft. Da er diesen Betrag nicht mehr hatte einzahlen können, bat er Franke, das Geld, wie auch noch Beträge für verschiedene andere getätigte Geschäfte, bei seiner Frau abzuholen.

Er informierte besonders ausführlich über einen komplizierten, noch nicht abgeschlossenen Verkauf eines Klaviers »Römisch Piano, Mod. 104, Nussbaum poliert« für 2569.- Mark an Frau Moskowina, der Ehefrau von Major Moskowin. Diese hatte einen Tag nach dem Kauf das Klavier wieder zurückgebracht mit der Begründung, ihr hätte es zuhause »in der Form, in der Holzart und Farbe« nicht mehr gefallen. Winkler hatte das Klavier zurückgenommen, »weil die Frau so unglücklich war und das Klavier völlig einwandfrei«. Frau Moskowina wollte ihr Geld zurückhaben, war dann jedoch mit dem Kauf eines anderen Klaviers einverstanden. Die Verständigung war schwierig, weil Winklers Russisch für diese Auseinandersetzung nicht ausreichte. Winkler warnte nun Franke, daß Frau Moskowina trotzdem noch einmal kommen könnte, um den Klavierkauf rückgängig zu machen, denn das Zimmermann-Klavier würde voraussichtlich erst im 1. Quartal 1967 geliefert werden. Dies wäre nicht ungewöhnlich, »weil es laufend vorkommt, daß Russen das Geld plötzlich zurückhaben wollen, weil sie überraschend weg müssen oder aus anderen Gründen«.

In diesem Zusammenhang war Rudolph Winkler gezwungen, ein heikles Detail seiner Buchhaltung anzusprechen. Er hatte für diesen und ähnliche unsichere Fälle den Kaufpreis »zunächst auf das Zwischenkonto bei der Gewerbebank« eingezahlt. Auf diesem Konto befanden sich zudem der Betrag eines kürzlich verkauften anderen Klaviers und »Anzahlungen« anderer Kunden. Er gab dafür folgende Begründung; »Ohne Anzahlungen geht es auch nicht, weil man dann mit den fertigen Klavieren wartet und die Besteller sind dann längst fort. So melden sie sich wenigstens um die Anzahlung zurückzufordern.« In anderen Worten: Winkler informierte seinem Geschäftsführer, daß er ein Privatkonto zur Regelung von Geschäftsangelegenheiten geführt hatte. Er schlug Franke vor, er solle sich, falls noch Unklarheiten bestünden, um eine Sprecherlaubnis bemühen und verabschiedete sich mit »Herzl. Grüße an alle.«[174]

Briefe an Adlershof und Gehlmann: Am 17. Oktober ging es weiter mit der Vernehmung. Rudolph Winkler bestätigte seine bisherige Aussage, 5 bis 7 »Hetzbriefe« geschrieben zu haben, ergänzte jedoch, daß er noch einen weiteren geschrieben habe. Dieser sei von ihm nicht abgeschickt, sondern einen Tag nach der Fertigstellung wieder vernichtet worden. Der Vernehmer ermahnte Winkler, »wahrheitsgemäße Aussagen zu machen«. Winkler erinnerte sich daraufhin, daß er »wahrscheinlich« noch einen weiteren Brief geschrieben habe und zwar an den *Deutschen Fernsehfunk, Berlin Adlershof.* Ein genaues Datum könne er nicht mehr nennen. Es sei es eine Reaktion auf die Sendung »Der schwarze Kanal« gewesen. Der Kommentator Schnitzler habe ihm nicht gefallen. Dessen Sendung sei tendenziös und gehässig gewesen. Im Einzelnen wisse er jedoch »beim besten Willen« nicht mehr, was er geschrieben habe.

Die Nachfrage der Stasi in Adlershof beim *DFF* und in der »Fachabteilung des MfS in Berlin« ergab, daß kein anonymer Leserbrief mit der »Tatmaschine des W.« aufgefunden worden war.[175]

Der Vernehmer legte nun nach: Dem »Untersuchungsorgan« sei bekannt, daß Winkler Hetzbriefe an Personen außerhalb Magdeburgs geschrieben habe. Der Stasi waren bei der Durchsuchung des Arbeitsplatzes von Winkler 12 Blatt Kohlepapier in die Hände gefallen. Ein Teil dieser Blätter ließ noch lesbare Wörter und Sätze erkennen. Diese Blätter schickte das MfS am 22. September 1966 nach Berlin zur Technischen Untersuchungsstelle mit der Bitte, zu prüfen, ob damit »Hetzbriefe« geschrieben worden, bzw. ob »Hetztexte« darauf ersichtlich sind.[176] Am 5. Oktober teilte die Untersuchungsstelle ihr Ergebnis mit, u.a., daß auf einem Blatt, die Anschrift des Volkskorrespondenten Gehlmann zu erkennen sei und einige wenige Bruchstücke und Zeilen des Briefes. Winkler gab nun zu, daß er auch einen »Hetzbrief« an Gehlmann geschrieben habe. Über den Inhalt dieses Briefes könne er jedoch keine Angaben mehr machen, außer daß er sich über einen Artikel von Gehlmann in der *Volksstimme* »erbost« habe. Zu seiner Absicht befragt, wiederholte er die verschiedentlich gemachten Angaben, er wollte die Autoren bewegen »objektiver« zu berichten, etc.

Die Stasi vernahm Gehlmann am 4. November zu diesem Brief. Außer den bereits zitierten Aussagen zum Inhalt des Briefes wollte die Stasi von Gehlmann wissen, welche Wirkung der Brief auf ihn gehabt und was er unternommen habe. Gehlmann gab zu Protokoll: »Mein Eindruck auf den Verfasser dieses Hetzbriefes ist der, daß dieser Mensch ein Feind der DDR ist … Ich selbst fühle mich als Volkskorrespondent von dem Verfasser des Hetzbriefes in einer übelsten Form angegriffen und verleumdet.« Den Brief habe er »unmittelbar« dem Kreisredakteur der *Volksstimme* in Oschersleben mit dem Vermerk weitergegeben, ihn »zu verbrennen oder zu entsprechenden Stellen weiterzuleiten.« Gehlmann identifizierte den Brief an Hand der lesbaren Fragmente auf dem Kohlepapier.[177]

Offener Brief der SED an die SPD: Am 24. Oktober vernahm die Stasi Rudolph Winkler zu einem weiteren Brief, von dessen Existenz sie nur durch die Analyse des Kohlepapiers wußte, und von dem auch nur Bruchstücke entziffert werden konnten.[177] Winkler versuchte zunächst abzustreiten. Der Vernehmer hielt Winkler konkret vor, er habe »in hetzerischer Weise auch Briefe über den *Offenen Brief des ZK der SED an die SPD* verfaßt und verschickt« und er solle hierzu »wahrheitsgemäße Aussagen« machen. Winkler versuchte weiter, sich herauszureden. Er gab nur zu, daß er an dem *Offenen Brief der SED* und der Entwicklung des Gesprächs zwischen SED und SPD interessiert gewesen sei und sich darüber Notizen aus dem *Neuen Deutschland* gemacht habe. Diese schon zitierten handschriftlichen Notizen hatte die Stasi bei der Hausdurchsuchung ebenfalls gefunden. Winkler bestritt, daß diese Notizen zur Abfassung eines »Hetzbriefes« dienen sollten. Ihm sei nicht mehr erinnerlich, einen solchen Brief verfaßt zu haben.[179] Der Vernehmer wußte es besser, gab sich jedoch zunächst mit dieser Aussage zufrieden.

Westzeitungen: Am 26. Oktober wollte die Stasi Näheres zu den 67 westdeutschen Zeitungen und Zeitschriften wissen, welche sie bei der Durchsuchung der Wohnung gefunden hatte. Winkler erklärte dazu, daß er diese Zeitungen und Zeitschriften von seinen in Westdeutschland lebenden Verwandten und Bekannten erhalten habe. Sie hätten ihm diese bei ihren Besuchen überlassen, oder den Paketen beigefügt. Er habe allerdings niemals darum gebeten. Eher sei es umgekehrt gewesen: »Von mir ist auch wiederholt darauf verwiesen worden, daß sie das Zusenden von derartigen Zeitschriften unterlassen sollen. Es wurde aber nicht beachtet.«

Die Stasi wollte die Namen derjenigen wissen, die ihm Zeitschriften zugesandt hatten. Rudolph Winkler nannte Namen – sie sind im Protokoll geschwärzt –, und sagte aus, daß er in einem Falle *Die Zeit* in einem Paket von seiner Tochter Christine erhalten habe, die in Bielefeld wohne.*

Er erklärte, daß er diese Zeitungen und Zeitschriften gelesen habe, um sich ein Bild über die westliche Meinung zu machen. Außer ihm haben nur noch seine Frau und sein Sohn Zugriff darauf gehabt. »Von mir wurde strengstens verboten, diese Zeitschriften an Freunde und Bekannte weiterzugeben, und ich habe diese im meinem Schlafzimmer aufbewahrt, damit bei eventuellen Besuchen von Freunden oder Bekannten diese Zeitungen erst gar nicht gesehen wurden.« Die nicht mehr benötigten Exemplare habe er dann »nach und nach verbrannt, bzw. zerrissen und in den Müll geworfen.«[180]

Welche Schlüsse die Stasi aus den Aussagen für ihre Verschwörungstheorie, Winklers Tun sei Teil der »PiD des Feindes«, gezogen hat, läßt sich nicht ergründen. Deutlich wird in dieser Vernehmung jedoch, für wie bedrohlich das Lesen von Westzeitungen von denjenigen erachtet wurden, die das Glück hatten, welche zu bekommen. Dabei war der Besitz von westdeutschen Zeitungen und Büchern nicht strafbar. Die SED hatte »nur« den Vertrieb von Westmedien in die DDR verboten bzw. nicht »lizenziert«.

Einstellung zum Sozialismus: Am 3. November ging es nochmals um Winklers Einstellung zu den politischen Verhältnissen in der DDR. Warum diese erneute Vernehmung erfolgte, läßt sich nur vermuten. Nahe liegt, daß die

* Diese Angabe von Winkler war falsch. Seine Tochter hatte nie in Bielefeld gewohnt, war aber immer in Bielefeld polizeilich gemeldet, hatte also formal ihren 1. Wohnsitz dort, um einen Reisepaß der Bundesrepublik Deutschland erhalten zu können. Mit einem Westdeutschen Reisespaß konnte man nach dem Mauerbau relativ umstandslos von West-Berlin für einen Tag nach Ost-Berlin einreisen. Viele West-Berliner hatten eine solche »doppelte« Staatsbürgerschaft. Winkler wollte diese Möglichkeit, seine Tochter in Ost-Berlin sehen zu können, nicht gefährden.

Stasi mit Winklers Einlassungen vom 20. und 30. September noch nicht zufrieden war. Er wurde offenbar gedrängt, seine damalige Aussage, er habe keine allgemein feindliche Einstellung zu den bestehenden Verhältnissen gehabt, zu korrigieren. Er erklärte jetzt, daß sich bei ihm in Wirklichkeit doch »nach und nach eine feindselige Einstellung zu den bestehenden politischen und gesellschaftlichen Verhältnissen in der DDR entwickelte, die sich in den Jahren nach dem 13.8.1961verstärkt herausbildete.«

Erneut mußte er ausführen, gegen was sich seine Ablehnung »im besonderen« gerichtet habe. Im Grunde hatte er schon alles gesagt. Doch machte er nun genauere und zusätzliche Angaben: »Sie [seine Ablehnung, M.S.] richtete sich besonders gegen die bis ins kleinste durchgeführte Umgestaltung der Gesellschaft in eine sozialistische. Ich betrachte es z.B. als rigorose und ungerechte Maßnahme, daß man die kleinkapitalistischen Betriebe der Industrie und Landwirtschaft einfach sozialisierte und zu Genossenschaften etc. zusammenschloß. Ich bin überzeugt, hätte der Staat diese Betriebe als kapitalistische belassen und eine freie Marktwirtschaft, wie sie in Westdeutschland besteht, zugelassen, könnte man zufriedenstellend in der DDR leben … So hat man auch in den vergangenen Jahren die privaten bäuerlichen Betriebe gezwungen, in die LPG einzutreten oder private Geschäftsunternehmen indirekt gezwungen, ihr Geschäft aufzugeben. Ich bin der Meinung, wenn ein bäuerlicher Betrieb oder ein Handelsunternehmen, durch Generationen hindurch einer Familie gehörte, der Staat nicht einfach das Recht hat, dem Eigentümer dies wegzunehmen. [Anspielung auf seine Firma Heinrichshofen, die 1960 in eine KG mit staatlicher Beteiligung umgewandelt wurde, M.S.] Meiner Auffassung nach hat deshalb auch die Fluchtbewegung nach Westdeutschland eingesetzt. Auch andere Bürger der DDR gingen nach Westdeutschland, weil sie mit den in der DDR vorherrschenden Verhältnissen nicht einerverstanden waren. Aus all diesen Gründen wurde ja dann nach meiner Auffassung auch am 13.8.1961 die ›Mauer‹ in Berlin gebaut, die eine Auswirkung der Politik Walter Ulbrichts ist und die Fluchtbewegung aufhalten sollte.«

Persönlich sei er deshalb verärgert, weil seine Tochter nicht zum Studium an der Humboldt-Universität in Berlin zugelassen wurde, »nur weil ich seinerzeit Prokurist der damaligen Privatfirma Heinrichshofen in Magdeburg war und meine Tochter nicht aus einer Arbeiterfamilie stammte. Der Erfolg war, daß sie republikflüchtig wurde und in Westdeutschland ihr Studium durchführte.« Zusätzlich gab Rudolph Winkler (laut Protokoll) als Grund für seine Haltung an, daß er durch sein »ständiges Orientieren auf die Sendungen westlicher Rundfunk- und Fernsehstationen und durch den Erhalt von Westzeitschriften … im feindlichen Sinne gegen die DDR beeinflußt [wurde].« Er habe »ständig« die Rundfunk-Nachrichten und -Kommentare gehört, die sich mit den Verhältnissen in der DDR beschäftigten und dabei den Eindruck gewonnen, »daß sie sehr objektiv waren und vor allem frei von Tendenzen«. Als er sich Anfang der sechziger Jahre einen Fernseher kaufen konnte, seien neben Unterhaltungssendungen die *Tagesschau, Panorama, Report*, das *Mitteldeutsche Tagebuch* und der *Internationale Frühschoppen* seine bevorzugten Sendungen gewesen. Der Vernehmer legte Rudolph Winkler zwei handschriftlich beschriebene Zettel mit Programmhinweisen von ARD und ZDF vor, die bei der Hausdurchsuchung beschlagnahmt worden waren.[181] Winkler erklärte dazu, daß dieses private Fernseh-Programm von ihm selbst oder seiner Frau erstellt wurde. Die Informationen hätten sie der Wochenvorschau, die jeden Sonntag um 11Uhr gesendet wurde, entnommen.[182] Damit hatte die Stasi Aussagen erhalten, mit denen sie erklären konnte, warum Winkler zum »Feind« der DDR wurde.

Zehn Briefe: Am 8. November wurde der Faden »Hetzbriefe« wieder aufgenommen. Winkler räumte nun ein, daß sich – entgegen seiner ursprünglichen Annahme – die Anzahl der Briefe auf zirka 10 belaufe. Er bestätigte, daß er die Briefe nach Geschäftsschluß in seinem »Büroraum« auf der ihm »dort zur Verfügung stehenden Schreibmaschine« geschrieben habe und gestand, daß er zur Wahrung seiner »Anonymität und Sicherheit« die Briefe im Durchschlagverfahren hergestellt habe. Welche und wieviel Briefe er versandt habe, könne er heute jedoch nicht mehr genau sagen. Erneut mußte er seine Adressaten nennen und zu seinen Absichten Stellung nehmen. Auch hier wiederholte er im wesentlichen nur, was er bereits zu Protokoll gegeben hatte.[183]

Vom 11. bis 29. November erfolgten sechs weitere Vernehmungen. Winkler wurde nun konkret zu den Inhalten seiner Briefe befragt. Der Vernehmer legte ihm die Briefe vor und forderte Winkler nach einem immer gleichen Schema auf, dazu Stellung zu beziehen: Zuerst mußte er bestätigen, daß der vorgelegte Brief von ihm verfaßt wurde, dann wurde er nach Zeitpunkt, Ort, Versandart, Anlaß und Inhalt befragt. Auch die Gründe, die ihn bewogen hatten, einen Brief zu schreiben, mußte er nochmals nennen. Die Ausführungen zu den Inhalten der Briefe sind weitgehend identisch mit den Briefen selbst. Begonnen wurde mit dem Brief zum Lengede-Unglück und vorerst geendet mit dem Brief an Klaus Kleine.[184]

Einen Tag vor dieser Vernehmung hatte sich Benecke zu Klaus Kleine begeben, um mit ihm über den an ihn gerichteten »Hetzbrief« zu sprechen. Kleine sagte aus, daß er sich durch diesen Brief »in seiner staatlichen Tätigkeit als verantwortlicher Redakteur eines sozialistischen Presseorgans angegriffen und diskriminiert« gefühlt habe. Da die Leserbriefe »infolge des Geschäftsganges durch mehrere Hände der Angestellten der Redaktion« gingen, sehe er außerdem die Gefahr, daß sich dadurch »Zweifel an der objektiven Berichterstattung ergeben können.« Eine weitere Gefahr bestünde darin, »daß der Wortlaut von diesen Hetzbriefen sinngemäß von Angestellten der *Volksstimme* nach außen getragen werden kann, was zu falschen Schlußfolgerungen über die Berichterstattung der *Volksstimme* führt.«[185] Diese Aussage Kleines wurde als Beweisstück in die Hauptverhandlung eingeführt. Am 31. Oktober bestätigte Kleine schriftlich die Echtheit des ihm vorgelegten Briefes, den er am 14. oder 15. August von der Poststelle der Redaktion ungeöffnet erhalten und den »Sicherheitskräften« zugeleitet habe.[186]

Am 2. und 5. Dezember wurden ihm die beschlagnahmten Bögen Blaupapier vorgelegt, auf denen die Rudimente der Briefe an den Volkskorrespondenten Gehlmann und an die *Volksstimme* anläßlich des *Offenen Briefes der SED* sichtbar waren. Winkler bestätigte, daß er letzteren Brief zwar geschrieben, aber nicht abgesandt habe.[187]

Rudolph Winkler glaubte aufatmen zu können. Die Vernehmungen zu allen aufgefundenen Briefen waren überstanden. Seinem Tagebuch vertraute er an: »Letzte Vernehmung betr. Briefe.«

Vorläufig abschließende Vernehmung: Nach dieser Vernehmung trat – soweit aus den Unterlagen ersichtlich – eine große Pause ein. Erst am 3. Februar 1967 erfolgte eine weitere Vernehmung. Winkler wurde vor allem zu der speziellen Art und Weise seiner Tarnungsmaßnahmen befragt. Er gab an, daß er sich im Klaren darüber gewesen sei, daß seine »Hetzbriefe« sich gegen die gesellschaftlichen Verhältnisse in der DDR richteten, und daß seitens der staatlichen Stellen versucht werden würde, den Verfasser und Absender der Hetzbriefe zu ermitteln. Nochmals mußte er zu seinen Absichten Stellung nehmen und scheinbar standhaft wiederholte er bereits gemachte Aussagen.[188] Damit hätte der Untersuchungsvorgang beendet und das Verfahren für die Eröffnung der Hauptverhandlung eingeleitet werden können. Doch das Ende der Untersuchung und damit der Untersuchungshaft sollte sich um Monate verzögern.

Drei neue »Hetzbriefe«: Am 27. Februar 1966, Benecke hatte seinen Schlußbericht abgeschlossen, und die Stasi hatte den Vorgang schon der Staatsanwaltschaft übergeben, wurde ihm durch Kislat, den maßgeblichen Akteur des Operativ-Vorganges, mitgeteilt, daß bei einer nochmaligen Überprüfung des Bestandes an »Hetzbriefen« drei anonyme Briefe mit »hetzerischem« Inhalt entdeckt wurden. Diese Briefe würden inhaltlich ähnliche Redewendungen aufweisen wie die vom »Beschuldigten Winkler, Rudolph in seinen Hetzbriefen gebrauchten«. Die drei »Hetzbriefe« seien im Juli 1961 verfaßt und an die Redaktion der *Volksstimme*, an das *Neue Deutschland* und an den Schriftsteller Peter Hamm[189] gerichtet worden. Allerdings habe die Überprüfung der Schriftmerkmale ergeben, daß diese Briefe nicht mit der »Rheinmetall« geschrieben wurden. »Ungeachtet dessen wurde auf Grund der vorhandenen inhaltlichen Merkmale der Beschuldigte W. zu den Hetzbriefen an die Redaktionen der *Volksstimme* und des *Neuen Deutschland*« am 3. März 1967 vernommen.[190] Und zwar zunächst nur zu diesen beiden Briefen und von der Abteilung Operativ. Winkler konnte hoffen, sein Brief an Peter Hamm sei der Stasi entgangen – falls er sich an dieses 5 Jahre zurückliegende Ereignis überhaupt erinnerte. Zu den vorgelegten Briefen hatte er laut Kislat geäußert, »daß er aus dem Inhalt heraus gesehen der Verfasser dieser Hetzbriefe sein muß, will sich aber im einzelnen nicht mehr dazu entsinnen können. Er nimmt sehr stark an, diese Hetzbriefe im Juli 1961 verfasst zu haben unter Verwendung seiner eigenen Schreibmaschine Marke ›Erika‹[191]. Zu dem Brief an Peter Hamm war Winkler »aus konspirativen Gründen« nicht vernommen worden, da dieser Brief von der Abtl.-M – (Postkontrolle) konfisziert worden war. Die Stasi wollte damit ihre zwar allseits bekannte, aber gleichwohl unter größter Geheimhaltung vollzogene Postkontrolle decken.

Die drei neu gefundenen »Hetzbriefe« wurden wieder nach Berlin zur Auswertung gegeben. Da zu diesem Zeitpunkt noch nicht entschieden war, wie man mit dem Brief an Peter Hamm umgehen wollte, bat man sogar um zwei getrennte Gutachten.[192] Das offizielle Gutachten der Technischen Untersuchungsstelle wurde am 31. März ausgestellt. Die Techniker kamen zu dem Schluß, daß die Merkmale der Schriftproben mit den Briefen keine kategorische Festlegung erlaubten und formulierten vorsichtig: »Es sind Gründe vorhanden, um anzunehmen, daß die vorliegenden drei umstrittenen Briefe mit der Schreibmaschine Marke Erika, Fabr.-Nr.: 00111 geschrieben wurden.«[193]

Ende Mai, also fast drei Monate nach der Vernehmung zu den beiden Briefen von 1961, wurde Winkler erneut vernommen – diesmal wieder von der Abteilung Untersuchung. Bemerkenswert ist, daß nicht Benecke, sondern ein neuer Vernehmer, Unteroffizier Pflug, auftrat. Aus diesem Protokoll sind mögliche Zweifel, wer der Verfasser sein könnte, nicht mehr ersichtlich. Winkler gestand, diese Briefe verfaßt und verschickt zu haben und erinnerte sich genau, daß er diese Briefe auf der Reiseschreibmaschine seines Sohnes geschrieben hatte.[194]

Die Vernehmungen hatten damit immer noch kein Ende gefunden. Am 1. Juni sollte Winkler zu den Eintragungen in seinem Notizbuch Stellung nehmen. Die Stasi wollte wissen, welche Westkontakte er hatte, woher die Adressen stammten und mit welchen Personen er in Verbindung stand. Winkler erklärte, daß dies zum Teil die Adressen seiner Verwandten und zum Teil die Adressen von ehemaligen Magdeburgern seien. Feste Verbindungen bestünden jedoch nur zu seinem Bruder, seinem Schwager und seiner Schwägerin sowie zu seiner Tochter. Zu der Mehrzahl der Personen, die in diesem Notizbuch aufgeführt waren, habe er »entweder nur postalische oder überhaupt keinen Verbindungen mehr.« Von den Verwandten bekomme er des öfteren Pakete mit Lebensmitteln, Kleidungsstücken und »gelegentlich« auch Zeitschriften. In den Briefen tausche man sich jedoch meist nur über familiäre Dinge aus. »Über politische Fragen wurde so gut wie nie gesprochen.«[195]

Unvermittelt stellte der Vernehmer die Frage, »wieviel Hetzbriefe« er nach Westdeutschland geschrieben habe. Winkler antwortete ausweichend, daß, soweit er sich erinnern könne, er keine »Hetzbriefe« nach Westdeutschland versandt habe.[196] Diese Frage war besonders perfide. Winklers geheimen Tagebuchnotizen zufolge fand nämlich noch am selben Tag, an dem dies gefragt wurde, die Vernehmung zu seinem Brief an den westdeutschen Schriftsteller Peter Hamm statt. Hier findet sich der Eintrag: »1.6. – Vernehmung wg. Peter Hamm.«[197] Von dieser Vernehmung ist in den Akten kein Protokoll vorhanden.

Am 8. Juni 1967 verständigte sich der Leiter Abteilung IA der Staatsanwaltschaft Wagner mit dem Leiter Untersuchungsabteilung des MfS Luban darüber, daß Winklers Brief an Peter Hamm nicht zum Gegenstand der Anklage gemacht werden soll, hingegen die Briefe an die *Volksstimme* und an das *Neue Deutschland* von 1961.[198]

Das Gefängnistagebuch: Im Nachlaß Winkler befindet sich in einem Briefpaket ein vergilbtes Kuvert mit der Aufschrift »Memorieren«. Das Kuvert enthält nur ein Blatt Papier. Es ist zweimal gefaltet, so daß sich mit Vorder- und Rückseite insgesamt 8 kleinformatige Seiten ergeben. Jede Seite ist eng mit kleiner Handschrift vollgeschrieben. Es ist das – schon mehrmals erwähnte – von Rudolph Winkler geführte Gefängnis-Tagebuch. Er muß es geheim geführt haben, denn es finden sich darauf Namen und Begebenheiten, die die Stasi nachweislich geheimhalten wollte. Wie es Winkler gelungen war, dieses Blatt Papier vor den Augen der Stasi verborgen zu halten, die ja verschiedentlich seine Zelle und seine Utensilien durchsuchten, läßt sich nicht mehr erfahren. Auch nicht, wie es ihm gelang, es aus dem Knast zu schmuggeln. Angefangen vom 20. September 1966 bis zum 4. Juli 1967 gibt es fast für jeden Tag einen Eintrag in Stichworten.

Dieses Tagebuch ermöglicht eine genaue Rekonstruktion der Untersuchungshaft und die Kontrolle der Angaben aus den Stasiunterlagen. Es enthält viele zusätzliche Informationen über den Gefängnisalltag. Dadurch läßt sich erfahren, wie oft ihn sein Sohn Wolfgang und seine Ehefrau besucht haben, wann und wie oft er an seine Frau schreiben durfte, wann er ihre Antworten bekommen hat, wie oft seine Tochter und andere Angehörigen an ihn geschrieben haben, wie oft sein Rechtsanwalt bei ihm

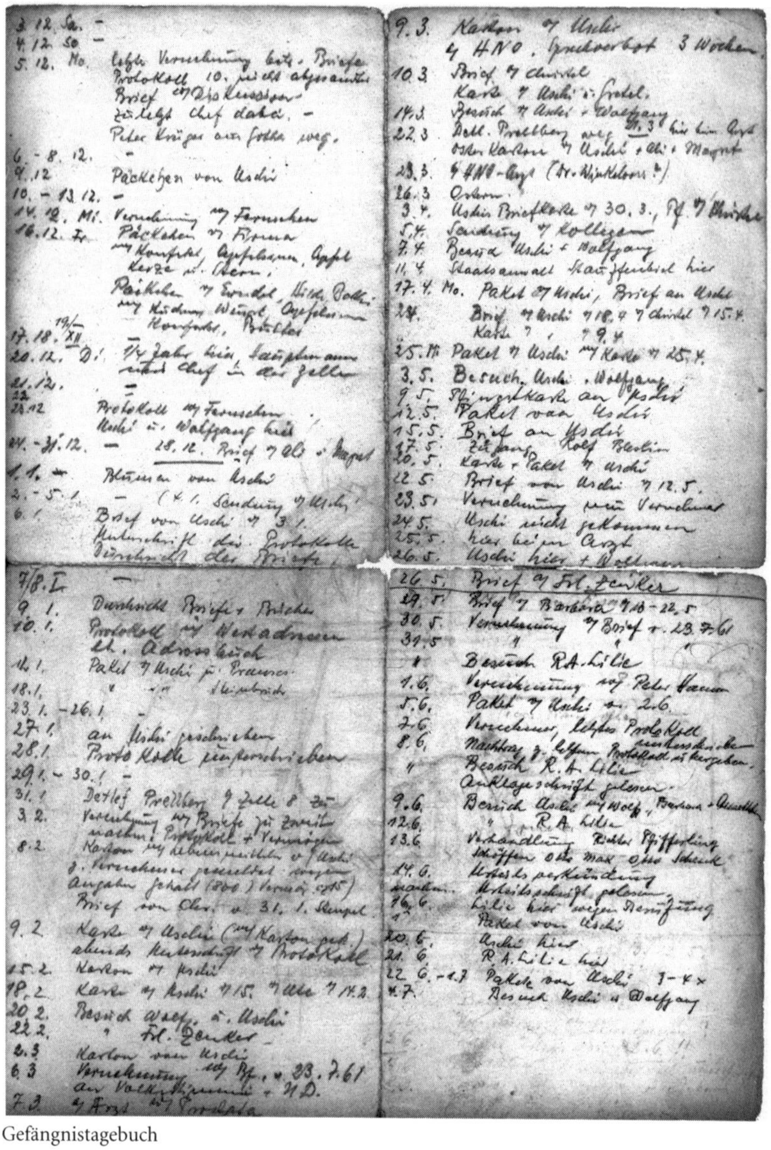

Gefängnistagebuch

war, wie lange er in Einzelhaft war und wann er mit einem weiteren Häftling die Zelle teilen mußte. Er notierte sich die Namen und sogar Adressen dieser Mithäftlinge – was sicher nicht im Interesse der Stasi gelegen haben dürfte. Hier ist aufgezeichnet, wann welche Vernehmungen stattfanden. Es läßt sich so feststellen, daß Vernehmungen stattgefunden haben, von denen es in den Akten keine Spuren gibt. Hier habe ich die Notiz der Vernehmung zum Brief an Peter Hamm gefunden, und was noch wichtiger war, hier habe ich den in den Unterlagen geschwärzten Namen dieses westdeutschen Schriftstellers erfahren. Erst jetzt konnte ich die Entstehungsgeschichte des ersten Leserbriefes nachvollziehen.[199]

Eher selten sind Einträge, die Auskunft darüber geben, wenn ihn etwas besonders bewegt hat. So u.a., als die *Volksstimme* am 8. November 1966 berichtete, daß in Florenz 8000 Gemälde schwer beschädigt wurden.

Die Angehörigen: Die Stasi begann schon Tage vor der Verhaftung, Winkler zu beschatten. Aus einem »Informationsbericht« geht hervor, daß er und seine Ehefrau ihren Sohn am 18. September besuchen wollten. Sie trafen jedoch nur ihre hochschwangere Schwiegertochter an. Diese erzählte, daß sie in drei Tagen zur Entbindung ins Krankenhaus müsse.[200]

Nach der Verhaftung wurde sein Sohn Wolfgang – und wahrscheinlich die Wohnung seiner Eltern – weiter überwacht. Die Berichte enthalten überwiegend Banales. Als Wolfgang Winkler seine Frau am 24. September im Krankenhaus besuchen wollte, war ihm die Stasi auf den Fersen. Der »Informationsbericht« enthält nur die Aussage einer »Schwester Ellie«, er könne seine Frau nicht sehen, da diese schon im Kreissaal wäre.[201] Noch am gleichen Tag wurde seine Tochter Anette geboren. Die Stasi war wieder dabei, als Wolfgang seine Mutter im Krankenhaus besuchte. Diesmal fand sie es wichtig, festzuhalten, daß er seiner Mutter von der Geburt ihres Enkelkindes berichtete.[202] Am 4. Oktober wurde das Gespräch von Wolfgang Winkler mit einer »Dame« belauscht. Der Bericht enthält außer der Information, daß er der Dame von der Verhaftung seines Vaters und dem Nervenzusammenbruch seiner Mutter erzählte, nichts.[203] Es gibt noch eine Reihe weiterer Berichte, die jedoch alle nur belanglose private Informationen aufzeichnen oder den Klatsch und Tratsch im Treppenhaus wiedergeben.

Interessanter für die Stasi hätte ein Spitzelbericht von IM »Axel Sekt« sein können. Dieser hatte berichtet, daß Wolfgang »ca. 25 Jahre alt von Beruf Ingenieur« zu den Hausbewohnern geäußert haben soll, »alles hätte man Gott sei Dank nicht gefunden.« Auch wußte er konkrete Details aus dem Umfeld der Familie Winkler: »Nach Ausführungen einiger Hausbesucher soll Fam. Winkler nicht sehr aufwendig leben, aber doch einige Anschaffungen gemacht haben, die speziell den Hausbewohnern aufgefallen sind, u.a. sollen sie die Hausbewohner … gebeten haben, für sie 500 bis 600 MDN auf ihr Sparkassenbuch einzuzahlen. Die Hausbewohner vermuteten damals, daß diese Zuwendung von einem Freund von Winkler, Herrn Dr. Pr. stammte. Es wird jetzt vermutet, daß diese Gelder aus irgendwelchen Nachrichtendiensten geflossen sind.«

IM »Axel Sekt« stellte auch seine eigenen Spekulationen zur Verfügung: »Ich persönlich halte es durchaus für möglich, daß Herr W. auf Grund seines Berufes irgendwie nebenbei Geld verdient hat und beim An- oder Verkauf von Klavieren Geld nebenbei verdienen konnte.«[204] Aus den Unterlagen läßt sich nicht erkennen, ob die Stasi diesen Fingerzeigen gefolgt ist und weitere Nachforschungen angestellt hat. Ein weiterer Informationsbericht vom 12. November 1966 enthält eine Beschreibung über den gesundheitlichen Zustand von Frau Winkler: »Frau Winkler ist seit gestern wirklich etwas ruhiger geworden. Sie ist aber der Meinung, daß sie nie wieder richtig gesund werden kann. Alle Leute tratschen, und jeder klatscht, das hält sie einfach nicht mehr aus. Frau Winkler ist nach diesen Worten sofort der Gesprächsstoff ausgegangen.«[205] Damit enden die vorhandenen Informationsberichte.

Die Verhaftung und Wohnungsdurchsuchung hatten bei Ursula Winkler einen Schock und Verfolgungsangst ausgelöst. Sie fürchtete, jeden Augenblick von der Stasi abgeholt zu werden. Die Familie ihres Sohnes hatte sie zunächst zu sich genommen, doch ihr Zustand verschlimmerte sich derartig, daß sie schließlich 6 Wochen in der Nervenklinik Strubestift in Magdeburg stationär behandelt werden mußte. Benecke verfertigte am 27. Oktober 1966 einen Aktenvermerk, in dem er festhielt, daß Frau Winkler »als Zeuge« (sic!) nicht vernommen werden könne, da sie einen Nervenzusammenbruch bei der Inhaftierung Winklers erlitten habe und nach Auskunft des behandelnden Arztes »auf unbestimmte Zeit nicht vernehmungsfähig« sei.[206] Ihr Gesundheitszustand besserte sich zwar, jedoch konnte sie im gesamten Ermittlungsverfahren nicht mehr vernommen werden.

Rudolph Winkler scheint von dem schlechten Zustand seiner Frau erfahren zu haben. Als er am 30. September 1966 den ersten Brief an sie schreiben durfte, lauteten die ersten Sätze: »Verzeihe mir, daß ich Dir diesen entsetzlichen Kummer bereite. Du konntest ja auch nicht ahnen, daß ich solchen Irrsinn begehe. Nun sitze ich hier in Untersuchungshaft und habe Zeit, über verschiedenes, besser über mein ganzes Leben nachzudenken und komme dabei doch zu manchen Erkenntnissen, zu denen es in der Hetze des Alltags nicht gereicht hätte.« Er versuchte, seine Frau zu beruhigen, indem er ihr mitteilte, sie müsse sich keine Sorgen um ihn machen, »die Behandlung und auch die Verpflegung sind durchaus gut.« Viel eher sorge er sich um ihren »seelischen und gesundheitlichen« Zustand. Er empfahl ihr seine Schwester Gretel als Hilfe, und beschwor sie: »Halte bitte durch und schreibe mir baldigst.«[207]

Elf Tage benötigte die Stasi für die Entscheidung, den Brief weiterzuleiten. Erst am 24. Oktober erhielt er den Antwortbrief seiner Frau.[208] Dieser Brief ist nicht überliefert, doch seine Reaktion darauf legt nahe, daß sie gute Nachrichten mitgeteilt hatte: »Gott sei Dank weiß ich nun, daß es Dir gesundheitlich wenigstens leidlich geht und daß Du tapfer durchhalten willst ... Ich habe mir viel Sorgen um Euch gemacht.« Und wieder versucht er seine Angehörigen zu beruhigen mit undramatischen Informationen über sein Wohlergehen. Er schrieb, ihm selbst ginge es den »Umständen nach gut bis auf Puste und Herz, was ja aber nicht neu ist.« Die Verpflegung sei ausreichend, sanitäre Betreuung sei vorhanden und auch die »Behandlung« sei »human«.[209] Dieses Muster, über die Schilderung erträglicher Haftbedingungen beruhigend nach außen zu wirken, durchzieht sämtliche Gefängnisbriefe: »Abends kam noch der Leiter der Anstalt zu mir und überbrachte mir einen bunt gefüllten Weihnachtsbeutel mit Stollen, Pfefferkuchen, Äpfeln, Nüssen, Bonbons etc. Das war wirklich eine Überraschung und für mich wiederum ein Beweis für die humane Grundhaltung hier und außerdem etwas zum Nachdenken. Jedenfalls habe ich mich sehr gefreut, und so habe ich an meinem weihnachtlich geschmückten Tisch den Heiligabend gut überstanden.«*

Die Nachricht von der Verhaftung des Vaters und dem schlechten Gesundheitszustand der Mutter erreichte auch die Tochter in West-Berlin. Sie war vor allem um ihre Mutter besorgt und versuchte ihr Mut zu machen: »Schon Dich bitte und denke immer daran, daß Du Dich noch für Deine Kinder – und auch für Deinen Mann erhalten mußt. Du weißt ja, wie ich zu dem, was er gemacht haben soll, stehe, dennoch bleibt er mein alter lieber Vater … Sag Dir immer, es kommen wieder bessere Zeiten, Du mußt jetzt körperlich durchhalten, damit hilfst Du Vati am meisten, denn der wird sich jetzt bestimmt die schwersten Vorwürfe machen.«[210] Am 20. Oktober folgte ein weiterer Brief. Sie schrieb: »Außerdem, Dein Mann lebt immerhin noch und Du wirst ihn bestimmt in nicht allzu langer Zeit wiedersehen denn ich glaube nicht, daß man ihn ungerecht hart bestrafen wird.«[211] Das war wohl eher Zweckoptimismus.

Die Stasi hat sicher penibel darauf geachtet, daß keine negativen Schilderungen über ihre Haftanstalt nach außen drangen. Doch ganz konnte sie und auch Rudolph Winkler nicht vermeiden, daß er Informationen preisgab, die Beunruhigung auslösten. Im März, er war nun bereits über 5 Monate in Haft, klang sein Gesundheitsbericht zum ersten Mal zurückhaltend: »Gesundheitlich geht es. Rein äußerlich betrachtet, habe ich ja soviel Ruhe, wie ich mein Leben nicht gehabt habe, wenn –, ja wenn die innere Unruhe nicht wäre. Einmal die Vorwürfe, die ich mir mache ob meiner Verranntheit, dann die Sorgen um Dich, denn diese Aufregungen sind ja für Dich Gift und schließlich die Sorgen ums Geschäft.«[212]

In seinem Oster-Brief, nachdem er von seiner Schwester Schachbücher bekommen hatte, schrieb er, daß es ein Irrtum sei, wenn sie glaube, er habe

* Gefängnisbrief vom 29.12.1966, Nachlaß. In Kenntnis des Untersuchungsplanes und der dort erörterten Mittel, wie man die gewünschten Aussagen des Beschuldigten bekommen wollte, darunter auch die Erwähnung psychologischer Beeinflussung durch »Vergünstigungen zur richtigen Zeit und im richtigen Verhältnis«, kann nicht davon ausgegangen werden, daß dem Leiter der Stasi-Untersuchungshaftanstalt kurz vor Heiligabend weihnachtliche Regungen gegenüber seinem Gefangenen überkamen.

dadurch dazugelernt. »Ich gehe zwar die diversen Eröffnungen durch, spiele Meisterpartien nach, aber es bleibt nichts sitzen. Ich bin einfach nicht aufnahmefähig. Genauso geht es mir mit dem Russischen. Heute versuche ich, mir ein Dutzend Vokabeln oder Formen einzuprägen. Morgen sind davon vielleicht noch 1-2 vorhanden. Es hat also keinen Zweck, und Wolfgang kann das große russische Wörterbuch wiederhaben.«[213] Seine Tochter Christine war alarmiert: »Bitte gib nicht auf. Bitte versuche alles um gesund zu bleiben. Ich glaube fest daran, daß bald der Prozeß sein wird. Bitte plane noch ein wenig und glaube nicht, daß nun alles sinnlos geworden ist. Vatchen, es hat mich sehr beunruhigt, daß Du keine Schachpartie mehr spielst. Es spricht soviel aus dieser Geste.«[214]

Gefängnisalltag: Mit Schreiben vom 22. November – gut zwei Monate nach der Verhaftung – teilte Rechtsanwalt Klaus Lilije den U-Häftling Rudolph Winkler mit, daß dessen Sohn Wolfgang ihn gebeten habe, die Verteidigung seines Vaters in der anhängenden Strafsache zu übernehmen. Winkler solle, falls er damit einverstanden sei, die beiliegende Vollmacht unterzeichnen und an ihn zurücksenden.[215] Am 29. November unterschrieb Winkler die Vollmacht zur Bestellung eines Rechtsanwaltes.[216]

Zu der Abwechslung, den die Vernehmungen in den immer ungewissen Tagesablauf brachten, kamen monatliche Besuche seines Sohnes. Der erste fand am 11. November statt. Später, nachdem Frau Winkler Mitte November aus der Klinik entlassen worden war und sie sich gesund genug fühlte, besuchten beide ihn gemeinsam. Insgesamt lassen sich 9 Besuche nachweisen. Die Sprechzeit betrug laut »Besuchserlaubnis-Bestimmungen« in der Regel 30 Minuten. Im Gefängnistagebuch ist vermerkt, daß der erste Besuch von Frau Winkler am 23. Dezember 1966, drei Monate nach der Verhaftung ihres Mannes, stattgefunden hat, ihr letzter am 20. Juni, 6 Tage nach der Urteilsverkündung.

Nachdem Rudolph Winkler von der Geburt seines ersten Enkelkindes erfahren hatte, war sein sehnlichster Wunsch, »das Kind noch einmal sehen zu dürfen«. Tatsächlich erhielt die Schwiegertochter mit ihrem 8-Wochen-alten Baby eine Besuchserlaubnis. Sie erinnert sich, daß ihr Schwiegervater emotional so erregt gewesen war, daß ein Gespräch während des 15-minütigen Besuchs kaum zustande kam. Eingeprägt hat sich ihr das Gespenstische und Bedrohliche der Umstände des Besuchs und »der schreckliche Besucherraum mit dem Wachposten in der Ecke.« Sogar das Baby mußte sie auswickeln, damit die Stasi ihre Nase in die Windeln stecken konnte.[217]

Nicht nur seine Familienangehörigen und Freunde waren um ihn bemüht, auch die Kollegen seiner Firma kümmerten sich. Schon in der erwähnten kollektiven Befragung durch die Stasi hatten sie sich sehr positiv über die fachlichen und menschlichen Qualitäten ihres Kollegen Winkler geäußert. Allerdings mußten sie pflichtschuldig auch ihre Abscheu vor der »staatsfeindlichen Hetze« Winklers bekunden. Geschäftsführer Franke sah einen »krassen Widerspruch« zwischen Winklers fachlichen und ökonomischen Handeln und der »geschilderten Tateinheit« und »Kollegin Zenker« distanzierte sich ziemlich heftig: »Wie ist es möglich, daß ein kluger Mensch, der immer offen und ehrlich war, diese Hinterhältigkeit besitzt.«[218]

Stellt man in Rechnung, daß diese Aussagen unter Druck erfolgten, denn die Stasi bemängelte die »Wachsamkeit« des Kollektivs, dann verhielt sich die Leitung der Firma anständig. Sie stellte Rudolph Winkler nicht nur ein gutes Zeugnis aus, sondern schickte auch Lebensmittelpakete in die U-Haftanstalt. Dies geschah nicht ganz uneigennützig, denn es gab auch geschäftliche Belange, deren Erledigung durch eine gewisse Freundlichkeit gefördert werden sollte: Die Piano-Abteilung hatte mit Winkler ihren Kopf verloren. Seine Kollegin Zenker, Buchhändlerin und Verkaufstellenleiterin, die die Piano-Abteilung kommissarisch übernehmen mußte, hatte erhebliche Schwierigkeiten, allein die laufenden Vorgänge der Abteilung zu bearbeiten. Der Geschäftsführer bat schließlich um Sprecherlaubnis mit seinem inhaftierten Mitarbeiter. Günther Franke und Frau Zenker besuchten Winkler am 30. November 1966, um »unerledigte Angelegenheiten« zu klären.[219] Vor der Leipziger Frühjahrsmesse, auf der die Firma Heinrichshofen mit ihrer Klavierabteilung vertreten war, stattete Frau Zenker ihrem Kollegen erneut einen Besuch ab. Sie benötigte Instruktionen.

Umgekehrt ließ Rudolph Winkler der Fortgang seiner Piano-Abteilung nicht ruhen. Er konnte sich von seiner Arbeit nicht lösen. »Wenn man 35 Jahre Arbeit in eine Sache gesteckt hat und alles über die Krisen und Katastrophen hinweg gehalten hat, dann ist man doch mehr damit verbunden, als man denkt.« Er bekam genügend Informationen, um zu erfahren, daß es mit der Piano-Abteilung nicht zum Besten stand. Es muß schlimm für ihn gewesen sein, den Niedergang seiner Piano-Abteilung ohnmächtig mit ansehen zu müssen.

Am 31. Mai 1967, also 12 Tage vor Beginn der Hauptverhandlung, erschien zum ersten Mal sein Anwalt, RA Lilije, bei ihm in der Haftanstalt, zwei weitere Besuche vor der Hauptverhandlung, am 8. und 12. Juni, folgten.

Rudolph Winkler war es erlaubt, einmal im Monat einen Brief zu schreiben. Diese Briefe adressierte er immer an seine Frau. Umgekehrt durfte er Briefe von seiner Frau und auch anderen Personen empfangen. Für seine Briefe gab es Auflagen: Negatives über die Unterbringung und Behandlung durch das Gefängnispersonal durfte nicht mitgeteilt und Bemerkungen zum Verfahren und zu den Vernehmungen nicht gemacht werden. Seine Briefe wurden kontrolliert und tragen jeweils einen Genehmigungsvermerk. Briefe an ihn wurden nach Gutdünken weitergeleitet oder einfach konfisziert. Ob er es vermochte, den Auflagen durch die notwendige Selbstzensur zu genügen, oder ob es mehrerer Entwürfe bedurfte, läßt sich nicht feststellen. Erhalten haben sich alle Briefe an seine Frau, die von der Kontrolle durchgelassen wurden. Würde man nur diese Briefe kennen, bekäme man ein durchweg geschöntes Bild von seiner Haftzeit. Winkler hat nach seiner Freilassung nie über seine Erfahrungen im Stasi-Gefängnis geredet. Weder gegenüber seiner Frau noch zu seinen Kindern. Wie die äußeren Bedingungen der weit über die Grenzen Magdeburgs hinaus berüchtigten MfS-Untersuchungshaftanstalt waren, läßt sich einer aktuellen Monographie entnehmen. Einen unmittelbaren Eindruck kann man auch durch den Besuch der heutigen Gedenkstätte erhalten.

Die meisten Zellen in der UHA des MfS waren 6 bis 7 Quadratmeter groß und hatten zwei Betten oder eine Bretterpritsche mit Seegrasmatratzen. In einigen Zellen gab es einen kleinen Tisch und einen Hocker. Waschbecken und Klo waren nicht vorhanden. Morgens wurde eine Schüssel Wasser zum Waschen gebracht. Für die Notdurft stand ein Kübel in der Zelle. Es ist überliefert, daß es im gesamten Zellentrakt fürchterlich gestunken hat. Alle 14 Tage durften die Häftlinge einmal zum Duschen. Die kleinen Fensteröffnungen waren außen vergittert und mit Glasbausteinen zugemauert. Die Bausteine waren versetzt angeordnet, so daß Frischluft in die Zellen kam. Das Licht, das durch diese »Fenster« in die Zellen kam, war diffus und grau. Es ließ keine Konturen und Farben von draußen erkennen. Ohne zusätzliche künstliche Lichtquelle wäre es an grauen Tagen unmöglich gewesen, in der Zelle zu lesen – falls man die Erlaubnis dazu hatte. Von 6 bis 22 Uhr hat funzeliges elektrisches Licht gebrannt. Zeitungen, das *ND* oder die *Volksstimme* waren vorhanden, auch gab es eine kleine Bibliothek. Die Häftlinge durften sich tagsüber nicht hinlegen, sondern mußten sitzen. Sie wurden vollständig isoliert von anderen Zelleninsassen gehalten. Die Isolierung der Einzelhaft wurde gemildert, wenn ein zweiter Häftling einquartiert wurde. Um Begegnungen auf dem Flur zu vermeiden, gab es für das Wachpersonal ein Lichtsystem, das anzeigte, wann ein Häftling sich im Flur oder Treppenhaus befand. Für den täglichen Freigang, der isoliert von den anderen Mithäftlingen stattfand, gab es im Hof gemauerte Käfige, zirka 3 Meter hoch, nicht viel größer als die Zelle selbst, mit einem aufmontierten Laufsteg, auf dem ein Posten über den Köpfen der Gefangenen mit Maschinenpistole patrouillierte. Bei Einlieferung wurde der Gefangene durchsucht. Alle Gegenstände wurde ihm abgenommen – oft auch die Kleidung, die dann durch Anstaltskleidung ersetzt wurde. In der erkennungsdienstlichen Behandlung wurden Fotos gemacht und Fingerabdrücke genommen. Die ärztliche Betreuung war schlecht.

Der Tagesablauf wird wie folgt beschrieben: »Die Häftlinge wurden am Morgen um 6.00 Uhr geweckt. Kam der Wärter in die Zelle, hatten sie sich mit dem Gesicht zur Wand aufzustellen. Die Untersuchungsgefangenen wurden von den Schließern grundsätzlich nur mit ihrer Nummer angeredet. Dann wurde der Kübel geleert und zur Desinfektion erneut mit Chlorkalk gefüllt. Zum Waschen stellte der Wärter eine Schüssel mit Wasser in die Zelle. Die männlichen Häftlinge konnten sich zweimal die Woche rasieren ... Um 12.00 Uhr wurde Mittagsessen ausgegeben. An den meisten Tagen gab es einen Eintopf genannte Suppe, zwei bis dreimal die Woche ordentliches Essen. Die Kost war im allgemeinen vitaminarm. Obst fehlte völlig ... Um 18.00 Uhr gab es Abendessen in Form von zwei bis drei Scheiben Brot mit ›Einheitswurst‹ ... Um 22.00 Uhr begann die Nachtruhe. Die Gefangenen mußten auf dem Rücken liegen und die Hände auf der Decke behalten.«[220] In diese Struktur wurden die Vernehmungen eingepaßt. Für die Stasi waren ihre politischen Gefangenen »Verbrecher«. Dem entsprechend wurden die Menschen in ihrem Gewahrsam behandelt. Eine Unschuldsvermutung war in dem Feind- und Weltbild der Stasi nicht vorgesehen.

Auch für Rudolph Winkler dürften diese Haftbedingungen gegolten haben. Es gibt aber Anzeichen, daß er besser behandelt wurde als die meisten anderen Gefangenen. Er durfte lesen, er bekam später seine eigene Kleidung zurück und es gibt keinerlei Hinweise auf Mißhandlungen. Er durfte auch Pakete empfangen, besonders Lebensmittel erfreuten ihn. Zu seinem Geburtstag am 2. November durfte er zwar noch keinen Besuch empfangen, sich jedoch ein Lebensmittelpaket wünschen: »3 – 4 Pfund gute Äpfel, etwas Schokolade, 1 Stück Butter, etwa ½ Cervelatwurst, 3 Bockwürste, vielleicht einen kleinen fertiggekauften Sandkuchen und etwas Briefpapier.« In einem Nachsatz heißt es: »Was die Lebensmittel betrifft: Verderbliche Sachen kommen in den Kühlschrank.«[221] Trotz dieser Vergünstigungen bleibt seine allgemeine Wertung unverständlich.

Rudolph Winkler war ein optimistisch eingestellter Mensch, er verhielt sich auch unter widrigsten Bedingungen noch nach dem Motto: »Das Beste aus der Sache machen.« So konnte er seiner Inhaftierung auch eine positive Seite abgewinnen: Durch die viele Zeit zum Nachdenken käme er zu »mancherlei neuen Erkenntnissen«, die »gut und notwendig« seien.[222] Und selbst als ihm Zweifel überfielen angesichts der Länge der Haft und den Ungewißheiten ihres Ausgangs (»200 lange Tage und Nächte! Und wieviel werden es noch werden?«), konnte er noch Zuversicht zu verbreiten: »Nun wir wollen nicht verzagen ... Übermorgen geht nun das Jahr 1966 zu Ende. Es hat uns doch manche Freude gebracht, vor allem unser kleines Anettchen [Enkelkind, M.S.] und dafür wollen wir dankbar sein, und nun der Paukenschlag im Herbst [Verhaftung, M.S.], der war eben vielleicht auch nötig und wird sein Gutes zeitigen. So wollen wir nun mit Hoffnung und Zuversicht ins Neue Jahr gehen.«[223]

Er verlor seinen Humor auch dann nicht, als er erkrankte und über zwei Wochen von einem HNO-Facharzt behandelt werden mußte. Dieser hatte ihm als Therapie gegen die anhaltende Heiserkeit empfohlen, nicht zuviel zu reden. Sein Kommentar dazu lautete: »Zum Schonen der Stimme habe ich ja genug Gelegenheit.« Und er bewahrte seine Fähigkeit, sich über kleine Dinge freuen zu können. »Vor mir steht der Becher mit den knospenden Zweigen. Täglich freue ich mich, wie die Knospen weiter aufspringen. Davor steht der kleine Oster-Eier-Korb, in dessen Innenseite ich das Bildchen von Anettchen gesteckt habe, so daß sie mich dauernd fragend anschaut.«[224]

Vier Jahre für elf Briefe
mea culpa – Urteil und Freikauf

Zum Zeitpunkt, als die Stasi glaubte, die Untersuchung könne abgeschlossen werden, lagen ihr 9 Briefe vor. Neun Briefe deshalb, weil der nur als Fragment von wenigen harmlosen Sätzen bekannte Brief zum Gesprächsangebot der SED an die SPD nicht mitgezählt wurde und die Existenz der drei Briefe aus dem Jahr 1961 noch nicht bekannt war. Sie hatte alle Geständnisse und Aussagen, die ihr notwendig schienen, um die Anklage rechtfertigen zu können, erhalten. Das weitere Verfahren sah nun vor, daß ein Schlußbericht für den Staatsanwalt formuliert wurde, damit dieser die Anklage erheben konnte. Für das MfS war damit der Fall Winkler im Grunde abgeschlossen.

Am 15. Februar 1967 wurde ein 9-seitiger Schlußbericht – unterzeichnet von Luban und Benecke – vorgelegt. In relativ sachlicher Form werden die Ermittlungs- und Vernehmungsergebnisse eingangs zusammengefaßt: »Winkler, Rudolph … hat von 1963 bis 1966 fortgesetzt handelnd staatsgefährdende Propaganda und Hetze betrieben, indem er, unter Anwendung konspirativer Methoden, Schriften mit hetzerischem Inhalt herstellte.« Kühl wurde festgestellt, daß er sich dabei strafbar nach »§ 19 StEG Abs. 1 Ziffer 2 und Abs. 2« gemacht habe.

Es folgte der Versuch, die Gründe für sein Verhalten zu benennen. Einerseits wurde auf seine bürgerliche Herkunft und Erziehung und seine Enttäuschung über die »Angliederung« der Firma Heinrichshofen an die HO-Industriewaren verwiesen, andererseits auf den Einfluß der westlichen Rundfunk- und Fernsehsendungen sowie westdeutscher Zeitschriften. Abschließend wurden die Inhalte der Briefe referiert und in der bekannten Weise kommentiert.

Der Bericht erwähnte, daß Winkler nach 1945 einen großen Anteil am Wiederaufbau der Firma hatte, daß er trotz seiner Ablehnung der »sozialistischen Volkswirtschaft« sich schließlich doch dreingefügt und gute Arbeit geleistet habe. Er sei sogar als Aktivist ausgezeichnet worden. Statt ihm dies positiv anzurechnen, wurde es auf sein Negativkonto gebucht: Die Sachbearbeiter meinten, dieses vorbildliche Verhalten sei nur eine Täuschung gewesen. Die wohlwollende Beurteilung seines Arbeitskollektivs zeige vor allem, wie geschickt Winkler es verstanden habe, seine wahre Einstellung zu verbergen.

Als »Beweismittel« wurden dem Bericht die Vernehmungsprotokolle, die Zeugenaussagen von Gehlmann, Kleine und Wolfgang Winkler beigegeben, als »Beweisgegenstände« die »8 Tatschriften«, 10 Exemplare der *Volksstimme*, 2 Aufzeichnungen über Westfernsehen und 2 Gutachten der Technischen Untersuchungsstelle des MfS. Außerdem die »Bestätigungen« der *Volksstimme*, der FDJ-Bezirksleitung und des Redakteurs Kleine sowie die »Beurteilungen« des Kollektivs, der Fa. Heinrichshofen und der Ermittlungsbericht der Volkspolizei.[225] Noch am gleichen Tag wurde der »U.-Vorgang Winkler, Rudolph«[226] zur Anklageerhebung der Staatsanwaltschaft übersandt.

Am 7. April 1967 – sieben Wochen später – wurde vom Staatsanwalt des Bezirks Anklage gegen Winkler erhoben. Warum sich der Staatsanwalt soviel Zeit ließ, bleibt unklar. Inzwischen waren zwar die drei Briefe von 1961 bekannt geworden und die Ermittlungen dazu dauerten noch an. Jedoch wollte Staatsanwalt Staufenbiel diese Briefe ohnehin zunächst unberücksichtigt lassen. Er klagte Winkler an, »fortgesetzt und planmäßig die politisch-ideologischen Grundlagen der Arbeiter-und-Bauern-Macht in der DDR angegriffen zu haben.«

Staufenbiel entnahm seine Schilderung des Tathergangs dem Schlußbericht des MfS. Auch in der Interpretation, welche Gründe zur feindseligen Einstellung Winklers gegenüber der Partei und Regierung der DDR und zu seinen feindseligen Handlungen geführt hätten, folgte er weitgehend dem MfS. Dies war im Verhältnis von Stasi und Staatsanwalt ein allgemein übliches Verfahren. Die Staatsanwaltschaft reichte den Schlußbericht der Stasi nur geringfügig korrigiert als Anklageschrift weiter. Im vorliegenden Falle leistete Staufenbiel jedoch auch einen eigenständigen Beitrag. Im Unterschied zum MfS hatte für ihn Winkler nicht nur gehetzt, sondern er hatte »massiv« und in »übelster Weise« gehetzt, er war sich nicht nur »völlig im klaren« über die Strafbarkeit seiner Handlungen, sondern er wußte, daß seine Handlungsweise »in hohem Maße gesetzwidrig und strafbar war.« Er hatte sich nicht nur getarnt, sondern war mit »großer Raffinesse« vorgegangen. Für Staufenbiel ergab sich allein schon deshalb die Einschätzung, daß hier nicht nur ein einfacher, sondern ein »schwerer Fall« staatsfeindlichen Hetze vorlag. Daß letzteres anzunehmen sei, werde im übrigen auch durch die »Planmäßigkeit« seines Vorgehens bewiesen. Für den Staatsanwalt war damit der Tatbestand eines »Verbrechens« gemäß »§ 19 Abs. 1, Ziff. 2 Abs. 2 u. 3 StEG«[227] erfüllt.

Entscheidend ist hier die Hinzufügung von Abs. 3. In diesem Absatz werden die »schweren Fälle« staatsgefährdender Hetze definiert. Sie liegen u.a. vor, »wenn die Tat »planmäßig begangen wird«. In solch einem Fall »ist auf Zuchthaus zu erkennen«. Staufenbiel schlug vor, Winkler mit »ca. 3-4 Jahre Z« zu bestrafen.[228] Z steht für Zuchthaus.

Warum Staufenbiel den Vorschlag des MfS verschärfte, läßt sich nicht beantworten. Naheliegend wäre, daß das späte Auffinden der drei Briefe von 1961 strafverschärfend gewertet wurde. Denkbar wäre auch, daß es eine Konkurrenz zwischen Stasi und Staatsanwaltschaft – oder auch nur zwischen Personen – gab, die sich im scharfmacherischen Verhalten gegenseitig überbieten wollten. Wahrscheinlich ist, daß die endgültige Absprache zwischen Stasi und Staatsanwaltschaft (und Gericht) zum Zeitpunkt des Schlußberichtes noch nicht stattgefunden hatte. Alle drei Organe der Rechtspflege waren keine selbständigen Organe einer unabhängigen Justiz. Sie waren zwar jeweils im Verhältnis zueinander selbständige Einrichtungen, jedoch alle demselben Ziel und der gleichen Aufgabe verpflichtet und durch ein dichtes Netz von informellen Absprachen verknüpft, das in den sechziger Jahren schon weitgehend lautlos, reibungslos und geschmeidig funktionierte.

Das gesamte Verfahren, das Zusammenspiel von Stasi, Staatsanwaltschaft und Gericht vermittelt den Eindruck von Rechtsförmigkeit. Überhaupt unterschied sich diese Strafprozeßordung der DDR formal wenig von der Strafprozeßordnung eines Rechtsstaates wie der Bundesrepublik. Daß Leserbriefe, wie die von Winkler, den Straftatbestand der »staatsfeindlichen Hetze« erfüllen sollen, war in erster Linie nicht eine juristische Frage. Der Dreh- und Angelpunkt der politischen Justiz in der DDR lag im politischen Bereich. Die SED-Diktatur glaubte sich eine freie Meinungsäußerung und besonders eine Kritik an Partei und Regierung nicht leisten zu können und kriminalisierte sie deshalb. Der Erlaß von Gesetzen wie den § 19 StEG verlieh der Strafverfolgung einen legalen Anstrich.

Der § 19 StEG war ein ausgesprochener Gummiparagraph. Keine einzige Handlung, die erfaßt werden sollte, ist auch nur annähernd genau definiert. Was ist staatsfeindliche Hetze? Wo hört das in der DDR-Verfassung garantierte Recht auf freie Meinungsäußerung auf und wo beginnt die Hetze? Die Definitionsmacht lag bei der SED. Die Stasi setzte den Willen der Partei um. Sie spielte im Netzwerk politischer Strafverfolgung die dominierende Rolle. Übrig blieb für die nachgeordneten Instanzen lediglich der kleine Spielraum, einen mehr oder minder schweren Fall staatsfeindlicher Hetze anzunehmen.

Der Marxismus-Leninismus lehnte eine Gewaltenteilung staatlicher Herrschaft ab. Eine unabhängige Justiz, Richter, Staats- und Rechtsanwälte, wurden als »bürgerliche« Einrichtungen verachtet. Die SED verneinte die Idee universell gültiger Menschenrechte, die die Grundlage der UN-Charta war, auch wenn sie diese später als Preis für die völkerrechtliche Anerkennung ihres Staates in Helsinki unterschreiben mußte.* Was Recht und Gerechtigkeit war, bestimmte nach dieser Philosophie immer die »herrschende Klasse« und im Sozialismus war dies eben »die Arbeiterklasse«. Was

* Am 1.8.1975 wurde in Helsinki die Schlußakte der Konferenz über Sicherheit und Zusammenarbeit in Europa (KSZE) von 35 Staats- und Regierungschefs unterzeichnet. Für die DDR unterschrieb der Generalsekretär der SED Erich Honecker. Er verpflichtete damit die DDR u.a zur »Achtung der Menschenrechte und Grundfreiheiten, einschließlich der Gedanken, Gewissens-, Religions- oder Überzeugungsfreiheit.«

»Sozialistisches Recht« und »Sozialistische Gerechtigkeit« zu sein hatten, definierte die SED. Für Walter Ulbricht war das Recht »der zum Gesetz erhobene Wille der Arbeiterklasse.«[229] Die »Partei der Arbeiterklasse«, also die SED, ihre Beschlüsse und Entscheidungen waren die entscheidende Rechtsquelle. Nur merkwürdig, daß die DDR-Justiz alle ihre Urteile »Im Namen des Volkes« verkündete und nicht »Im Namen der Partei der Arbeiterklasse«. In den herausragenden politischen Prozessen erklärte sich das Politbüro, also ein Parteigremium, sogar selbst zum Obersten Richter der DDR und legte das Strafmaß fest. Auf oberster Ebene koordinierte und kontrollierte die Abteilung beim ZK »Staats- und Rechtsfragen« das Tun und Treiben der Organe der Rechtspflege.[230]

Das Bezirksgericht Magdeburg folgte – gut 6 Wochen später – uneingeschränkt dem Antrag der Staatsanwaltschaft, gegen Winkler das Hauptverfahren zu eröffnen. Es sah Winkler hinreichend verdächtigt, »sich der fortgesetzten schweren, planmäßig betriebenen staatsgefährdenden Propaganda und Hetze schuldig gemacht zu haben« und beschloß ihn wegen »Verbrechen gem. § 19 Abs. 1 Ziff. 2, Abs. 2 und 3 StEG«[231] den Prozeß zu machen. Als Termin für die Hauptverhandlung bestimmte es Dienstag, den 13. Juni 1966, 9 Uhr.

Winkler scheint – soweit sich dies aus den vorhandenen offiziellen Unterlagen entnehmen läßt – die nun schon über 8 Monate währende Untersuchungshaft im Stasi-Gefängnis physisch und psychisch halbwegs gut überstanden zu haben. Auch in seinen Gefängnisbriefen hatte er versucht, diesen Eindruck zu vermitteln. Sein Sohn Wolfgang glaubte ebenfalls, daß es schon »nicht so schlimm« um seinen Vater stünde. Doch Wolfgang sah seinen Vater immer nur im Besucherraum. Den Zellentrakt sah er nur von außen. Über die Bedingungen der Haft erfuhr er nichts.

Bei der Lektüre der Vernehmungsprotokolle kann man den Eindruck gewinnen, daß Winkler standhaft seine Ansichten und seine Kritik verteidigte. Er gestand zwar seine »Taten«, war aber von einem Schuldeingeständnis weit entfernt. In einem gewissen Widerspruch dazu scheint seine Erklärung bei der Vorführung am 21. September 1966 zu stehen, er habe eingesehen, daß sein Briefeschreiben falsch gewesen sei. Auch die abschließende Beurteilung seines Vernehmers, Winkler sei »geständig« gewesen und habe sich bemüht, »durch wahrheitsgemäße Aussagen zur Klärung seiner strafbaren Handlungen beizutragen«, wird durch die protokollierten Aussagen nicht bestätigt. Erst recht nicht die Bemerkung, der Beschuldigte habe »das Verwerfliche seiner Handlungsweise eingesehen.«[232]

Am 8. Juni – 5 Tage vor Eröffnung der Hauptverhandlung und am gleichen Tag, als Winkler die Anklageschrift zur Einsicht erhielt – übergab er eine 38-seitige handschriftliche Stellungnahme zu seinem Verhalten. Er begründete diese schriftliche Eingabe damit, daß in den Vernehmungsprotokollen seine Aussagen nur unvollständig wiedergegeben seien: »Für die Formulierung in den Protokollen sollte ich immer die Einstellung angeben, die ich zu der Zeit, als ich die Briefe schrieb, gehabt habe. Nach dem Text klingt es aber oft anders.«

Ich gestehe, ich bereue: In seiner Eingabe warb er um Verständnis für sein Tun mit den bereits teilweise erwähnten Hinweisen auf seinen biographischen Hintergrund, den privaten und beruflichen Enttäuschungen, und wollte anerkannt wissen, daß seine ablehnende Haltung zur DDR nicht ganz so schlimm gewesen sein könne, wie seine erfolgreiche Arbeit und die Auszeichnung als Aktivist beweisen.

Im Vordergrund stand jedoch etwas anderes. Winkler wollte darlegen, daß er eingesehen hatte, daß sein Tun verwerflich gewesen sei und daß es ihm leid täte, so gehandelt zu haben: »Oft war ich stimmungsmäßig auf dem Nullpunkt angelangt, ja geradezu verzweifelt, wenn die graue Wirklichkeit wenig im Einklang stand mit den meist sehr positiv klingenden Zeitungsberichten. Kamen dann noch Ereignisse hinzu, wie Todesfälle, Unfälle, lebensgefährliche Erkrankungen etc. von nächsten Angehörigen in Westdeutschland, und ich bezw. meine Frau bekamen auch in solch dringenden Fällen keine Reisegenehmigung nach Westdeutschland, während gleichzeitig in der *Volksstimme* ein Artikel erschien, in dem man sich empörte, daß man Fußballern und Sportfunktionären in Westdeutschland die Einreise verweigert hat, so war die automatische Reaktion so ein Zornesausbruch in Form eines Briefes an die *Volksstimme.* Daß ich dabei so aggressiv und giftig wurde, mag mit dem Erregungszustand zusammenhängen, denn ich habe diese Artikel jetzt nochmals durchlesen können und einfach nicht verstanden, wie mich ein Artikel z. B. über die Wahlen in Belgien so stark reizen konnte …

Daß ich in meinem Alter (Jahrgang 1902) meinen Zorn und Ärger in dieser Weise abreagieren zu müssen glaubte, mag unverständlich erscheinen, und daß ich in diesen Briefen selbst so aggressiv wurde, bedaure ich natürlich, doch wer ist schon gerecht, wenn er gereizt und verbittert ist. Das soll natürlich keine Entschuldigung für mein Verhalten sein …

Beabsichtigt habe ich keine Hetze gegen den Staat selbst, sondern Kritik an bestimmten Maßnahmen und Erscheinungsformen. Genauso war mein Verhältnis zum Sozialismus durchaus nicht so negativ, wie es vielleicht den Anschein hat und hier auch mitunter so formuliert worden ist, ich hätte ja auch keinerlei Grund, mich für einen Kapitalismus einzusetzen, aber die Sozialisierung und Planwirtschaft bis in die Kleinstbetriebe halte ich für übertrieben … und wenn Walter Ulbricht im XIII. Plenum selbst sagte, daß durch unrealistische Einschätzung … oft die Initiative gehemmt und die Menschen verbittert worden sind, so trifft das auch auf diesen Fall zu und gibt mir die Hoffnung, daß man höheren Orts gegen all' diese Fehler energisch vorgeht, wie ich überhaupt beim Studium des 13. und 14. Plenums empfunden habe, wieviel guter Wille von oben und unten vorhanden ist, die Verhältnisse immer mehr zu verbessern. Ich muß natürlich zugeben, daß sich die Verhältnisse wirtschaftlich für uns in den letzten 5 Jahren stabilisiert haben und die Entwicklung positiv ist, aber das ist meine heutige Erkenntnis, die Briefe sind aber vor ca. 2-5 Jahren geschrieben, so daß es mir heute natürlich schwer fällt, die darin gemachten Ausführungen restlos zu vertreten ... Und dieses Produkt von ca. 10 schwarzen Stunden meines Lebens stehen 46 Jahre positiver Arbeit gegenüber, pflichtbewußter Arbeit im Interesse der Firma, oft aber auch mit persönlichem Einsatz für allgemeine kulturelle Belange ...

Es war also keine systematisch betriebene Agitation. Vielmehr waren die Briefe bei meiner nervlichen Verfassung mehr eine Art Überdruckventil für aufgespeicherten Ärger. Es fehlte auch der persönliche Ansprechpartner.«[233]

Es fällt schwer, die Ursachen für dieses an Selbstverleugnung grenzende, reumütige Verhalten zu erklären. War es Gehirnwäsche der Stasi? Immerhin war im Untersuchungsplan als Ziel auch formuliert, Winklers »feindliche Einstellung« durch »gut durchdachte Argumentation« abzubauen. War es die Taktik der Freundlichkeit, die Winkler umwarf? Es ist unwahrscheinlich, in Kenntnis der Quellen und Würdigung der Gesamtperson, anzunehmen, Winkler wäre von sich aus auf die Idee gekommen, sich mit Berufung auf Reden Walter Ulbrichts zu entlasten. Völlig abwegig scheint, seine Reue und seine neuen Erkenntnisse könnten dem Studium dieser Texte entsprungen sein.[234] War es dann opportunes Verhalten eines politischen Gefangenen, der sich von einem solchen Bekenntnis mildernde Umstände bei der Festlegung des Strafmaßes erhoffte? Hatte sein Anwalt ihm diese Taktik empfohlen? Oder hat der Schock der Verhaftung sogleich dazu geführt, daß er sich schuldig fühlte? Hatte die Stasi ihm durch vergleichsweise privilegierte Behandlung und mit dem Versprechen auf eine milde Strafe zu reuiger Einsicht »überredet«?

Bei Rudolph Winkler kam noch etwas anderes hinzu, das vielleicht erklären hilft, warum er sich reumütig gab. Die Reaktion nicht nur des Systems, sondern auch vieler DDR-Bürger gegenüber Andersdenkenden war ihm bekannt. Er wußte, daß viele sagen würden, »selbst schuld«. Er mußte sich vorwerfen, eine unverzeihliche Dummheit begangen zu haben. Er fühlte sich schuldig seiner Frau und Familie gegenüber.

Über seine Leserbriefe und über die Haft hat Winkler in späteren Jahren kein Wort mehr verloren. Er wollte darüber nicht reden, auch wenn er gefragt wurde.

Handschriftliche Einlassung

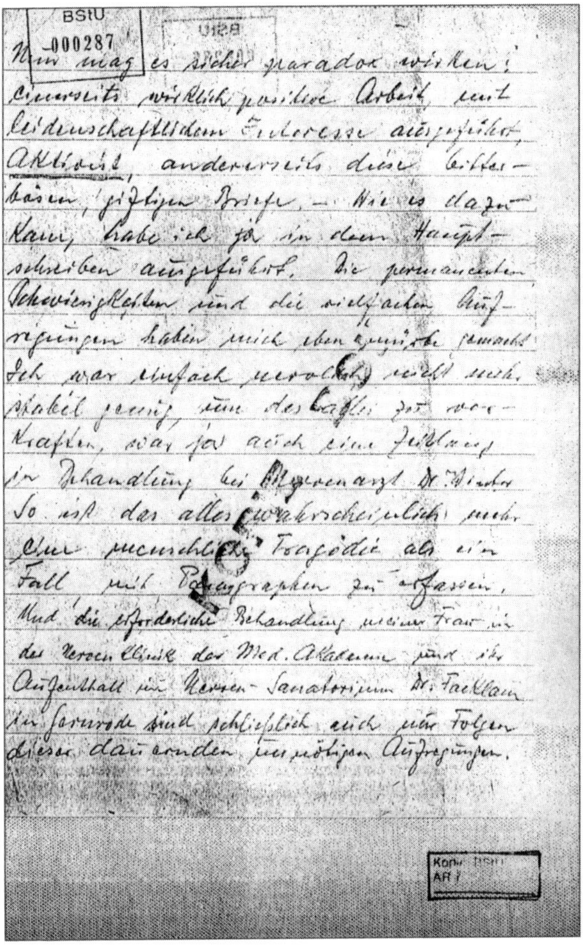
BStU 000287

Nun mag es sicher paradox wirken: Einerseits wirklich positive Arbeit mit leidenschaftlichem Interesse ausgeführt, Aktivist, andererseits diese bitterbösen, giftigen Briefe. – Wie es dazu kam, habe ich ja in dem Hauptschreiben ausgeführt. Die permanenten Schwierigkeiten und die vielfachen Aufregungen haben mich eben [illegible] gemacht. Ich war einfach nervlich nicht mehr stabil genug, um das kräftig zu verkraften, war ja auch eine Zeitlang in Behandlung bei Nervenarzt Dr. [illegible]. So ist das alles wahrscheinlich mehr eine menschliche Tragödie als ein Fall mit Paragraphen zu erfassen. Und die erforderliche Behandlung meiner Frau in der Nervenklinik der Med. Akademie und ihr Aufenthalt im Nerven-Sanatorium Dr. [illegible] in [illegible] sind schließlich auch nur Folgen dieser dauernden unnötigen Aufregungen.

Die Hauptverhandlung: Am 13. Juni 1967 eröffnete der Vorsitzende Richter Pfifferling die Hauptverhandlung in der »Strafsache gegen den Industriekaufmann Rudolf Winkler.« Die Verhandlung war, wenn man dem Formblatt des Protokolls glauben schenkt, öffentlich. Angehörige können sich jedoch nicht erinnern, daß sie über den Zeitpunkt informiert waren. Daß sie es war, ist unwahrscheinlich. 90 bis 95 Prozent dieser politischen Verhandlungen waren nichtöffentlich. MfS und Gericht machten den Ausnahmefall der Strafprozeßordnung – Gefährdung der Sicherheit des Staates – zur Regel. Wenn es ein öffentliches Verfahren gab, dann war es ein Schauprozeß mit vom MfS manipuliertem Publikum.

Große Überraschungen waren nicht zu erwarten. Der Beschuldigte war geständig, seine Aussagen in den Protokollen dem Drehbuch der Stasi entsprechend so formuliert, daß der Vorwurf staatsfeindlicher Hetze begründet werden konnte – zumindest aus dem Blickwinkel von DDR-Juristen betrachtet. Die Aussagen der Zeugen Klaus Kleine und Günter Gehlmann lagen als zusätzlich belastende Beweisstücke vor. Relativ offen war, für welche Strafe der Staatsanwalt plädieren würde. Unklar war, welche Spielräume der Richter bzw. das Schöffengericht in seinem Urteil hatte. Unbekannt war, wie die Verteidigung, wie der Verteidiger RA Lilije agieren würde. Lilije hatte knapp zwei Wochen vor Beginn der Verhandlung Winkler zum ersten Mal aufgesucht. Zwei weitere Besuche folgten. Trotz dieser Unwägbarkeiten machten sich die Angehörigen große Hoffnungen, daß Winkler mit einer eher glimpflichen Strafe davonkommen würde. Ob sie von der Anklageschrift wußten, ist fraglich. Winkler dürfte kaum etwas davon erzählt haben, als ihn seine Frau und sein Sohn vier Tage vor der Hauptverhandlung besuchten.

Nachdem der Staatsanwalt den wesentlichen Inhalt der Anklage vorgetragen hatte, wurde der Beschluß über die Eröffnung des Hauptverfahrens verlesen. Dann erfolgte die Vernehmung des Angeklagten zur Person. Winkler wiederholte hier weitgehend seine bereits gemachten Angaben. Auch die Vernehmung zur Sache war nur eine Wiederholung des bereits in den Vernehmungen Gesagten. Das procedere verlief unpersönlich, sachlich: Der Richter legte Winkler einen Brief nach dem anderen vor, Winkler bestätigte, den Brief geschrieben zu haben und machte dazu einige Angaben, die er bereits in den Vernehmungen gemacht hatte.

Seine Aussagen zur Sache sind unsystematisch. Winkler wechselt – offensichtlich unkontrolliert – das Thema. Er will immer wieder erklären, warum er Briefe geschrieben hat, er will um Verständnis werben und er will Reue zeigen: »Es war nicht richtig, solche Briefe zu verschicken. Ich wollte den Leuten nur meine Meinung sagen. Diese Briefe sind übersteigert und zu aggressiv. Ich verstehe mich selber nicht. Die Briefe schrieb ich, als ich fast am Ende war. Ich war ja manchmal sehr verzweifelt.«

Diese Verteidigungslinie verfolgte auch sein Anwalt Lilije. Er legte dazu ärztliche Gutachten von Sanitätsrat Dr. med. Winter und Medizinalrat Dr. med. Willepp vor, in denen die Reizbarkeit Winklers als Krankheitssymptom beschrieben wurde.

Den Staatsanwalt beeindruckte dies alles – soweit es sich dem Protokoll entnehmen läßt – wenig. Ungerührt beantragte er gem. § 217 StPO »Nachtragsanklage« wegen der beiden Briefe vom Juli 1961.

Als Zeuge – »Kollektivvertreter« – wurde schließlich Günther Franke gehört. Dieser verhielt sich anständig. Er wollte Winkler entlasten. Er würdigte das kameradschaftliche Verhalten und die großen Leistungen seines Arbeitskollegen, wiederholte also ebenfalls, was dem Gericht in Form des Protokolls der Befragung vorlag. Damit war die Beweisaufnahme abgeschlossen. Es folgte ein überaus knappes Plädoyer des Staatsanwalts. Staufenbiel lehnte die von Winkler gebotene Erklärung für seine »strafbaren

Handlungen«, er sei »überfordert« gewesen oder habe zu viel arbeiten müssen, ab. Auf den Kern der Entlastungsargumente, Winkler sei unter psychologischen Druck geraten, vor allem wegen der Verweigerung, zu Verwandtenbesuchen nach Westdeutschland reisen zu dürfen, ging er nicht ein. Ebensowenig bezog er sich auf die kumulierende Frustration über Schikanen persönlicher, beruflicher, und betrieblicher Art, die Winkler als strafmildernd gewertet sehen wollte.

Für Staufenbiel war Winkler »wohlüberlegt und raffiniert zu Werke gegangen« und hatte sich dabei »einer hinterhältigen und zynischen Sprechweise bedient.« Für Staufenbiel stand fest, »daß der Angeklagte fortgesetzt und planmäßig gegen die Arbeiter-und-Bauern-Macht, gegen Bürger wegen ihrer staatlichen Arbeit gehetzt hat.« Für ihn war damit »der Tatbestand des § 19 Abs. 1 Ziff. 2 StEG erfüllt« (Offensichtlicher Fehler im Protokoll, es muß heißen § 19 Abs. 1, Ziff. 2, Abs. 2 und 3 StEG.)*

Staufenbiel beantragte: »den Angeklagten wegen fortgesetzter und planmäßiger Propaganda und Hetze im schweren Fall zu einer Zuchthausstrafe von 4 Jahren zu verurteilen und in die Kategorie I des Strafvollzugs einzuweisen.« Damit hatte er die am 18. April noch erwogene mildere Variante – 3 Jahre und Kategorie II – verworfen.

Der Verteidiger RA Lilije führte zu Winklers Entlastung zunächst dessen berufliche Leistungen und Erfolge an und sah dazu Winklers »strafbare Handlungen doch in einem gewissen Widerspruch.« Auf die Idee, daß es bei Winklers Meinungsäußerungen gar nicht um eine strafbare Handlung ging, sondern daß seine Äußerungen vielmehr unter das Recht auf freie Meinungsäußerung fielen, kam er nicht. Diese Verteidigungslinie wäre möglich gewesen, da die Meinungsfreiheit nach der Verfassung der DDR, Artikel 9, gewährleistet war. Zumindest hätte er darüber den Streit führen können, ohne daß der immanente Rahmen »sozialistischer Gesetzlichkeit« verlassen worden wäre. Stattdessen gestand er der Anklage und dem Gericht ohne weiteres zu: »Der Tatbestand [staatsfeindliche Hetze, M.S.] wird erfüllt, daran gibt es keinen Zweifel.«

Für Lilije ging der Streit nur noch um die Frage, ob ein mehr oder minder schwerer Fall dieses Verbrechens vorliege. Nur schwach wagte er einzuwenden, daß »der schwere Fall« nicht so eindeutig sei. Hierzu führte er die Erregtheit Winklers als Hauptentlastungsgrund an. Auch daß Winkler die Briefe bewußt nicht »der allgemeinen Öffentlichkeit« zugänglich gemacht hatte, zeige, daß er keinen »politischen Flurschaden« anrichten wollte. Dies müsse strafmildernd berücksichtigt werden. Er bat darum, auch die Einlassungen des Angeklagten zu berücksichtigen, ebenso, daß er »nicht mehr

* § 19 Absatz (3) lautete: »In schweren Fällen, insbesondere, wenn die Tat im Auftrage der in § 14 (Spionage) genannten Stellen oder Personen oder wenn sie planmäßig begangen wird, ist auf Zuchthaus zu erkennen.« Zit. n. Fricke, a.a.O.

besonders jung« sei und ihn 4 Jahre Zuchthaus deshalb »besonders hart treffen würden«. Lilije hielt eine Strafe von 4 Jahren Zuchthaus auch deshalb für zu hoch, weil der Angeklagte gesagt habe, er »habe das 11. Plenum gelesen und da sei bei ihm eine Wandlung eingetreten.« Diese Differenz sei vielleicht durch die Einlassungen des Angeklagten »unverständlich« geblieben, dieser habe jedoch auch erklären wollen, daß er heute anders denke. Und vor allem: »Er war durchaus geständig.«

Lilije plädierte für »eine wesentlich geringere Strafe« und meinte, »ca. 2 Jahre Zuchthaus, würden ausreichend sein« – unter Anrechnung der Untersuchungshaft. Das letzte Wort hatte Winkler: »Ich bin erschüttert. Es war nie meine Absicht, so etwas zu tun. Die älteren Menschen sehen immer noch das alte Deutschland. Ich möchte immer lieber vermitteln, als Gegensätze verschärfen. Deshalb war vielleicht auch meine Gereiztheit, weil man drüben nur Negatives berichtete. Ich wußte auch gar nicht, was Hetze war. Ich glaubte, ich kann keinen Schaden machen, wenn ich an die Artikelschreiber selbst schreibe. Mein Gesundheitszustand ist schlecht. Ich nahm mir vor, weil ich einsehe, daß das Unrecht war, was ich tat, noch viel Gutes zu tun. Ich bitte um mildernde Umstände. Ich wollte nichts kaputt machen. Ich wollte nur helfen. Heute würde ich nie mehr so etwas schreiben. Ich habe mich bemüht, immer ordentlich zu handeln, und ich habe auch versucht, jedem gerecht zu werden. Daß ich schlechte Mittel benutzt habe, bereue ich sehr.«

Die Verhandlung wurde nach Winklers Schlußwort geschlossen mit Verweis auf die Urteilsverkündung am nächsten Tag. Am 14. Juni 1967, um 9.30 Uhr erschien der Senat in gleichen Besetzung, Staatsanwalt Staufenbiel ließ sich vertreten, und Richter Pfifferling verkündete »Im Namen des Volkes« das Urteil: »Der Angeklagte wird wegen fortgesetzter, schwerer planmäßig betriebener staatsgefährdender Propaganda und Hetze gem. § 19 Abs. 1 Ziff. 2 Abs. 2 und 3 StEG zu 4 Jahren Zuchthaus verurteilt. Die Untersuchungshaft seit dem 20.9.66 wird auf die erkannte Strafe angerechnet. Der Angeklagte hat die im Verfahren dem Staatshaushalt entstandenen Kosten zu zahlen. Der Angeklagte wird in die Kategorie I des Strafvollzugs eingewiesen.«*

In der 8-seitigen schriftlichen Begründung des Urteils wird in der Skizzierung der Person des Beschuldigten zunächst eine kleine Korrektur seiner sozialen Einordnung vorgenommen. Winkler stammte nun nicht mehr

* Staatsanwalt, Bd.II, Öffentliche Hauptverhandlung vom 13.6.67, handschriftliches Protokoll, Bl.24-55. »Kategorie I« bedeutete »strenger Vollzug«, das war die übliche Einstufung für politische Gefangene. Sie bedeutete u.a., daß die Unterbringung schlechter, die Beaufsichtigung strenger und die Ordnungs- und Disziplinarbestimmungen schärfer waren. Es wäre auch möglich gewesen, Winkler in die Kategorie II (allgemeiner Vollzug) oder III (erleichterter Vollzug) einzustufen.

Urteil

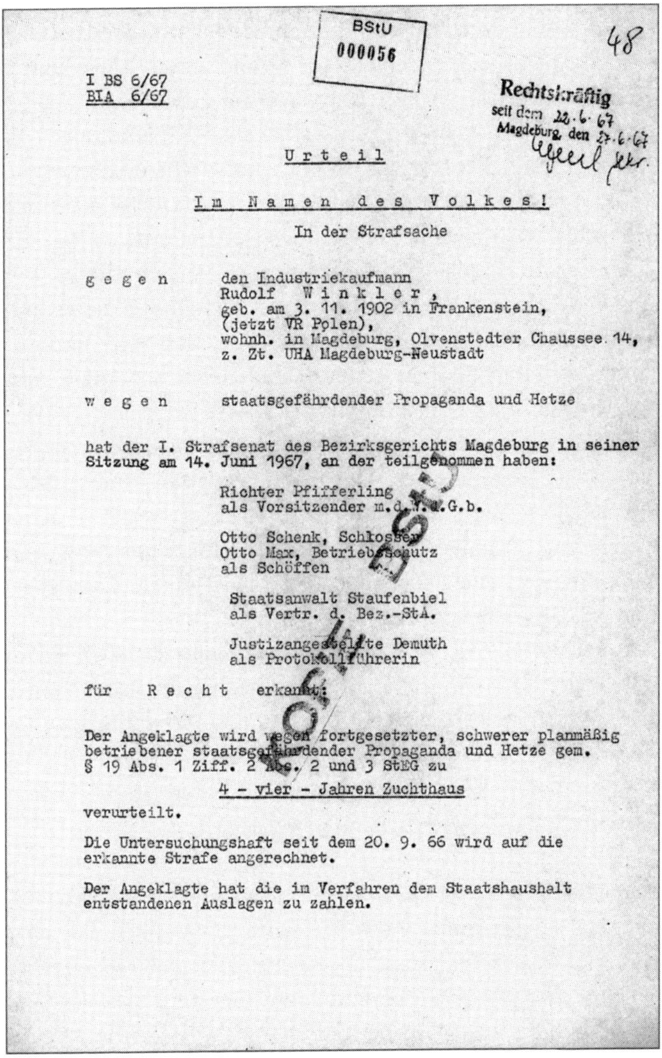

BStU
000056

48

I BS 6/67
BIA 6/67

Rechtskräftig
seit dem 22.6.67
Magdeburg, den 27.6.67

U r t e i l

I m N a m e n d e s V o l k e s !

In der Strafsache

g e g e n den Industriekaufmann
Rudolf W i n k l e r ,
geb. am 3. 11. 1902 in Frankenstein,
(jetzt VR Polen),
wohnh. in Magdeburg, Olvenstedter Chaussee 14,
z. Zt. UHA Magdeburg-Neustadt

w e g e n staatsgefährdender Propaganda und Hetze

hat der I. Strafsenat des Bezirksgerichts Magdeburg in seiner Sitzung am 14. Juni 1967, an der teilgenommen haben:

Richter Pfifferling
als Vorsitzender m.d.W.d.G.b.

Otto Schenk, Schlosser
Otto Max, Betriebsschutz
als Schöffen

Staatsanwalt Staufenbiel
als Vertr. d. Bez.-StA.

Justizangestellte Demuth
als Protokollführerin

für R e c h t erkannt:

Der Angeklagte wird wegen fortgesetzter, schwerer planmäßig betriebener staatsgefährdender Propaganda und Hetze gem. § 19 Abs. 1 Ziff. 2 Abs. 2 und 3 StEG zu

4 - vier - Jahren Zuchthaus

verurteilt.

Die Untersuchungshaft seit dem 20. 9. 66 wird auf die erkannte Strafe angerechnet.

Der Angeklagte hat die im Verfahren dem Staatshaushalt entstandenen Auslagen zu zahlen.

aus »bürgerlichen«, sondern nur noch aus »kleinbürgerlichen Verhältnissen«. Dieses Prädikat war in der kommunistischen Ideologie auch nicht gerade eine Auszeichnung, sondern war eher mit einer noch negativeren Bedeutung belegt: Schwankend und unstet seien die Gestalten dieser »Klasse«, unzuverlässig; auf sie könne man nicht bauen. Seine beruflichen Leistungen wurden vom Gericht anerkannt, jedoch nur als rein fachliche. Entscheidend sei, daß er mit seinen »bürgerlichen Vorstellungen« nicht gebrochen habe. Durch das »ständige« Verfolgen westdeutscher Rundfunk- und Fernsehsendungen seien diese noch verstärkt worden. Der Angeklagte sei deshalb zu der Ansicht gelangt, »daß die Veröffentlichungen bzw. Meldungen unserer Publikationsorgane unwahr seien.«

Strafmildernde Umstände konnte der Senat nirgends erblicken. Er bezweifelte nicht, daß Winkler »auf Grund seines Alters und bestimmter Krankheitserscheinungen leicht erregbar« gewesen sei, doch beweise die Sorgfalt des Vorgehens und die Raffinesse der Täuschungen, daß er »sehr überlegt« gehandelt habe. Die ärztlichen Gutachten bestätigten, daß Winklers Erregbarkeit seine »intellektuellen Funktionen« nicht beeinträchtigt hätten. Er sei deshalb »strafrechtlich voll verantwortlich«. Er habe sich »bewußt zum Handlanger des Klassengegners« gemacht. Für sein Verhalten könne es keine Entschuldigung geben. Auch könne die Verärgerung über die »Maßnahmen zum Schutze unserer Staatsgrenze« und die »Behinderung des innerdeutschen Reiseverkehrs« nicht der Anlaß zum Schreiben der Briefe gewesen sein, weil zwei Briefe bereits vor dem Bau der Mauer geschrieben wurden. Alles sei »in regelmäßig wiederkehrenden Abständen mit größter Zielstrebigkeit« und planmäßig getan worden. Aus dieser »Tatintensität« – insgesamt wurden 11 Briefe gewertet – ergebe sich die »Schwere der Rechtsverletzung, die zum Schutze unserer gesellschaftlichen Verhältnisse … eine entsprechende Strafe verlangt.« Der Senat sei deshalb dem Antrag der Staatsanwaltschaft gefolgt.

Am Schluß der Urteilsbegründung stand das unfreiwillige Kompliment: »Die Briefe waren ihrem Inhalt nach geeignet, die Redakteure … von ihrer bewußt fortschrittlichen Arbeit, ihrem bewußten Eintreten für die Sache des Sozialismus abzubringen.« Der Angeklagte habe das Ziel verfolgt, »die Positionen des Klassenfeindes zu verwirklichen« und sei zum »bewußten Sprachrohr des Klassengegners« geworden.[236]

Recht und Unrecht: In der Folge der Ermittlung des MfS akzeptierten Richter, Staatsanwalt und Anwalt wie selbstverständlich, daß die Leserbriefe von Winkler den Tatbestand der »staatsfeindlichen Hetze« erfüllten. Wohlwollend interpretiert, könnte dahinter ein ähnliches Verständnis liegen, das auch die deutsche Justiz während der Nazi-Zeit in Abgründe geführt haben soll: Ein unkritischer Rechtspositivismus, der als Recht immer das akzeptiert, was durch formal korrekte Gesetzgebung als Recht gesetzt wurde. Ein solch formal korrektes Verfahren wurde auch in der DDR – oberflächlich betrachtet – gepflegt: Alle Gesetze wurden – verfassungsgemäß – vom Parlament, genannt Volkskammer, beschlossen. Daß dieses Parlament alles andere als die Repräsentation des souveränen DDR-Volkes war, brauchte, ja durfte keinen Richter kümmern.

Es scheint unwahrscheinlich, daß DDR-Juristen nicht die Rechtfertigungen der Nazi-Richter kannten und nicht die Lehre, die Radbruch daraus gezogen hatte: Positives Recht konnte wegen seines Inhalts legislatives Unrecht sein. Glaubten sie wirklich, universelle Maßstäbe der Gerechtigkeit und Menschenwürde dürften durch eine von der SED geschaffene »Sozialistische Gesetzlichkeit« außer Kraft gesetzt werden? Oder waren die Richter der DDR ideologische Überzeugungstäter, denen alles recht und billig war, was der Partei nutzte – auch wenn es offenkundiges Unrecht war? Es ist schwer nachzuvollziehen, daß Richter Pfifferling, als er wegen harmloser, wenngleich polemischer Leserbriefe eine Strafe von vier Jahren Zuchthaus verhängte, nicht geahnt haben soll, daß er Unrecht gesprochen hatte.

Oder doch? Diejenigen, die eine Richterlaufbahn in der DDR anstrebten, oder auch eine Karriere als Staatsanwalt oder Anwalt, wußten, was sie taten. Zu solchen Berufen wurde in der DDR keiner gezwungen. Im Gegenteil. Absolute Loyalität gegenüber der Partei war eine entscheidende Voraussetzung, um einen dieser Berufe ergreifen zu können. Beispiele von Richtern, die in Gewissenskonflikte gerieten, ob sie ihrem Rechtsempfinden folgen sollten oder ein Urteil sprechen, das die Partei erwartete, sind mir nicht bekannt. Richter Pfifferling könnte auch mit gutem Gewissen das Urteil gegen Winkler verhängt haben nach einem alten Verhaltensreflex: »You never ask questions when God's on your side.«

Zuchthaus: Noch am Nachmittag der Urteilsverkündung wurde Rudolph Winkler die schriftliche Begründung übergeben. Zwei Tage später besuchte ihn sein Anwalt Lilije, um mit ihm die Frage einer Berufung zu besprechen. Dies führte zu keinem Ergebnis. Lilije kam in der gleichen Angelegenheit 5 Tage später erneut. Winkler war sich inzwischen klar geworden, daß er auf eine Berufung verzichten wollte. Er begründet dies gegenüber seiner Frau mit den Worten, ich »will endlich Ruhe haben, kann auch weitere Aufregungen nicht mehr verkraften.«[237]

Drei Tage später erhielt Frau Winkler einen Brief von RA Lilije, in dem dieser ihr das Ergebnis der Hauptverhandlung knapp und sachlich mitteilte und mit dürren Worten hinzufügte: »Ich bedaure, dass das Urteil nicht günstiger für ihren Ehemann ausgefallen ist. Es bleibt zu hoffen, daß ein Gnadengesuch zu gegebener Zeit zu einer vorzeitigen Haftentlassung führt.«[238] Lilije legte diesem Schreiben »die Kostenrechung des Kollegiums der Rechtsanwälte im Bezirk Magdeburg« bei mit der Bitte um Ausgleich.

Am 20. Juni bekam Rudolph Winkler Besuch von seiner Frau in der Untersuchungshaftanstalt. Zwei Tage später teilte er ihr mit, daß ein neuer Besuchsschein für den 4. Juli zugesagt sei. Es gibt keinerlei Hinweis, wie er das Urteil aufgenommen und wie er auf die Begründung reagiert hat. Er versuchte Alltagsfragen zu lösen. So wollte er seinen PKW – einen Trabi Kombi 600 – seinem Sohn Wolfgang übereignen und beriet seine Frau, wie sie an sein Altguthaben bei der Sparkasse käme. Er bat um Zahnpaste »Biox oder Rotweiß« und um einen Stoffrest von seinem grauen Anzug »(unten im Strumpffach)« und vermutete, daß seine Tage in der Untersuchungshaft gezählt seien.[239]

Als Frau Winkler ihren Mann am 10. Juli und nicht wie ursprünglich zugesagt am 4. Juli in der Untersuchungshaftanstalt besuchen wollte, traf sie ihn nicht mehr an. »Sicher wirst Du bei Deinem Besuch in der Haftanstalt Neustadt erfahren haben, daß ich inzwischen nach der Strafanstalt Sudenburg überführt wurde. So ist aus dem erhofften Wiedersehen gestern nichts mehr geworden.«[240]

Winkler wurde plötzlich am 6. Juli in die Strafvollzugsanstalt Magdeburg-Sudenburg überführt. Mitgeliefert wurden »1 Haftbefehl, 1 Aufnahmeersuchen, Gefangenenkarte mit Paßbildern, 2 Sprechgenehmigungen, 2 Briefe, 1 Effektenaufstellung.«[241] Dies erfolgte auf Ersuchen der Staatsanwaltschaft mit der Begründung, das Urteil sei zwar noch nicht rechtskräftig, »jedoch ist wegen der Höhe der Strafe sofort eine Überführung vorzunehmen.«[242] Die Haftanstalt fertigte einen »Erfassungsbeleg« an mit Personalbogen. Wieder wurden die Lebensdaten aufgenommen und erneut mußte Winkler einen Lebenslauf schreiben.

Am 12. Juli 1967 durfte er zum ersten Male aus Sudenburg schreiben. Der Brief erreichte seine Frau am 21. Juli. Er teilte ihr mit, daß sie ihm »monatlich 1x« schreiben könne und deutete an, daß er in Sudenburg nicht bleiben würde. Gesundheitlich müsse er zufrieden sein: »Die alten Herzbeschwerden und Kreislaufstörungen kennst Du ja, und bezgl. der Prostata bin ich gestern untersucht worden. Wenn sonst keine Störungen eintreten, ist eine baldige Operation noch nicht erforderlich.«[243]

Am 3. August wurde Winkler in die STVA Brandenburg überführt. Einen Tag später klagte er über eine Verstärkung von Miktionsbeschwerden während der letzten drei Tage. Der untersuchende Arzt, MR Dr. Krafft verordnete folgende Therapie: »Einbetten, 2 x tägl. Blasenspülung … Falls Restharnwerte mehr als 75 ml betragen, Dauerkatheter.« Am 7. August wurde Winkler in die Krankenstation (»AKH Chirurgie«) verlegt. Die Aufnahmediagnose lautete auf Prostatahypertrophie. Der Zustand Winklers besserte sich nach einigen Tagen. Am 18. August wurde er aus der Krankenstation entlassen mit dem Attest, er sei nur bedingt arbeitsfähig, eine ambulante Weiterbehandlung sei notwendig und er müsse sich vor Erkältung schützen.

Am 8. August schrieb Winkler, daß er immer noch keine Antwort auf seinen Brief vom 12. Juli erhalten habe und daß ihn das sehr beunruhige. Er teilte seiner Frau mit, daß er inzwischen »in Brandenburg gelandet« sei und daß sie ihm auch hier »monatlich einmal« schreiben könne. »Schicken kannst Du mir zunächst nichts. Näheres darüber, auch über Besuchsmöglichkeiten teile ich Dir das nächste Mal mit.« Er erkundigte sich wie immer nach dem Befinden seiner Frau und den anderen Familienmitgliedern: »Und Barbara. Hat sie ihren ›Doktor‹ geschafft? Ist Wolfgang mit dem Wagen klargekommen? Alles Fragen die mich bewegen.« Und immer noch läßt ihn seine Piano-Abteilung nicht los, treiben ihn Fragen nach dem Fortgang der Geschäfte um.

Zum ersten Mal tauchte ein neuer Name in der Korrespondenz auf. »Und wie steht es mit Hans?«[245] Es scheint dies ein vereinbarter Code, um Informationen zum Stand des Vorhabens auszutauschen, Winkler mit Hilfe der Bundesregierung freizukaufen. In Berlin hatte sich seine Tochter Christine bemüht, über die Rechtsschutzstelle der Bundesregierung, bzw. über die Anwaltskanzlei von RA Stange, ihren Vater auf die Freikaufliste der Bundesregierung zu bekommen. Parallel dazu nahm sie persönlichen Kontakt zu RA Vogel auf. Dieser sollte seinen Einfluß geltend machen, daß ihr Vater auch von der Stasi als Freizukaufender akzeptiert würde.

Im August wußte Winkler schon, daß er auf die Freikaufliste kommen sollte. Sein Sohn konnte ihm – während die Wache einmal kurz den Besucherraum verlassen hatte – diesen Hinweis geben. Winkler erfuhr auch, daß zugesagt war, daß seine Ehefrau eine legale Ausreisegenehmigung erhalten würde. Auf dem handschriftlich ausgefüllten »Leitbogen« der Kanzlei Stange findet sich der Vermerk: »Familienzusammenführung mit Beschuldigten von RA Vogel zugesagt.«[246]

Die DDR war froh über jeden Rentner und jede Rentnerin, die bereit waren, in die Bundesrepublik überzusiedeln, da sie auf diese Weise die Rentenzahlungen einsparte. Es dürfte der Stasi die Freikaufentscheidung im Falle Winkler erleichtert haben, daß zusätzlich zum Verkaufspreis des Häftlings seine ab November 1967 fällig werdende Rente einbehalten werden konnte.

Freikauf: Nach dem Bau der Mauer stieg die Zahl der politischen Häftlinge in der DDR sprunghaft an. Vor allem um diejenigen, die beim Versuch gefaßt wurden, aus dem Herrschaftsbereich der »Arbeiter- und Bauernmacht« zu flüchten und um jene, die geholfen hatten, diese Flucht zu bewerkstelligen, sei es uneigennützig oder kommerziell. 1962 versuchte die Evangelische Kirche im Westen, sich um Kirchenmitglieder zu kümmern, die wegen ihres Glaubens in die Fänge der SED-Justiz geraten waren. Die ganze Angelegenheit war für westliche Stellen kompliziert, da die Bundesregierung zu dieser Zeit noch jedes offizielle Gespräch mit Regierungsvertretern der DDR verweigerte, um ja kein Zeichen einer wie immer gearteten Anerkennung dieses Staates zu geben. Erste Adresse für eine informelle Kontaktaufnahme war Rechtsanwalt Vogel aus Ost-Berlin, der sich einen Namen beim erfolgreichen Agenten-Austausch gemacht hatte. Gespräche wurden geführt und es kam zu einer Verhandlung zwischen RA Vogel (Ost-Berlin), RA Stange, dem Leiter des Rechtschutzbüros der Bundesregierung und dem Kirchenjustristen RA Reymar von Wedel sowie einem Stasi-Mitarbeiter, der sich Krügler nannte. Letzterer machte den Vorschlag, daß bei einer Freilassung von Häftlingen auch »eine wirtschaftliche Gegenleistung« erwartet werden könne, denn der DDR würde dadurch ein Schaden entstehen, u.a. nannte er die Kosten, die für die Ausbildung des Häftlings investiert worden seien. Auf die Frage, was er denn haben wolle, antwortete Krügler: er hielte für die gewünschten 15 Häftlinge »drei Waggons Kali« für angemessen.[247] Dies war die Geburtsstunde für eines der einträglichsten Geschäfte, das die SED je zustande gebracht hat. Und es war damit ein Präzedenzfall geschaffen.

Das Beispiel der Kirche motivierte auch Vertreter der Bundesregierung, ähnliche Wege zu gehen. Experten hatten mittlerweile eine Maßeinheit, d.h. den Preis für einen Häftling errechnet. Am 14. August 1964 wurden die ersten 8 politischen Häftlinge für 340.000 DM getauscht, pro Häftling also zirka 40.000 DM. Dieser Kurs blieb lange stabil, und stieg dann rasant: Ab 1977 erpreßte die SED pro Häftling 95.847 DM. Sie verkaufte insgesamt 33.755 Häftlinge. Der geschätzte Reinerlös belief sich auf zirka 3,4 Milliarden DM. Doch schon früh stieg die Bundesregierung von der Barzahlung wieder auf Naturalientausch um. Sie bezahlte mit Rohstoffen, Lebensmitteln und Industrieprodukten im Glauben, dies würde der DDR-Bevölkerung eher zugute kommen – die immer noch unterversorgt war. Doch daran war die SED weniger interessiert. Es schlug nun die Stunde von Schalk-Golokowsky. Er bekam den Auftrag, diese West-Produkte sogleich auf dem Weltmarkt wieder gegen Bares zu tauschen, um damit der DDR die bitter benötigten Devisen zu beschaffen.

Menschen gegen Geld, dafür gab und gibt es einen exakten Begriff: Menschenhandel. Dieses widerwärtige Geschäft war weltweit geächtet, und die DDR hatte allergrößtes Interesse daran, daß ihr Tun nicht das Licht der Öffentlichkeit erblickte. Die SED-Kommunisten, die sich in ihrer Propaganda aufspielten, als hätten alleine sie die Humanität gepachtet, betrieben einen schwunghaften Menschenhandel mit dem »Klassenfeind« – noch dazu mit eigenen Landeskindern. Dieses Schurkenstück der SED durfte nicht bekannt werden. Die SED machte eine strikte Geheimhaltung zur Bedingung des Geschäftes. Alle Beteiligten ließen sich darauf ein und konnten doch nicht verhindern, daß nach dem ersten Freikauf, der indirekt von der Bundesregierung zu verantworten war, die Freigekauften redeten und die Presse Schlagzeilen produzierte. Die Drohung der DDR, den Handel einzustellen, wenn darüber weiter berichtet würde, führte dazu, daß RA Vogel an die Häftlinge appellierte, zu schweigen. Im Westen kam es zu der stillschweigenden Übereinkunft – mit Axel Springer an der Spitze –, daß der Häftlingsfreikauf von der Presse nicht mehr thematisiert werde. Daran haben sich Politiker und Journalisten über alle politischen Unterschiede hinweg weitgehend gehalten. Keiner wollte die mögliche humanitäre Hilfe gefährden. Das Geschäft konnte lange Jahre im Geheimen blühen.

Bürokratisches Endspiel: In der Handakte der Stasi findet sich ein formloser Vermerk, unterzeichnet mit »Vogler«, Funktionsangabe »Sekretär«, vom 22. August 1967. Festgehalten wurde hier, daß »Genosse Wagner (dieser war Staatsanwalt in der für Winkler zuständigen Abteilung) mit dem Genossen Erben (vermutlich MfS oder Generalstaatsanwaltschaft in Berlin) Rücksprache gehalten hat »bzgl. der vorgesehenen zentralen Haftentlassung des Winkler«. Wagner habe Erben die ablehnende Meinung der Staatsanwaltschaft Magdeburg mitgeteilt.[249] »Zentrale Haftentlassung« meinte in diesem Zusammenhang den Verkauf von politischen Häftlingen und den Freikauf von Winkler durch die Bundesregierung.

Die Meinung des Magdeburger Staatsanwalts Wagner war in dieser Angelegenheit nicht sonderlich gefragt. Die Entscheidung, wer von den politischen Häftlingen zum Freikauf bestimmt wurde, traf der Generalstaatsanwalt in Berlin. In Wirklichkeit jedoch die Stasi in Abstimmung mit dem Generalstaatsanwalt. Formal mußte das Magdeburger Bezirksgericht darüber beschließen, ob Winkler vorzeitig freigelassen würde.

Staatsanwalt Wagner erhielt von Erben die Antwort, daß er ihm die abschließende Entscheidung mitteilen werde. Dies ist wohl umgehend geschehen. Schon am 25. August mußte ausgerechnet Abteilungsleiter Wagner – der zuvor eine vorzeitige Haftentlassung Winklers abgelehnt hatte – im Auftrag des Bezirksstaatsanwaltes beim Bezirksgericht Magdeburg den Antrag stellen, »dem Verurteilten Winkler, Rudolf (sic!) … mit Wirkung vom 1.9.67 bedingte Strafaussetzung zu gewähren und ihm eine Bewährungszeit von 3 Jahren aufzuerlegen.« Wagner begründete dies mit der guten Führung, dem Alter des Verurteilten und der Einschätzung, daß Winkler »zukünftig die Gesetze der Deutschen Demokratischen Republik einhalten wird.«

Am 28. August 1967 folgte das Bezirksgericht diesem Antrag in allen Punkten mit der zusätzlichen Formulierung: »Es wird an dem Verurteilten liegen, durch gute Arbeitsleistungen und verbindliches Gesamtverhalten sich des in ihn gesetzten Vertrauens würdig zu erweisen. Kommt er dieser Forderung nach, wird ihm nach Ablauf der Bewährungszeit der noch nicht verbüßte Teile der Strafe erlassen.«[250]

Am selben Tag ist in Berlin bereits die »Entlassungsverfügung« ausgestellt: Winkler »ist unverzüglich am 1.9.67 zu entlassen« – heißt es in dem Formschreiben.[251] Das Formular trägt den Aufdruck: »Diese Entlassungsverfügung hat nur Gültigkeit nach telefonischer Bestätigung«. Diese Bestätigung wurde am 31. August 1967 bei Staatsanwalt Butte eingeholt. Auf der Rückseite dieser Verfügung befindet sich der Stempel des »Generalstaatsanwalts von Groß-Berlin« mit Datum vom 31. August 1967 und der Unterschrift von Butte. Der schwunghafte Handel mit Häftlingen scheint bei den nachgeordneten Organen der Justiz keine große Begeisterung aus-

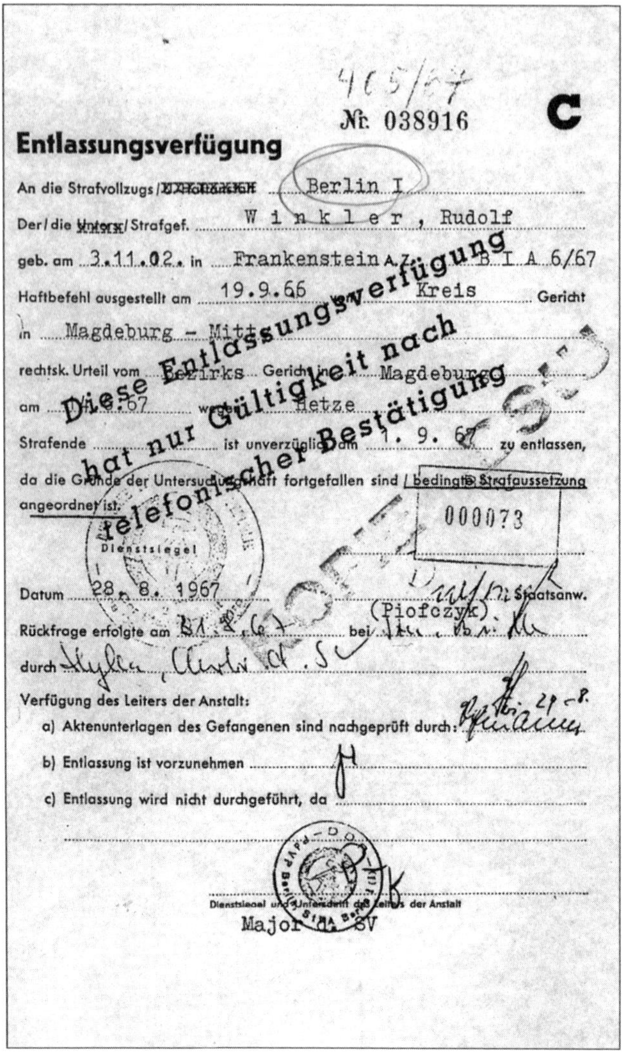

405/67

№ 038916 C

Entlassungsverfügung

An die Strafvollzugs/ Berlin I

Der/die Strafgef. W i n k l e r , Rudolf

geb. am 3.11.02. in Frankenstein A.Z.: B I A 6/67

Haftbefehl ausgestellt am 19.9.66 Kreis Gericht

in Magdeburg - Mitte

rechtsk. Urteil vom Bezirks Gericht in Magdeburg

am 1.67 wegen Hetze

Strafende ist unverzüglich am 1. 9. 67 zu entlassen,

da die Gründe der Untersuchungshaft fortgefallen sind / bedingte Strafaussetzung angeordnet ist.

000073

Diese Entlassungsverfügung hat nur Gültigkeit nach telefonischer Bestätigung

Dienstsiegel

Datum 28. 8. 1967 Staatsanw.

(Piofczyk)

Rückfrage erfolgte am bei

durch

Verfügung des Leiters der Anstalt:

a) Aktenunterlagen des Gefangenen sind nachgeprüft durch:

b) Entlassung ist vorzunehmen

c) Entlassung wird nicht durchgeführt, da

Dienstsiegel und Unterschrift des Leiters der Anstalt

Major d. SV

Entlassungsverfügung

gelöst zu haben. Der Einspruch von Staatsanwalt Wagner gegen die Entlassung von Winkler deutet darauf hin, daß es ein internes Vermittlungs-Problem gab. Stasi-Ermittler, Staatsanwälte und schließlich Richter fühlten sich um den Lohn ihrer Arbeit gebracht, wenn sie einen »Staatsfeind« wieder laufen lassen mußten, den sie kurz vorher unter großem Aufwand ausfindig gemacht, überführt und abgeurteilt hatten. Zusätzlich mußten sie – wie im Falle Winklers – der bürokratischen Ordnung halber auch noch ein erstaunliches Mimikry vollziehen. Der Schein der Rechtsförmigkeit mußte unter allen Umständen gewahrt werden. Rudolph Winkler wurde mit Gerichtsbeschluß auf Bewährung entlassen und nach Ablauf der Bewähungszeit, drei Jahre später, als er schon längst kein Bürger der DDR mehr war, wurde ihm auch noch die Reststrafe erlassen. Wieder mit Antrag der Staatsanwaltschaft[252] und Gerichtsbeschluß[253].

Ganz ohne Bedeutung war dieser formelle Abschluß nicht. Er bekam nach dieser Entscheidung wieder eine Einreiseerlaubnis in die DDR und konnte seine Verwandten und Bekannten in Magdeburg besuchen.

In Freiheit – im Westen: Am 17. August war Rudolph Winkler noch ahnungslos über den Tag seiner Freilassung, »bis am 18.8. plötzlich die Aufforderung kam zum Fertigmachen.« Winkler schrieb, daß es dann noch »14 Tage« gedauert hätte, »incl. 10-tägigem Aufenthalt in der Stadt, in der ich vor 43 Jahren mal tätig war (Redlich).« Gemeint war damit Chemnitz (Karl-Marx-Stadt). In diesen 10 Tagen durfte Winkler noch sein restliches Geld ausgeben. »Habe mir noch zuletzt vom Restgeld 2 Paar Schuhe, 1 Koffer, Wäsche etc. gekauft, da war also alles glatt.«[254] Laut Übergabebescheinigung seiner Utensilien hatte er 468,37 MDN ausgehändigt bekommen.*

Am 1. September bestieg er den Bus nach Gießen. Im Bus bekam er von Dr. Vogel einen Brief von seiner Tochter ausgehändigt. Sie schrieb: »Wie freue ich mich, daß ich Dich in ein paar Stunden sehen werde! ... Du kannst volles Vertrauen zu Herrn Vogel haben ... Wir waren mit Mutti an der See. Sie ist informiert und überglücklich. Dementsprechend geht es ihr auch gesundheitlich gleich besser. Ab 22 Uhr erwarte ich Dich also.«[255]

In Gießen mußte Rudolph Winkler das vergleichsweise unbürokratische Notaufnahmeverfahren seiner Einbürgerung in die Bundesrepublik durchlaufen. Provisorische Papiere wurden ausgestellt: ein Überweisungsschein an den vorläufigen Wohnort und ein Arbeitslosenausweis.[256] Winkler konnte sich mit Wirkung vom 2. September 1967 arbeitslos melden. Dies war das übliche Verfahren, um Menschen, die mittellos aus den Gefängnissen der DDR kamen, eine finanzielle Grundversorgung zu sichern. Außerdem erhielt er einen Flugschein nach Berlin, da er erst einmal bei seiner Tochter wohnen wollte. Am 3. September konnte er zusammen mit seiner Tochter nach Berlin fliegen.

Rudolph Winkler beschloß, nachdem er einige Wochen in Berlin bei seiner Tochter gewohnt und seine formalen Angelegenheiten geregelt hatte, eine Wohnung in Bielefeld zu suchen. Hier lebte seine Schwägerin. In Ber-

* Hauptakte, Übergabebescheinigung, mit handschriftlichem Vermerk: »29.8.1967 – sämtliche Effekten erhalten – Rudolph Winkler (Unterschrift)« Bl. 072. Auf dem Deckblatt der Hauptakte, findet sich der Eintrag »24. Aug Berlin I KdoS« und es gibt einen ärztlichen »Entlassungsuntersuchungsbefund«, ausgestellt von der Strafvollzugsanstalt Berlin vom 31.8.67. (Hauptakte, Bl. 49) Beides deutet darauf hin, daß Winkler von Brandenburg auch noch nach Berlin überführt wurde. Dem widerspricht seine eigene Angabe, er sei vor der Entlassung noch 10 Tage in Chemnitz gewesen. Auflösen ließe sich dieser Widerspruch durch die Annahme, daß in Berlin nur die formale Abwicklung der Entlassung stattgefunden hat.

lin wollte er nicht bleiben, weil er überzeugt war, daß es eines nicht zu fernen Tages doch noch an die Russen fallen würde. Am 3. November 1967 feierte er seinen 65. Geburtstag. Von der Rente hätte er gut leben können, doch er wollte sich noch nicht auf sein Altenteil zurückziehen. Er nahm Kontakt zu seinen Berufskollegen aus alten Tagen der Klavierbranche auf und bekam sogleich Angebote, wieder ins Geschäft einzusteigen. Für ein namhaftes Hannoveraner Musik- und Klavierhaus unternahm er zweimal im Jahr längere Vertretungsreisen kreuz und quer durch die Republik – ausgesprochen erfolgreich. Nach gut einem Jahr seines Freikaufes durfte seine Ehefrau die DDR verlassen. Beide genossen es, wieder zum Skifahren nach Österreich und zum Schwimmen an die Nordsee fahren zu können.

Er erlebte jetzt die fünfte Regierungsform. Eine, nach der er sich zu DDR-Zeiten immer gesehnt hatte. Jedoch zu einem Zeitpunkt, als vor allem Studenten begannen, den Konsens der Republik aufzukündigen und sich überhaupt von der parlamentarischen Demokratie abzuwenden. Viele von ihnen entflammten für einen nie geschauten, idealen Sozialismus jenseits des realen in der DDR. Vermutlich verstand Rudolph Winkler die Welt nicht mehr, als seine Tochter an dieser Bewegung teilnahm und sich mit einem linksradikalen Studenten befreundete. Zwar zählten beide zum eher undogmatischen Teil der Linken, doch diesen feinen Unterschied zwischen sozialistischen oder kommunistischen Brüdern konnte er nicht wahrnehmen. Er sah nur, daß auch diese Linke für die Anerkennung der DDR eintrat, die undemokratischen Zustände und Menschenrechtsverletzungen mit mildem Schweigen überging oder hochkomplexe Rechtfertigungen entwickelte – und selbst natürlich nicht im mindesten daran dachte, sich diesen Zuständen, wie er sie intensiv erfahren hatte, auszusetzen. Genau bedacht, hätte Letzteres für ihn Hoffnung bedeuten können.

Rudolph Winkler starb am 6. Dezember 1980 in Bielefeld.

Anhang

Nachbemerkung und Danksagung

Nachdem die Mauer gefallen war und man bei der Gauck-Behörde Anträge auf Einsicht in evtl. vorhandene Unterlagen der Stasi stellen konnte, hat meine Frau für ihren Vater einen solchen Antrag gestellt. Der Fund zu dem Fall meines Schwiegervaters Rudolph Winkler war erstaunlich. Der ganze Vorgang war fast vollständig abgelegt. Die Akten Operativ-Vorgang, Ermittlungs- und Untersuchungsvorgang, Haupttakte, Handakte, etc. – alles war vorhanden.

Meine Frau starb 1993. Erst 1996 kam von der Behörde die Benachrichtigung, es seien Akten gefunden worden. Ich selbst bekam – als nicht direkt Verwandter – zunächst keine Genehmigung, die Akten einzusehen, sondern nur meine Tochter. Diese hat vor gut neun Jahren die Akten eingesehen und für alles, was irgendwie interessant erschien, Kopien anfertigen lassen. Nach wenigen Wochen erhielten wir ein Päckchen mit den kopierten Unterlagen, zu meinem Leidwesen mit z.T. erheblichen Schwärzungen. Irgendwann habe ich begonnen, in diesen Unterlagen zu schmökern. Schon nach dem Lesen von wenigen Dokumente war ich wie elektrisiert. Eine fast unglaubliche Kriminalgeschichte tat sich auf – und ein erschreckender Blick auf die politische Justiz der SED.

In den folgenden Jahren ergab sich manchmal die Gelegenheit, die Geschichte meines Schwiegervaters zu erzählen. Die Reaktion meiner Zuhörer war immer die gleiche: »Mensch, das ist ja ein Kriminalroman. Da mußt Du was draus machen.« Vor allem Margareta Fohrbeck bestärkte mich in dieser Richtung. Sie drängte mich, die Arbeit an »Piano Winkler« – so der Arbeitstitel – wieder aufzunehmen und mit der Recherche zu beginnen. Ohne ihre Ermutigung hätte ich das Material unterm Schrank verstauben lassen.

Nach erfreulichen Anfängen stockte das Vorhaben, den Fall Winkler in die Form eines Romans zu bringen, erneut. Vor einiger Zeit erzählte ich Nik Simon die Geschichte, und auch er reagierte spontan: »Tolle Geschichte, das ist ein Roman.« Ich pflichtete ihm bei – und erzählte vom Scheitern meiner Roman-Idee. Er entgegnete: »Dann mach' doch das, was Du kannst. Schreib‹ eine Geschichte.« Das war für mich der Durchbruch, von der fixen Idee wegzukommen, unbedingt einen Roman schreiben zu müssen.

Ich habe vielen zu danken, die mir geholfen haben, die Geschichte eines anonymen Leserbriefschreibers zu vollenden. Besonders danke ich Jochen Staadt und Manfred Wilke, die mir vor allem zu Beginn der Recherche immer wieder für Nachfragen zur Verfügung standen und mir halfen, in das Thema »SED und MfS« zu kommen. Wolfgang und Barbara Winkler haben mir mit ihren Erinnerungen geholfen, die Lebensumstände der Familie Winkler in Magdeburg zu verstehen. Mein Dank gilt Ernst-Ludwig Heinrichshofen, dem letzten Chef der Firma Heinrichshofen in Magdeburg, mit dem ich zwei lange Gespräche über die Geschichte der Firma und seinen Prokuristen Rudolph Winkler führen durfte. Ich bedanke mich sehr bei Mechthild Günther, die mir aus eigener Erfahrung und aus Kenntnis vieler Biographien von Menschen, die in das Räderwerk der Stasi geraten waren, Einblicke in das monströse Gebilde des MfS vermitteln konnte. Dank schulde ich Dirk Müller und Arnhelm Neusüss, die das Endmanuskript lasen und mir halfen, sprachliche Ungenauigkeiten zu beseitigen und auf stilistische Feinheiten zu achten. Dankbar bin ich Lothar Zmija für die Diskussion über die SED-Justiz.

Vor allem danke ich jedoch meiner Tochter Jenny, nicht nur für ihre erste Sichtung und Auswahl des Aktenbestandes, sondern noch vielmehr dafür, daß sie als erste Leserin des Rohmanuskripts den Text unnachsichtig kritisch – formal und inhaltlich – durchgesehen hat. Eine bessere Unterstützung hätte ich mir nicht wünschen können.

Anmerkungen

1 Walter Ulbricht, Schreiben an Nikita Chruschtschow vom 18.1.1961. Zit. nach Jochen Staadt, Die geheime Westpolitik der SED 1960-1970. Von der gesamtdeutschen Orientierung zur sozialistischen Nation, Berlin 1993, S.52.
2 Im gesamten Jahr 1960 waren es »nur« 199.188.
3 Die Zeit, Nr. 18 vom 28.4.1961.
4 Neues Deutschland – Organ des Zentralkomitees der SED, Nr. 159 vom 24.6.61. Zit. als Neues Deutschland.
5 Neues Deutschland, Nr. 179 vom 1.7.61.
6 Neues Deutschland, Nr. 198 vom 20.7.61.
7 Zit. n. Hans-Peter Schwarz, Die Ära Adenauer 1957-1963. Geschichte der Bundesrepublik Deutschland, Stuttgart 1983, S. 144.
8 Das Streitgespräch in Ost-Berlin, in: Die Zeit, Nr. 18 vom 28.4.1961
9 Marion Gräfin Dönhoff, Bilanz nach der Debatte, in: ebd.
10 Adam Rapacki war von 1956-68 polnischer Außenminister und legte 1957 der Vollversammlung den Plan einer kernwaffenfreien Zone in Mitteleuropa vor.
11 Neues Deutschland, Nr. 129 vom 11.5.1961
12 Ermittlungsverfahren, Brief, Bl. 279f. Der Brief ist undatiert. Auf dem schwer lesbaren Poststempel ist erkennbar, daß er am 13. oder 15. Mai 1961 abgestempelt wurde.
13 Neues Deutschland, Nr. 199 vom 21.7.61.
14 Volksstimme – Organ der Bezirksleitung Magdeburg der SED, Nr. 172 vom 21.7.61. Zit. als Volksstimme.
15 Neues Deutschland, Nr.200 vom 22.7.61
16 Neues Deutschland, Nr. 197 vom 19.7.61.
17 Neues Deutschland, Nr. 201 vom 23.7.61.
18 Neues Deutschland, Nr. 197 vom 19.7.61.
19 Harald Wesel, Menschenhandel gestern und heute, in: ND, Nr. 166 vom 18.6.61.
20 Volksstimme, Nr. 169 vom 18.7.61.
21 Handschriftliche Einlassung, Ermittlungsverfahren, Bl. 316.
22 Der Staatsanwalt, Bd. II, Brief, Bl. 73f. Dieser Brief unterscheidet sich nur durch den Bezug auf die erwähnten Artikel im Neuen Deutschland.
23 Ebd., Bl. 70.
24 Ebd., Schreiben vom 9.12.1963.
25 Name von BStU geschwärzt.
26 Ermittlungsverfahren, »Bericht, Quelle: GM »Günter Nehrlich«, angen.: Ltn. Kämmerer – Tonbandaufnahme.« Die Abschrift vom 29.1.1964, wurde von »Nehrlich« abgezeichnet. BL.254-258. »Nehrlich« war ein fleißiger Spitzel, in seinen Arbeitsakten finden sich 160 Beobachtungs-, Informations- und Treffberichte. Er hat sich der Stasi regelrecht aufgedrängt. Er unterschrieb seine Verpflichtungserklärung am 7.2.1958 (BStU, ZA, P-Akte, Bl. 48). Von Hause aus war er Buchhändler. Er war zuerst nur Geheimer Informant (GI), ab Juli 1960 avancierte er zum »ganztägigen« Geheimen Mitarbeiter (GM), mit einem monatlichen Entgelt von 463 Mark. Ende September 1964 stellte die Stasi die Zusammenarbeit mit ihm ein.
27 Ebd. Schreiben Kämmerer vom 14.2.1964, Bl.105f.
28 Operativ-Vorgang, Abschrift Ermittlungsbericht vom 23.3.1964. Bl. 75.
29 Volksstimme, Nr. 259 vom 4.11.1963.
30 Volksstimme, Nr. 261 vom 6.11.1963.
31 Gutachten, Brief, Bl. 38.
32 Volksstimme, Nr. 277 vom 26.11.1963.
33 Ermittlungsverfahren, Brief, Bl. 367.
34 West-Berlin hatte einen Sonderstatus, hier war die SED – ab 1969 in Sozialistische Einheitspartei West-Berlins (SEW) umbenannt – zugelassen.
35 Zit. n. Frankfurter Rundschau, Nr. 88 vom 15. 4.1964,.
36 Volksstimme, Nr. 89 vom 15.4.1964

37 Volksstimme, Nr. 90 vom 16.4.1964.
38 Ebd.
39 Gutachten, Brief, Bl. 50.
40 FAZ, Nr. 115 vom 19.5.1965.
41 Volksstimme, Nr. 117 vom 20.5.1964.
42 Alle Zitate aus Volksstimme, Nr.116 vom 19.5.1964.
43 Volksstimme, Nr. 117 vom 20.5.1964.
44 Ermittlungsverfahren, Brief, Bl. 360.
45 Im Oktober 1965 hob der DSB den Beschluß von 1961 wieder auf, jedoch erst ab 1970 konnten wieder gemeinsame Sportveranstaltungen der Verbände beider deutscher Staaten stattfinden.
46 Volksstimme, Nr. 180 vom 1.8.1964.
47 Gutachten, Brief, Bl. 34.
48 Es handelte sich um den Vorschlag, atomar bewaffnete Überwasserschiffe mit multilateraler Mannschaft auszustatten (1963).
49 FAZ, Nr. 296 vom 21.12.1964.
50 Volksstimme, Nr. 301 vom 22.12.1964.
51 Volksstimme, Nr. 279 vom 26.11.1964.
52 Volksstimme, Nr. 304 vom 25.12.1964.
53 Ermittlungsverfahren, Brief, Bl. 365.
54 Volksstimme, Nr. 122 vom 25.5.1965.
55 Gutachten, Brief, Bl. 45.
56 Auf 30 Milliarden Mark bezifferte Walter Ulbricht den Verlust der DDR, der ihr durch – nach seiner Ansicht – die vom Westen gesteuerte Abwerbung hochqualifizierter DDR-Bürger entstanden sei. Wie er auf diese Zahl gekommen ist, bleibt unerfindlich.
57 Volksstimme, Nr. 189 vom 13.8.1965.
58 Gutachten, Brief, Bl. 47.
59 Volksstimme, vom 7.12.65.
60 Untersuchungsvorgang, Gutachten Technische Untersuchungsstelle, Bl. 121.
61 Untersuchungsvorgang, Vernehmungsprotokoll Gehlmann vom 4.11.1966, Bl. 112f.
62 Neues Deutschland, Nr. 42 vom 11.2.1966.
63 Neues Deutschland, Nr. 85 vom 26.3.1966.
64 Gutachten, handschriftliche Notizen, Bl. 40-41.
65 Volksstimme, Nr. 127 vom 31.5.1966.
66 Untersuchungsvorgang, Gutachten technische Untersuchungsstelle MfS, Bl. 118. Das Zitat konnte ich in der Volksstimme nicht nachweisen, es ist stammt hingegen aus dem 1. Offenen Brief vom 11.2.1966: »Um endlich eine Bresche in die Barrieren zu schlagen, die den Weg zur Überwindung der deutschen Spaltung blockieren ...«
67 Diese Angabe steht im Widerspruch zu Winklers Einlassung, er habe den Brief in den Hausbriefkasten der Volksstimme geworfen (vgl. Ermittlungsverfahren, Bl. 84)
68 Operativ-Vorgang, Operativplan zur Bearbeitung des Operativvorganges »Redaktion« vom 23.8.1965, Bl. 007-13.
69 Am 11. Dezember 1957 hatte die Volkskammer das Strafrechtsergänzungsgesetz (StEG) verabschiedet. Es ging dabei um die bisherige Praxis politischer Strafjustiz mit Normen auszustatten, d.h. zu legalisieren.
70 Operativ-Vorgang, Beschluß vom 31.8.1965, Bl. 5-6.
71 Ebd., MfS, Technische Untersuchungsstelle, Untersuchungsbericht über Schreibmaschinenschriften vom 31.8.1965, Bl. 16/17.
72 Ebd., Ergänzung zum Maßnahmeplan vom 24.9.1965, Bl. 14.
73 Ebd., Aktenvermerk Kislat vom 1.10.65, Bl. 20.
74 Ebd., Aktenvermerk Kislat vom 24.11.65, Bl. 27.
75 Ebd., Aktenvermerk Kislat vom 26.10.65, Bl. 21.
76 Ebd., Aktenvermerk Kislat vom 1.12.65, Bl. 30.
77 Ebd., Aktenvermerk Kislat vom 28.1.66, Bl. 31.

78 Ebd., Aktenvermerk Kislat vom 28.1.66, Bl. 33.
79 Ebd., Aktenvermerk Kislat vom 31.01.66, Bl. 34/35.
80 Ebd., Aktenvermerk Kislat vom 16.3.66, Bl. 45.
81 Name ist von BStU geschwärzt, konnte jedoch aus Dokumenten anderer Provenienz zweifelsfrei ermittelt werden.
82 Ebd., Hptm. Zörner, Ergebnis des Treffs ... 9.3.1966, Bl. 036ff.
83 Die Blockparteien hatten neben der SED jeweils eigene Tageszeitungen und davon noch spezielle Bezirksausgaben Der Neue Weg = Organ der CDU für die Bezirke Halle, Magdeburg, LDZ (Liberal-Demokratische Zeitung = Organ der LDPD für die Bezirke Halle, Magdeburg, MNN (Mitteldeutsche Neueste Nachrichten = Organ des Bezirksverbandes der NDPD, MZ (Magdeburger Zeitung am Wochenende).
84 Ebd., Aktenvermerk Kislat vom14.3.66, Bl. 042.
85 Ebd., Schreiben vom 25.5.1966, Bl. 55. Erst einen Monat später erhielt Kammler eine Antwort von seinem Kollegen aus Greifswald, Major Tromp, und zwar eine negative. (vgl. Bl. 059)
86 Ebd., Aktenvermerk Kislat vom 16.3.66, Bl. 44.
87 Ebd., Maßnahmeplan Kislat vom 16.3.66, Bl. 40/41.
88 Ebd., Aktenvermerk Kislat vom 18.4.66, Bl. 50.
89 Ebd., Aktenvermerk Kislat vom 27.4.66, Bl. 49.
90 Ebd., Treffbericht mit dem GI ›Hans Mader‹ vom 21.5.1966, Bl. 58.
91 Ebd., Begründung zur Einleitung einer Postkontrolle vom 3.6.1966, Bl. 56.
92 Ermittlungsverfahren, Bl. 308-310.
93 Ebd., Aktenvermerk Kislat vom 12.7.66, Bl. 60.
94 Ebd., Information des GI »Peter-Peter« vom 13.7.1966, Bl. 66.
95 Volksstimme, Nr. 75 vom 29.3.1950.
96 Volksstimme, Nr. 76, 78 und 81 vom 30.3., 1.4. und 5.4.1950.
97 Ebd., Zwischenbericht am 20.Juli 1966, Bl. 61.
98 Ebd., Aktenvermerk Kislat vom 20. Julli 1966, Bl. 62.
99 Ebd., Aktenvermerk Kislat vom 9.8.66, Bl. 76.
100 Ebd., Abschrift vom 30.6.1959, Quelle: GI »Egon Liebers«, Betrifft: Firma Heinrichshofen, Magdeburg, Str. der Jugend 21, Bl. 63.
101 Ebd., Bericht über Kontaktaufnahme vom 10.8.1966, Bl. 70.
102 Ebd., Begründung einer Postkontrolle vom 4.8.66, Bl. 68
103 Ebd., Aktenvermerk vom 2.8.66, Bl. 67
104 Ebd., Aktenvermerk Kislat vom 9.8.66, Bl. 77.
105 Ebd., Schreiben an MfS vom 10.8.1966, Bl. 82
106 Ebd., Ermittlungsbericht vom 15.8.1966, Bl. 079-81.
107 Ermittlungsverfahren, Untersuchungsbericht vom 15.8.1966, Bl. 168-70.
108 Ermittlungsverfahren, Haftbeschluß, Bl. 14.
109 Untersuchungsvorgang, Verfügung, Bl. 5.
110 Ebd., Einlieferungsanzeige, Bl. 7f.
111 Ebd., Schreiben Staatsanwalt, Bl. 9.
112 Ebd., Haftbefehl, Bl. 10.
113 Ebd., Anordnung, Bl. 22.
114 Ebd., Einlieferungsanzeige, Bl. 7.
115 Ebd., Einlieferungsanzeige, Bl. 18.
116 Operativ-Vorgang, Abschlußbericht zum Operativvorgang »Redaktion«, Reg.-Nr.: VII/897/65 vom 30.9.1966, Bl. 117
117 Ebd., Effektenaufstellung, Bl. 20.
118 Ebd., Durchsuchungs- und Beschlagnahmeprotokoll, Bl. 25f.
119 Ebd., Durchsuchungs- und Beschlagnahmeprotokoll, BL. 23f.
120 Untersuchungsvorgang, Bildbericht, Bl. 75-77. Die Bücher sind auf dem Foto nicht identifizierbar.
121 Ermittlungsverfahren, Bl. 27.
122 Operativ-Vorgang, Bl. 24.

123 Untersuchungsvorgang, Bl. 36ff.
124 Klaus Kordon, Krokodil im Nacken, S. 84f, Weinheim-Basel 2002.
125 Brigitte Reimann, Franziska Linkerhand, unzensierte Ausgabe, Berlin 1999, S. 65.
126 Ebd., Bl. 41-60, handschriftlich, ohne Datum, ohne Verfasser. Aus dem Kontext ergibt sich, daß er nach der ersten Vernehmung erstellt und nach 17.10.66 nicht weiter ergänzt wurde. Winklers Geständnis ist in Bl. 11 enthalten.
127 BStU, ZA, MfS-BdL, Dok. Nr. 009600, Gemeinsame Anleitung ... vom 2.10.1958, Bl.1-10.
128 In einem älteren Duden (West) wird zu dem Begriff Diversion ausgeführt: »im kommunist. Sprachgebrauch: Sabotage des Klassenfeindes«
129 § 14 betraf Spionage und § 21 »Verleitung zum Verlassen der Deutschen Demokratischen Republik«.
130 Untersuchungsvorgang, Vernehmung am 30.9.66, Bl. 43-48, alle Zitate, die im folgenden nicht ausgewiesen werden, beziehen sich auf dieses Dokument.
131 Ed. Seiler, Zeugnis vom 29.3.1923, Nachlaß.
132 »Aus meinem Leben«, 9-seitiges maschinengeschriebenes Manuskript, ohne Datum, ohne Ort. Nachlaß.
133 ebd.
134 Popper & Co., Zeugnis vom 30.6.1931, Nachlaß.
135 Amtsgericht Magdeburg, Eintrag Handelsregister.
136 »Aus meinem Leben«, 9-seitiges, maschinengeschriebenes Manuskript, o. Datum, o. Ort, Nachlaß.
137 Hauptakte, Personalbogen, StVA Sudenburg, handschriftlicher Lebenslauf, Bl. 38.
138 Staatsanwalt, Bd. II, Protokoll Hauptverhandlung, Bl. 29.
139 Hauptakte, Personalbogen, STVA Sudenburg, handgeschriebener Lebenslauf, Bl. 039.
140 Bund Deutscher Mädchen, NS-Mädchenbund, eine Untergliederung der Hitler-Jugend für alle Mädchen und junge Frauen von 14 bis 21 Jahren.
141 NS-Volkswohlfahrt, Organisation der NSDAP und zuständig für alle Fragen nationalsozialistischer Wohlfahrtspflege und Fürsorge.
142 Faschingszeitung, Münchener Netteste Nachrichten. Vor Aschermittwoch 37, Nachlaß.
143 Untersuchungsvorgang, Vernehmung am 30.09.66, Bl. 43-48.,
144 Diese Einlassung darf nicht verwechselt werden mit dem handschriftlichen Lebenslauf, auf den ich schon verschiedentlich Bezug nahm.
145 Ermittlungsverfahren, schriftliche Eingabe, Bl. 314.
146 Welchen Anteil die massive Demontage durch die Sowjetunion hatte, läßt sich schwer einschätzen. Doch dieses Thema war in der SBZ bzw. DDR ohnehin ein Tabu.
147 Schreiben an Franke vom 18.3.1962, Nachlaß.
148 Ermittlungsverfahren, Protokoll zur Erarbeitung einer kollektiven Beurteilung des Herrn Winkler v. 1.12.66, Bl. 081-84.
149 Untersuchungsvorgang, Protokoll Hauptverhandlung, Bl. 044.
150 Ebd., Beurteilung vom 21.9.66, Bl. 060-61.
151 Ermittlung, Protokoll zur Erarbeitung einer kollektiven Beurteilung des Herrn Winkler v. 1.12.66. Bl. 81-84)
152 Ablehnungsbescheid der Humboldt-Universität vom 12.9.1955, gez. Dietrich, Hauptreferent, Nachlaß.
153 Der Sachverhalt ließ sich nicht genau ermitteln, nach Auskunft des Bruders war Christine Winkler nicht Mitglied der FDJ.
154 Zitiert nach Festschrift, 150 Jahre Heinrichshofen Magdeburg, Privatbesitz.
155 LDZ – Liberal-Demokratische Zeitung – Organ der LDPD vom 25.11.1972.
156 Die Sprechmaschine ist der Vorläufer vom Grammophon. Sprechmaschinen wurden aber weiter als Diktiergeräte, »Parlaphone«, verwendet.
157 Heinrichshofen. Musikverlag und Druckerei, 1797-1997, Jubiläumsbroschüre, Wilhelmshaven 1997.
158 Firma Heinrichshofen 1897-1947. Undatiertes und ungezeichnetes dreiseitiges Manuskript, Stadtarchiv Magdeburg.

159 Ebd.

160 Interview mit Ernst-Ludwig Heinrichshofen, 10.11.2004.

161 Der Eintrag im Handelsregister ist vom am 15.11.1938

162 1797-1937 Heinrichshofen, Stadtarchiv Magdeburg.

163 Festschrift 150 Jahre Heinrichshofen Magdeburg 1797-1947, Privatarchiv.

164 Rudolph Winkler, Brief an Frau Heinrichshofen vom 16.1.1965. Nachlaß.

165 Zu DDR-Zeiten in »Straße der Jugend«, nach der Wende 1989 wieder in Sternstraße umbenannt.

166 Programm, Faltblatt, Stadtarchiv Magdeburg.

167 Zwischenzeugnis für Herrn Winkler, ohne Kopfblatt, ohne Unterschrift, jedoch mit dem Hinweis, daß es auf »Anregung des FDGB« erstellt wurde. Nachlaß.

168 Vgl. Frank Ebbinghaus, Ausnutzung und Verdrängung. Steuerungsprobleme der SED Mittelstandspolitik 1955-1972, Berlin 2003.

169 Lohnliste Heinrichshofen, 8.7.1960, Nachlaß.

170 Eintrag im Handelsregister vom 14.5.1962, a.a.O.

171 Handelsregister des Amtsgerichts in Magdeburg, Abteilung A, Band VIII und XXX.

172 Untersuchungsvorgang, Bd. I, Vernehmung vom 3.10.66, Bl. 63-65.

173 Methode, durch Einstechen des Filzbelages der Klavierhämmer, den Klang zu verändern.

174 Ermittlungsverfahren, Brief an Franke vom 24.9.1966, B. 115-122.

175 Untersuchungsvorgang, Bd. I, Schreiben Kislat vom 13.12.1966.

176 Ermittlungsverfahren, Bl.174.

177 Untersuchungsvorgang, Bd. I, Vernehmungsprotokoll Richard Gehlmann vom 4.11. 1966, Bl. 111-114.

178 Ebd., MfS, Technische Abteilung, Berlin, Untersuchungsbericht vom 5.10.1966, Bl. 118-123.

179 Ebd., Vernehmung vom 24.10.1966, Bl. 069-70.

180 Untersuchungsvorgang, Bd. I, Vernehmungsprotokoll vom 26.10.1966. Bl. 71-73.

181 Ebd.

182 Ebd., Vernehmungsprotokoll vom 3.11.1966, Bl. 049-52.

183 Ebd., Vernehmung vom 8.11.1966, Bl. 78-80.

184 Ebd., Vernehmung vom 11.11.1966, Bl. 83-100.

185 Ebd., Protokoll über das Ergebnis der Aussprachen mit dem Redakteur der ›Volksstimme‹ Magdeburg, Klaus Kleine, Bl. 101-102.

186 Ebd., Bestätigung vom 31.10.1966, Bl. 103.

187 Ebd., Vernehmung vom 5.12.1966, Bl. 115-117.

188 Ebd., Vernehmung vom 3.2.1967, Bl. 107-110.

189 Name von BStU geschwärzt.

190 In den Akten ist das Vernehmungsprotokoll dazu nicht vorhanden. Daß diese Vernehmung an diesem Tag stattgefunden hatte, läßt sich nur dem Eintrag im Gefängnistagebuch entnehmen.

191 Ermittlungsverfahren, Aktenvermerk Benecke, 17.3.1967, Bl. 214f.

192 Ermittlungsverfahren Aktenvermerk Benecke, 17.3.1967, Bl. 214f

193 Ermittlungsverfahren, Untersuchungsbericht, 31.März 1967. Bl. 210f.

194 Untersuchungsvorgang, Bd. I, Vernehmung vom 31.5.1967, Bl. 76-78. Das Protokoll vom 30. Mai ist nicht vorhanden, bzw. wurde vielleicht mit dem Protokoll vom 31. Mai zusammengezogen.

195 Die Stasi hatte zu diesem Zeitpunkt längst eine Adressenüberprüfung vorgenommen. Ihre zuständige Abteilung sowie in die AIG (Auswertungs- und Informationsgruppe) konnten aber nichts Verdächtiges feststellen. Vgl.: Ermittlungsverfahren , Bl. 231.

196 Ebd., Vernehmung vom 1.6.1967, Bl. 103-104.

197 Gefängnistagebuch, Nachlaß.

198 Ermittlungsverfahren, Bl. 55.

199 Der Name Peter Hamm war in den Unterlagen der BStU geschwärzt.

200 Ermittlungsverfahren, Informationsbericht, Az.: A 157/66/1, 20.9.1966, Bl. 253.

201 Ebd., Informationsbericht, Az.: 157/66/2, 26.9.1966, Bl. 252.
202 Ebd., Informationsbericht, Az.: 157/66/3, 28.9.1966., Bl. 251.
203 Ebd., Informationsbericht, Az.: A 157/66/4, 5.10.1966, Bl. 250
204 Operativ-Vorgang, Quelle: IM ›Axel Sekt‹, Bl. 85 (ca. 3 Wochen nach der Verhaftung von Winkler).
205 Ermittlungsverfahren, Informationsbericht, Az.: 157/66/9, 12.11.1966. Namen geschwärzt, Bl.246.
206 Ermittlungsvorhaben, Aktenvermerk vom 27.10.1966, Bl. 187.
207 Gefängnisbrief vom 30.9.1966, Nachlaß.
208 Gefängnistagebuch, Eintrag vom 24.10.
209 Gefängnisbrief vom 24.10.1966, Nachlaß.
210 Brief von Tochter an Mutter vom 1.10.1966, Nachlaß.
211 Brief von Tochter an Mutter vom 20.10.1966, Nachlaß.
212 Gefängnisbrief vom 1.3.1967, Nachlaß.
213 Gefängnisbrief vom 25.3.1967, Nachlaß.
214 Brief von Tochter vom 14.4.67. Nachlaß.
215 Ebd. Schreiben Klaus Lilije, Bl. 260.
216 Staatsanwalt, Bd. II, Vollmacht, Bl. 1.
217 Dieser Besuch ist im Gefängnistagebuch nicht erwähnt.
218 Ermittlungsverfahren, Protokoll zur Erarbeitung einer kollektiven Beurteilung des Herrn Rudolph Winkler v. 1.12.1966, Bl. 81-84.
219 Handakte, Antrag auf Sprecherlaubnis vom 21.11.1966, Bl. 31.
220 Diese Angaben stützen sich weitgehend auf: Sascha Möbius, »Grundsätzlich kann von jedem Beschuldigten ein Geständnis erlangt werden.« Die MfS-Untersuchungshaftanstalt Magdeburg-Neustadt von 1957 bis 1970. Magdeburg 2002.
221 Gefängnisbrief vom 24.10.1966, Nachlaß.
222 Gefängnisbrief vom 24.10.1966, Nachlaß.
223 Gefängnisbrief vom 29.12.1966, Nachlaß.
224 Gefängnisbrief vom 25.3.1967, Nachlaß.
225 Staatsanwalt, Bd. II, Schlußbericht, Bl. 81-89.
226 Handakte, Anschreiben, Bl. 39.
227 Ebd., Anklage, 7.4.1967, Bl. 3-8.
228 Ermittlungsverfahren, Verfügung vom 18.4.1967, Bl. 42.
229 Zit. N.: DDR Handbuch, 3., überarbeitete und erweiterte Auflage, Bd. 2, S. 1106, Köln 1985.
230 Vgl. Roger Engelmann, Clemens Vollnhals (Hg.), Justiz im Dienste der Parteiherrschaft. Rechtspraxis und Staatssicherheit in der DDR, Berlin 1999.
231 Ermittlungsverfahren, Beschluß und Verfügung, 24.5.1967, Bl.9 und 10.
232 Ebd., Beurteilung, 11.2.1967, Bl. 262.
233 Ermittlungsverfahren, handschriftliche Eingabe, Bl. 282-320. Winkler fügte seinem »Hauptschreiben« noch einzelne Ergänzungen zu, u.a. zu seiner politischen Einstellung in der Zeit vor 1945. So erwähnt er in diesem Zusammenhang, daß seine Frau die »ca. 15jährige alleinstehende Erika Jung als Haustochter« aufgenommen habe. »Mutter war tot, Vater im KZ, da er einigen Kommunisten zur Flucht verholfen und ihnen Geld gegeben hat.«
234 Ich vermute, daß nicht das 13. und 14. Plenum gemeint sind, sondern das 11. Plenum vom Dezember 1965, wie es in der Hauptverhandlung von ihm und auch von RA Lilije benannt wird. Das macht die Sache nicht glaubwürdiger. Daß Winkler die Rede Ulbrichts zum nächsten 5-Jahres-Plan, die als vielseitige Bleiwüste im Neuen Deutschland (Probleme des Perspektivplanes bis 1970, ND, Nr. 347 vom 18.12.1965) abgedruckt war, studiert haben könnte, halte ich für unwahrscheinlich.
235 Vgl.: Sascha Möbius, a.a.O., S. 24ff.
236 Ebd., Urteil vom 14.6.1967, rechtskräftig seit 26.6.1967, Bl. 56-64.
237 Gefängnisbrief vom 22.6.1967, Nachlaß.

238 Klaus Lilije, Schreiben an Frau Ursula Winkler vom 24.6.1967, Bundesarchiv, Sign. B 137/32667.

239 Gefängnisbrief vom 22.6.1967, Nachlaß.

240 Gefängnisbrief vom 12.7.1967, Nachlaß.

241 Hauptakte, Übergabebescheinung vom 6.7.1967. Bl. 71

242 Hauptakte, Vorläufiges Aufnahmeersuchen, ohne Datum, Bl. 15

243 Gefängnisbrief vom 12.7.1967, Nachlaß.

244 Hauptakte, Krankengeschichte vom 8.8.1967, Bl. 65-66

245 Gefängnisbrief vom 8.8.1967, Nachlaß.

246 Leitbogen, Bundesarchiv, Sign. B 137/32667. Es sollte dann noch über ein Jahr dauern, bis Ursula Winkler ausreisen durfte.

247 Vgl.: Norbert F. Pötzl, Basar der Spione. Die geheimen Missionen des DDR-Unterhändlers Wolfgang Vogel, bes. 5. Kapitel. Hamburg 1997.

248 Vgl. die ARD-Sendung »Die gekaufte Freiheit«, 2 Teile, gesendet am 30.8. und 6.9.2004.

249 Handakte, Vermerk vom 22.8.1967, formlos, Bl. 84.

250 Staatsanwalt, Bd. II, Beschluß, Bezirksgericht – I. Strafsenat vom 28.8.1967, Bl. 91-92.

251 Hauptakte, Präsidium der Volkspolizei (PdVP – StVA Berlin I), Entlassungsverfügung vom 28.8.1967, Bl. 73.

252 Staatsanwalt, Bd. II, Antrag Staatsanwalt vom 15.9.1970, Bl. 093.

253 Ebd., Beschluß vom 17.9.1970, Bl. 094.

254 Brief vom 4.9.1967 aus Berlin, Nachlaß.

255 Brief vom 1.9.1967, mit Vermerk von Winkler: »Diesen Brief bekam ich von Dr. Vogel i. Bus zwischen Chemnitz und Gießen.« Nachlaß.

256 Meldekarte (Arbeitslosenausweis), ausgestellt von der Außenstelle des Landesarbeitsamtes Hessen im Notaufnahmelager Gießen, 2.9.1967, Nachlaß.

Quellen und Archive

Bundesarchiv
Bundesbeauftragte für die Unterlagen des Staatssicherheitsdienstes der ehemaligen DDR (BStU)
Landeshauptarchiv Sachsen-Anhalt
Stadtarchiv Magdeburg
Amtsgericht Magdeburg
Privatarchiv des Autors

Akten aus BStU, ASt. Magdeburg, Vorgang »Mbg AU 639/68«:
Untersuchungs-Vorgang Winkler, Rudolph Bd. I
Akte Staatsanwalt des Bezirkes Magdeburg, Strafsache Winkler, Rudolph, Bd. II
Ermittlungsverfahren VII/854/66, Winkler, Rudolph, Vertrauliche Dienstsache
Gutachten, MfS, Technische Untersuchungsstelle
Hauptakte, Winkler, Rudolph (Akte der Strafvollzugsanstalt)
Handakte Staatsanwalt des Bezirkes Magdeburg

Akte BStU, ASt. Magdeburg, Vorgang »Mbg AOP 1245/67«:
Operativ-Vorgang VII/897/65
Akte BStU, ZA, BdL

Zeitungen:
Magdeburger Volksstimme
Neues Deutschland
Frankfurter Allgemeine Zeitung
Frankfurter Rundschau
Die Zeit

Interviews und Gespräche des Autors:
mit Ernst-Ludwig Heinrichshofen am 16.11.2004 und am 12.03.2005
Diverse Gespräche mit Wolfgang und Barbara Winkler

Nachlaß Rudolph Winkler

Im übrigen war mir natürlich die einschlägige Fachliteratur zur Geschichte der DDR sowie zur Struktur und Arbeitsweise des MfS eine unverzichtbare Hilfe. Gleichermaßen die literarische Form der Verarbeitung der SED-Diktatur in Romanen und Autobiographien.

Bildquellen
Umschlagabbildung, Bild des Autors: Transit-Verlag
Archiv Heinrichshofen: S. 29, 77, 102, 103, 105
Nachlaß Winkler: S. 16, 120
BStU: S. 19, 25, 27, 57, 59, 60, 65, 68, 76, 135, 139, 146

Zitierweise aus den Stasi-Unterlagen der BStU

Aus den Unterlagen der BStU-ASt. Magdeburg zitiere ich immer verkürzt nur mit dem Namen der Akte, z.B. Ermittlungsverfahren, Kurzbezeichnung des Dokuments und der Blatt-Nummer (BStU-Paginierung).

In den von BStU zur Einsicht herausgegeben Unterlagen sind Namen, Wohnadressen u.v.a.m. häufig geschwärzt. Es scheint allerdings eine große Rechtsunsicherheit in der Auslegung des Schwärzungsgebots zu bestehen. Mir liegen die Kopien von zwei Einsichtnahmen im Abstand von 8 Jahren vor. Nicht nur waren die Unterlagen, die 1996 vorgelegt wurden, wesentlich umfangreicher, auch die Schwärzungen der ersten Vorlage unterscheiden sich deutlich von den mir vorgelegten Dokumenten. Glücklicherweise ergänzen sich beide Schwärzungsvarianten vortrefflich.

Verschiedentlich werden Namen geschwärzt, wo die Gründe dafür unerfindlich sind. So bei öffentlichen Personen wie Journalisten und Schriftstellern. Deren Name ist durch die publizierten Artikel bekannt. In diesen Fällen habe ich den Namen zitiert – ohne eigens darauf hinzuweisen, daß BStU den Namen im Dokument geschwärzt hatte. Mit Personen, deren Namen mir aus meiner Recherche ohnehin bekannt waren und die eine wesentliche Rolle spielen, bin ich genauso verfahren – sofern es mir unproblematisch erschien. Es betrifft im wesentlichen nur Namen der Angehörigen von Rudolph Winkler und Familie Heinrichshofen. Ansonsten habe ich Schwärzungen benannt, oder wenn mir der Name bekannt war, dies für den Sachverhalt jedoch keine Bedeutung hatte, die gängige Abkürzung mit den ersten Buchstaben des Nachnamens verwandt. Die auftretenden Spitzel zitiere ich mit ihrem Tarnnamen.

Stasi- und Spitzel-Deutsch sind oft grammatikalisch und orthographisch eigentümlich bzw. falsch. Wenn man dies immer kennzeichnen wollte, würden die Texte völlig unleserlich. Nur in besonders krassen Fällen habe ich die Schreibweise bestätigt, wo eindeutige Fehler die Lesbarkeit erschwerten, habe ich stillschweigend verbessert.

Es war eine Manie der Stasi, mit unzähligen Abkürzungen zu arbeiten. Selbst die umfassenden Abkürzungsverzeichnisse der BStU konnten mir nicht in allen Fällen weiterhelfen. Bei merkwürdigen Abkürzungen wie z.B. »SM« für Schreibmaschine habe ich in Klammer den Volltext geschrieben, bei Abkürzungen, die für gelernte DDR-Bürger selbstverständlich waren, für Westler unverständlich, ebenfalls, z.B. »ABV« für Abschnittsbevollmächtigten. Zusätzlich habe ich ein Abkürzungsverzeichnis erstellt.

Verzeichnis der Abkürzungen

ABV	Abschnittsbevollmächtigter
ADN	Allgemeiner Deutscher Nachrichtendienst
AIG	Auswertungs- und Informationsgruppe (des MfS)
ASt.	Außenstelle (BStU)
BDM	Bund Deutscher Mädchen
BGL	Betriebsgewerkschaftsleitung
BPA	Bahnpostamt
BSB	Betriebe mit staatlicher Beteiligung
BStU	Bundesbeauftragte für die Unterlagen des Staatssicherheitsdienstes der ehemaligen DDR
Bugra	Internationale Ausstellung für Buchgewerbe und Graphik
CDU	Christlich Demokratische Union
CIA	Central Intelligence Agency
CSU	Christlich Soziale Union
DDR	Deutsche Demokratische Republik
DFF	Deutscher Fernsehfunk
DIN	Deutsches Institut für Normung
DSB	Deutscher Sportbund
DT	Deutschlandtreffen
DTSB	Deutscher Turn- und Sportbund
FAZ	Frankfurter Allgemeine Zeitung
FBI	Federal Bureau of Investigation
FDGB	Freier Deutscher Gewerkschaftsbund
FDJ	Freie Deutsche Jugend